지혜의 샘
88가지

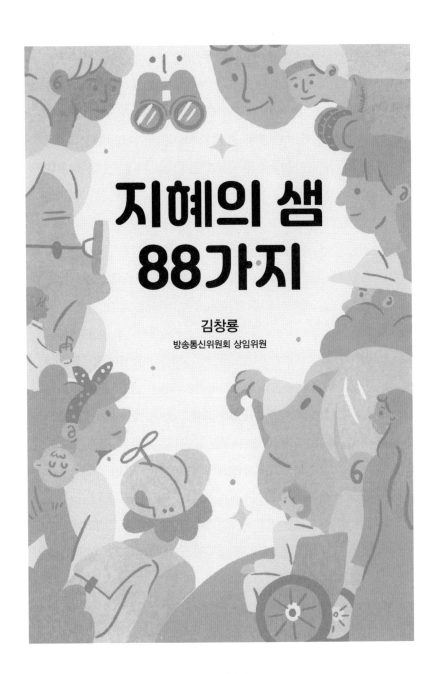

지혜의 샘
88가지

김창룡
방송통신위원회 상임위원

이지출판

지혜의 샘, 나의 탈무드

정년 퇴임이란 것이 나에게는 오지 않을 줄 알았다. 죽음이란 것도 남의 이야기 정도로 가볍게 생각했다. 심지어 나는 늙는다는 것도 실감하지 못하고 살았다. 열심히 살면 누구나 행복하고 성공하는 줄로만 알았다.

이런 착각은 내가 '성공실패학'을 공부하면서 50대에 뒤늦게 깨닫기 시작했다. 전국 대학 최초로 인제대학교에서 교양과정으로 '내 인생의 성공학'이란 과목을 개설하여 학생들에게 인생의 성공과 실패에 대해 가르치기 시작했다. 인생의 본격적인 승부가 시작되기도 전에 스카이 대학 진출에 실패한, 좌절감이 큰 학생들에게 꿈과 희망을 주기 위해 마련한 과목이었다.

나의 전공에서 확장한 '성공실패학'을 개설하는 데는 내 인생의 멘토, 고 백낙환 박사님의 격려와 가르침이 컸다. 80대에도 인제대학교와 백병원, 서울과 부산, 김해를 오가며 교육과 의료에 평생을 바친 그의 인생철학과 실천이 큰 역할을 했다.

이스라엘에서 2년여 동안 유대인들과 함께 살며 그들의 생활 철학, 성공학, 탈무드에 대해 배운 경험, 기자 생활을 하며 아프가니스탄전쟁(1989년), 걸프전쟁(1991년) 등 생사를 넘나든 취재 경험, 춥고 배고팠던 자유기고가 시절, 대학교수로 임용되는 과정에서 서른한 번 떨어졌던 경험 등은 '성공실패학' 강의 준비에 값진 밑거름이었다.

굳이 이 책을 준비해야겠다고 생각한 이유는 세 가지다.

첫째, 나와 비슷한 생각을 하고 있는 사람들에게 내가 깨닫고 배워 실천하고 있는 것들을 공유하고 싶어서다.

둘째, "당신의 성공은 무엇인가?"라고 물었을 때 대부분 막연하게 대답하고 또 실행도 구체적으로 하지 않는 모습을 보았기 때문이다. 인생의 성공은 각자 원하고 노력하는 만큼 얻어 갈 뿐이다. 새 식구가 되는 강찬미 양에게 이 책 표지 디자인을 부탁한 것도 합작의 소중함과 도전에 의미를 두고자 한 것이다.

셋째, 교단을 떠나면서 고마운 제자들에게, 자녀 결혼식에 와 주신 귀한 하객들에게, 나를 기억해 주는 지인들에게 내 인생을 건 나만의 선물을 준비하고 싶었다. 인생의 겨울에 들어선 내가 적어도 인생의 사계절에 필요한 지혜를 말할 수 있어야 한다고 믿기 때문이다.

나는 인생의 겨울에 필요한 지혜를 먼저 솔선수범하기 위해 노력할 것이다. 이 책은 다른 사람을 위해 만들었지만, 결국 부족한 나 자신을 위한 것이다. 기록이 기억을 지배하는 법. 최소한 나와 내 가족에게 탈무드의 역할을 해 주길 기대한다.

인생의 즐거움과 삶의 보람을 갖게 해 주는 월드스타 페기 구, 하나님의 선물 김병준, 모든 것을 가능케 한 내 인생 최고의 선택 조애경, 이들의 멋진 콤비에 늘 감사하며 평생 사랑합니다.

2022년 봄
방송통신위원회 상임위원 김 창 룡

차례

인생의 여름

인생의 가을

인생의 겨울

봄은 만물이 피어나는 시기다. 인생의 봄도 모든 것을 준비하는 바쁜 시기다. 대략 10, 20, 30대 초반까지를 인생의 봄으로 볼 수 있다. 준비에는 많은 시간과 시행착오, 역경이 따른다. 거기에는 성실함과 의지, 도전의식 등이 절대적으로 필요하다. 하지만 각종 시험과 대입, 취업은 물론 생소한 직장 생활에서의 인간관계 등 예기치 못한 좌절과 아픔, 실패와 성공 등을 다양하게 체험하는 과정에서 꺾이기도 하고 분발해 나아가기도 한다. 이 시기를 어떻게 보내는 것이 지혜로울까?

인생의 봄

젊은 시절, 과도한 물질적 욕망을 경계해라

본인이 탐내든 부모로부터 주어지든 감당할 수 없는 것은 불행이 되기 쉽다.

인생 초반부, 하나씩 착실히 준비해야 할 시기에 평생 만지기 힘든 돈이나 권력을 갖게 되면 불행해질 확률이 높다. 물질적 욕망을 탓할 수는 없지만 너무 젊은 나이에 쉽게 주어지는 행운은 행복이 아니고 재앙으로 끝나기 쉽다. 뜻밖의 횡재를 만났을 때 어떻게 주도적으로 대처하느냐는 평생을 좌우한다.

에피소드 1

어떤 나라에 국회의원 아버지와 그 아들 사이에 벌어진 일이다. 검사 출신인 아버지는 권력의 한가운데서 위세를 부리다가 나중에 국회의원이 되었다. 권력 가까이에서 막강한 영향력을 발휘하던 그는 더욱 힘이 세졌다.

그런데 20대 아들은 아버지만큼 뛰어나지 못해 취업에 어려움을 겪고 있었다. 힘센 아버지가 나서서 너끈히 취업을 시켰다. 아들의 전공과는 무관한 부동산 관련 회사였다.

문제는 취업보다 퇴직하면서 터졌다. 남들은 취업할 나이인 서른한 살에 벌써 퇴직하면서 50억 원을 받았다는 뉴스가 나오자 청년들은 물론 전 국민이 분노했다. 고작 6년여 일했는데 퇴직금으로 그 많은 돈을 받다니….

아버지는 너무도 당당했다. "열심히 일해 받은 성과금인데 뭐가 문제냐"는 식으로 되물었다. 아들도 철없는 해명을 내놓았고 이는 국민적 분노를 더 키웠다. 아들의 해명은 이런 식이었다.

"이런 기회조차 없는 분들이 많다는 것을 알고 있고, 성과급, 위로금 그리고 퇴직금이 과하다고 말씀하시는 분들이 분명 계실 거라고 생각합니다. 다만 저는 주식, 코인에 몰두하는 것보다 이 회사 '화천대유'에 올인하면 대박이 날 수 있겠다고 생각하고 이 회사에 모든 것을 걸었습니다. (…) 대장동 사건의 본질은 수천 억을 벌 수 있도록 만들어 놓은 설계의 문제입니까, 그 안에서 열심히 일한 한 개인의 문제입니까?"

참으로 어이없는 주장이다. 이 말을 믿어 준다 해도 6년 근무하고 퇴직금 50억 원은 이해되지 않는다. '아빠 찬스'는 이런 상황을 설명하는 용어다. 수사를 통해 결론이 나겠지만 여론 악화로 아버지는 먼저 국회의원직을 사퇴당했다. 수사기관을 넘나드는 아들의 인생도 초반부터 꼬여 버렸다.

에피소드 2

부유한 가정에서 자란 그는 공부에는 뜻이 없었고 마땅한 취업

자리도 찾지 못했다.

5대 독자여서 군대도 면제받은 그는 20대 초반에 연상의 여인과 결혼했다. 어쩔 수 없이 아버지 회사에 출근하면서 '자기 이름으로 된 아파트가 5채'라고 자랑하고 다녔다. 물론 돈 씀씀이도 넉넉했다. 술을 좋아하는 그의 주변에는 늘 사람들로 넘쳐났다. 남자들에게 돈과 시간적 여유가 있으면 문제가 생기기 쉽다.

그는 주변 사람들과 도박도 했다. 물론 술도 미셨으니 음주운전은 필연적으로 수반됐다. 처음 적발됐을 땐 돈으로 가볍게 해결했다. 이것이 더 큰 문제를 예고할 줄은 본인도 몰랐다.

그 다음 음주운전 사고는 심각했다. 신호 대기중이던 차량 7대를 뒤에서 들이받았다. 브레이크를 밟는다는 것이 액셀을 밟은 것이다. 그 사고로 자신의 다리도 불구가 됐고, 집을 팔아 피해자들에게 보상을 해 줘도 모자랄 판국이었다. 아버지가 돌아가시면서 회사도 문을 닫았다.

인생의 황금기는 사라지고 혹독한 시련기가 찾아왔다. 불구의 몸으로 할 수 있는 것은 제한됐고, 자격증 하나 없는 그에게 경쟁력은 없었다. 일찍 결혼을 했지만 자식도 없었다.

시골로 내려간 그는 낚시로 시간을 보내며 회한의 눈물을 삼켰다. 50대에 그는 끝내 시련을 극복하지 못하고 일찍 눈을 감았다. 자식도 재산도 남긴 것이 없었다.

두 에피소드에서 얻을 수 있는 지혜는 다음 세 가지다.

첫째, 너무 이른 시기에 '대박' '올인' 하는 것은 위험하다. 빨리 부자가 되고 싶고, 빨리 좋은 직장에 취업하고 싶은 욕심은 누구나 마찬가지다. 그러나 인생은 합당한 과정이 있어야 정당한 결과가 따르는 법이다. 일확천금, 인생한방은 위험천만이라는 지혜는 세월이 흘러야 깨달을 수 있다.

둘째, 부자 부모, 권력 있는 부모의 빗나간 사랑이 자식의 인생을 망칠 수 있다. 권력 있는 자리에 있으면 사람도 돈도 모여든다. 자식 사랑이 유별난 한국 사람들은 부와 자리를 세습하려고 갖은 무리수를 동원한다. 성인이 된 자식이 부모로부터 꼭 필요한 도움 외에는 손을 내밀어서는 안 된다. 부모에게 의존하게 되면 인생이 고달파진다.

셋째, 부모와 자식 간에도 '노' 할 줄 알아야 한다. 자식을 망치는 부모는 많다. 넘치게 사랑을 주려는 부모 탓만 해서도 안 된다. 부모에게 물려받기만 하면 나의 잠재력과 능력을 발휘할 기회가 없어진다. 두 에피소드가 이를 증명하고 있다. 필요한 도움 외에는 '노'라고 말할 수 있는 용기가 자식에게도 있어야 한다. 부도 지위도 나이에 맞게, 감당할 수 있을 때 주어지면 축복이다. 서른한 살에게 50억 원은 재앙이 된 셈이다. 빗나간 물욕, 과도한 자식 사랑이 자신과 자식의 삶을 망치게 된다는 사실을 잊어서는 안 된다.

일방적 연애 감정, 인생 전부를 망친다

흔해진 성 관련 사건은 인생의 치명적인 덫이다.

요즘 스토킹, 디지털 성범죄, 성 관련 사건 등은 흔한 일상사가 됐다. 일방적 연애 감정이나 잘못된 사랑이 자신과 상대의 삶을 엉망으로 만드는 경우가 잦아졌다. 인생의 준비기에 위기를 맞게 되는 흔한 연애의 함정을 경계해야 한다.

에피소드 1

어느 철도 관련 회사에서 실제로 벌어진 일이다. 서른두 살의 남성 A는 막 돌 지난 아이가 있는 유부남이었다. 그런데 갓 입사한 스물한 살 여성 B에게 호감을 느꼈다.

어느 날 저녁 A는 B를 불러내 둘만의 오붓한 자리를 만들었다. 식사와 함께 맥주도 한 잔 곁들였다. 분위기가 '좋다'고 착각한 A는 B의 머리를 쓰다듬었다. B는 지나치게 반발하는 것이 선배를 무안하게 할 것 같아 소극적으로 대응했다.

그러자 A는 더 나아가 B에게 "오늘밤 같이 있자"고 노골적으로 말했다. 놀란 B는 자리에서 일어섰다. 그러자 A는 데려다 주겠다며 따라나섰다. B가 단호하게 거절하자 A는 자기 집으로 발길을 돌리는 듯했다.

그런데 B가 혼자 사는 아파트 엘리베이터를 타는 순간, 몰래 따라온 A가 함께 올라탔다. 실랑이 끝에 A는 B의 집 안까지 따라들어왔다. 더 이상 안되겠다고 판단한 B는 "경찰을 부르겠다"고 말했다.

그제서야 A는 물러났다. 그러나 여기서 끝이 아니었다. B의 반격이 시작됐다. A에게 문자가 날아왔다.

"왜 내 머리를 만졌느냐?"

"왜 내 허락도 없이 집에 들어왔느냐?"

A는 잘못을 인정하고 사과 문자를 보냈다. B는 이를 물증으로 경찰서에 형사고소했다. 경찰은 경미하다고 판단하여 직장 내 성피해자신고센터에 먼저 접수하고 판단을 받도록 권했다.

직장 내에서도 소문이 퍼졌다. B는 처음에 A에게 자신과 마주치지 않도록 직장을 떠나라고 요구했다. 그리고 한 걸음 더 나아가 수천만 원의 위자료를 요구했다.

A는 한순간의 실수로 직장도 잃고 거액의 위자료 압박과 직장 동료들의 수군거림과 따돌림을 견디지 못해 스스로 목숨을 끊었다. 한순간의 성추행이 자신의 소중한 목숨과 가정과 맞바꾸게 될 줄 상상이나 했을까?

에피소드 2

이 사건은 2021년 공군부대에서 발생했다. 코로나19로 회식이 금지된 상황에서 여군 이 중사는 선임 장 중사의 "반드시 참석하라"는 압박을 받았다. 명령에 따라야 하는 군에서 선임의 말을 거역하기 힘들었다.

사건은 회식을 마치고 귀가하는 차 안에서 발생했다. 장 중사는 이 중사의 가슴을 만지고 강제로 입맞춤을 시도했다. 이 중사는 강하게 저항하며 반발했지만 아랑곳하지 않았다.

이 중사가 성추행 범죄를 정식으로 신고하면서 전출시켜 달라고 요구했다. 같은 부대의 노 상사와 노 준위 등 상관들은 이 사건을 무마하기 위해 회유와 압박을 시도했다. 이 중사의 남자 친구는 당시 운전병으로부터 강제추행 정황이 담긴 차량 블랙박스 메모리 카드를 받아 군경찰 수사관에 전달했다.

군의 성추행 수사는 지지부진했고 이 과정에서 2차 가해가 이뤄졌으며 이를 다시 신고했다. 힘들어하던 이 중사를 안심시키기 위해 남자 친구는 혼인 신고까지 마쳤다.

그러나 불과 4일 만에 이 중사는 심적 부담을 이기지 못하고 스스로 목숨을 끊었다. 휴대폰 영상 버튼을 눌러놓고 극단적 선택을 했다. 그리고 "가해자들을 반드시 처벌해 달라"는 유언을 남겼다.

가해자 장 중사는 뒤늦게 구속됐다. 은폐를 시도했던 상관들은 보직 해임됐다. 공군참모총장에게도 책임을 물어 8개월여

만에 불명예 전역을 시켰다.

　군이나 일반 직장이나 성 관련 범죄에 대해 보다 엄정한 법집행이 이루어지고 있음을 알고 있는 걸까?

　두 에피소드는 적어도 세 가지 지혜를 준다.

　첫째, 성 관련 사건은 젊은 시절에 흔하게 발생하며 가해자도 피해자도 회복하기 어려운 상처를 남긴다. 관련 동영상이나 댓글이 언제 어떻게 튀어나올지 모르는 불안 속에 살아야 한다. 인생 준비기에 인생 전체를 망치는 경거망동은 금물이다.

　둘째, 과거 한국 사회는 술문화, 성문화에 관대한 편이었다. 이제 세상이 바뀌었고 성 관련 사건에 관용은 사라졌다. 말도 행동도 조심하지 않으면 회복할 수 없는 평생의 실수가 된다는 점을 인식해야 한다.

　셋째, 설혹 성추행으로 직장을 떠나게 되고 위자료를 물어주는 한이 있어도 목숨과 바꾼다는 것은 지나친 선택이다. 더구나 피해자가 목숨을 잃는 것은 너무 안타까운 일이다. 젊은 시절의 실수에 대해 우리 사회는 그렇게 가혹하지 않다. 완벽한 인간이란 없다. 절망의 순간에 선배나 지인을 찾아 도움을 요청하는 것도 용기다. 특히 젊은 시절에는 용서를 구하고 재기할 수 있는 기회가 있음을 잊어서는 안 된다.

좌절과 실패에 대비하라

젊어 고생은 사서도 한다.

"굳이 고생을 사서 할 필요가 있느냐, 너는 꽃길만 걸어라." 대부분 부모들은 자식이 좌절하고 실패하는 것을 참기 힘들어 한다. 도와줄 능력이 있는데 도와주지 않는 부모를 이해할 수 없다는 반응을 보인다. 그러나 고생은 한 인간을 키우는 힘이자 자신의 잠재력을 극대화할 수 있는 기회다. 성인이 되면 부모로 부터 독립하겠다는 의지와 노력이 필요하다. 이는 훗날 자신의 성장에 도움이 된다는 사실을 나중에 알게 된다. 역경에는 뜻이 있다. 힘들지만 긍정적으로 받아들여라.

에피소드 1

그는 어릴 때부터 운동도 좋아하고 노래도 잘 불렀다. 그런데 10대 초반 동네에서 친구들과 축구를 하다가 눈을 다쳐 더 이상 앞을 볼 수 없게 되었다. 하루아침에 시력을 잃어버린 아이는 눈물로 시간을 보냈고, 가족 모두 깊은 슬픔과 절망에 빠졌다.

'이대로는 안 되겠다'고 기운을 차린 것은 아버지였다. 그는 실의에 빠진 아이에게 이렇게 말했다.

"눈이 보이지 않으니 힘을 기르자."

아이는 무슨 말인지 알아들을 수 없었지만, 아버지의 제의를 받아들여야 한다고 생각했다. 그는 훗날 이렇게 말했다.

"두려움과 절망의 눈물을 흘리는 데 필요한 시간은 한 시간이었다. 새로운 상황에 적응하는 데는 일주일이 필요했다. 슬픔을 빨리 극복할수록 새로운 도전을 받아들이는 힘이 더 강해진다."

'힘을 기르자'는 아버지의 권유로 그는 이탈리아 피사대학에서 법학을 공부했다. 법학박사를 취득한 후 변호사가 됐다. 그의 도전은 여기서 그치지 않았다.

눈이 보이지 않는데도 오페라 가수에 도전했다. 거듭되는 좌절을 극복하고 마침내 이탈리아에서 유명한 테너 가수이자 팝페라 가수가 됐다. 그의 이름은 안드레아 보첼리다.

그는 코로나19라는 불행한 상황에서 혼자 한 시간 동안이나 밀라노 두오모 광장에서 '희망을 위한 음악' 공연을 해 전 세계인들의 찬사를 받았다.

전혀 예기치 못한 불행과 어린 시절의 불운도 그의 의지와 도전정신을 꺾지 못했다. 역경은 그를 더욱 단단하게 키우는 계기가 된 것이다.

에피소드 2

그가 태어난 지 5개월도 지나지 않아 어머니가 돌아가셨다. 아버지는 해외 유학을 떠나며 그를 큰아버지 집에 맡겼다.

큰집이라고 해도 눈칫밥은 어쩔 수 없었다. 다행히 공부를 잘해 큰아버지의 권유로 의과대학에 진학했다. 6·25전쟁통에 큰아버지와 아버지가 납북되었고, 그는 의과대학 재학 중에 병원 경영에 나서야만 했다.

몇 차례 파산 위기를 맞았지만 혼신의 힘을 다해 병원을 살려냈다. 전국 5개의 백병원과 인제대학교 이사장 고 백낙환 박사의 이야기다. 평생 교육과 병원에 온몸을 바친 그의 과거는 순탄치 않았다. 도전과 좌절, 위기가 일상이었지만 그는 하나씩 극복해 나가며 리더십을 길렀다.

그는 이 세상을 떠났지만 그가 남긴 최초의 민립 공익재단 백병원과 인제대학교는 중앙과 지방에서 환자를 돌보고 인재를 양성하는 터전이 되고 있다. 우리 사회를 위해 한 개인이 성취한 업적치고는 대단한 것이 아닌가.

두 에피소드가 주는 지혜는 무엇인가?

첫째, 젊은 시절의 도전과 역경은 자신의 역량을 극대화하는 계기가 될 수 있다. 모두 도전을 극복하는 것은 아니다. 대부분 역경을 맞으면 힘들어하고 회피하려고 한다. 그러나 역경을 극복하면 엄청난 내적 에너지와 자신감, 리더십을 선물로 받게 된다.

둘째, 성공을 꿈꾸는 자는 먼저 역경을 받아들일 준비가 필요하다. 안드레아 보첼리도 백낙환 박사도 본인들이 그런 삶을 처음부터 기획하거나 원한 것은 아니다. 젊은 시절 어려운 환경에 굴하지 않고 노력한 결과가 축적된 것이다. 젊은 시절 역경을 피하려 해서는 안 된다. 기쁜 마음으로 받아들이고 노력하면 놀라운 업적을 낼 수 있는 에너지와 노하우가 쌓인다.

셋째, 젊어 고생은 사서도 하지만 늙어 고생은 인생을 비참하게 만든다. 젊어서 하는 고생은 인생을 배우고 타인에 대한 배려가 무엇인지 가르쳐 준다. 돈과 지식, 지혜의 가치를 역경과 실패만큼 잘 가르쳐 주는 것이 없다. 그래서 옛말에 "젊어 고생은 사서도 한다"고 하지 않는가. 이 말은 곧 늙어 고생은 인생 실패를 의미한다. 보첼리도 백 박사도 젊은 시절의 고난에 비해 인생 후반부에는 보람과 성취감으로 세상에 아름다움을 선사했다. 나이 들어 서럽지 않으려면 젊은 시절에 기꺼이 역경을 체험하라.

초년 출세는 인생의 독이다

날기 전에 떨어지는 법부터 배워라.

어린 나이에 특정 분야에 두각을 나타낼 때 우리는 '천재'라고 부른다. 공부를 아주 잘하는 것도 천재지만 노래를 잘하거나 운동을 뛰어나게 잘해도 천재가수, 농구천재, 축구천재 등으로 일컫는다. 이런 재능을 인성교육과 함께 잘 키우면 대스타가 되지만, 그렇지 않을 경우 몰락하기 쉽다. 평범한 삶이 주는 일반 질서와 배려, 법칙을 배울 기회를 갖지 못하고 오만함이 몸에 배게 되기 때문이다.

에피소드 1

그는 고교 시절부터 학교는 물론 그 도시에서 이미 유명 인사가 됐다. 공부를 너무 잘해 전교 1등은 언제나 그의 차지였고 2등과의 격차도 상당했다. 전국 모의고사에서도 그는 항상 탑10에 들어갈 정도였다.

당연히 S대 법대에 들어갔고, 거기에서도 공부를 잘해 대학

3학년 때 사법고시에 합격했다. 사법연수원에서도 성적이 뛰어나 판사가 되었다.

그가 판사로 업무를 시작한 것이 20대 중반이다. 남들은 복학하거나 대학 재학 중일 때 벌써 3급 판사라는 고위직 공무원이 된 것이다. 9급 공무원 시험 준비생들의 입장에서는 쳐다보기 힘든 자리였다.

그런 그가 일 년 만에 판사직을 그만두었다. 무슨 이유 때문인지 알려지지 않았으나 불미스런 사건에 연루된 것으로 뒷말이 전해졌을 뿐이다. 그 다음이 진짜 문제였다.

그는 자신이 근무하던 법원 부근에 변호사 사무실을 개설했다. 경찰 출신을 사무장 자리에 앉히고 형사사건을 독식하며 전관예우의 특혜를 누렸다. 해도 너무한다고 생각한 주변 변호사 사무실에서 검찰청에 투서를 보냈다.

수사가 시작되자 그는 해외로 도피했다. 결국 수 개월 후 공항에서 체포되었고, 그 모습이 매스컴에 보도되었다. 천재의 몰락은 개인의 손실에 그치는 것이 아니라 그 사회 인적자원의 손실이다. 무엇이 잘못된 것일까?

에피소드 2

그는 타고난 야구선수였다. 미남에다 야구까지 잘해 일본 프로 무대에 진출했다. 그가 다시 국민의 이목을 집중시킨 것은 유명 여배우와 결혼 소식을 알렸을 때다.

국민배우로 알려진 대스타와 연하의 미남 스포츠 스타와의 결혼은 세기의 결혼이라며 요란했다. 하지만 스타와 스타의 결합이 늘 행복할 수는 없는 법. 상호 배려와 이해가 부족했던 두 스타는 어느 날 구타 소식과 함께 이혼을 발표했다.

더 충격적인 것은 여배우가 이혼의 갈등과 좌절을 극복하지 못하고 극단적 선택을 한 것이다. 얼마 지나지 않아 동생까지 그 뒤를 따랐다. 모든 원망을 받아야 했던 남편도 끝내 극단적 선택으로 생을 마감했다. 우리 사회는 충격에 빠졌고 극단적 선택을 하는 사람들이 더 늘어나는 현상이 벌어졌다.

스타들의 삶이 화려하고 부러워 보이지만 안을 들여다보면 반드시 그렇지 않다. 인기를 먹고사는 스타들은 일방적으로 이해와 배려를 받다 보니 타인에 대한 배려나 매너가 부족하기 쉽다. 스포츠 스타도 그라운드에서는 화려하지만 평범한 가장에게 필요한 기본 자질과 책임에 대해서는 깊이 생각할 기회가 없었다. 스타들의 안타까운 삶은 대중에게 큰 영향을 미치는 만큼 책임감이 따른다.

"왕관을 쓰고 싶은 자는 그 무게를 감당할 수 있어야 한다"는 말이 있다. 국민의 환호와 찬사는 언제 비난과 욕설로 바뀔지 알 수 없다. 특히 배우나 스포츠 스타들은 이에 대한 자기 준비가 있어야 한다. 야구 천재는 팬들의 안타까움 속에 그렇게 사라져 갔다.

나는 이 사건이 주는 지혜를 이렇게 정리한다.

첫째, 천재성은 각별한 케어가 필요하다 그 천재성으로 인해 많은 것을 얻지만 또한 잃어버리는 것도 많아 특별한 보완 프로그램이 필요하다. 본인이나 가족이 배우고 도와야 한다. 보통 사람들의 삶과 가치, 상식에 대해 일부러도 경험해 볼 필요가 있다.

둘째, 겸손과 배려, 사회를 배울 기회가 없었다. 천재성을 가진 사람들은 어릴 때부터 남다른 대우와 특별 기회를 부여받는다. 나름의 고충도 있지만 스스로 겸손을 배우고 타인을 배려할 기회를 갖지 못하는 경우가 대부분이다. 안다고 해도 피상적으로 알 뿐이다. 인격이 인생을 좌우한다는 점을 기억해야 한다.

셋째, 날기 전에 떨어지는 법부터 배워라. 왜 유도에서 맨 먼저 낙법부터 배우는가? 남을 쓰러뜨리기 전에 먼저 넘어지는 법부터 배워야 하기 때문이다. 인생도 마찬가지다. 인생 초반에 역경을 통해 넘어졌다 일어나는 법부터 배워야 하는데, 인생 초반기에 출세가도를 달리는 것은 그래서 위험하다. 인생의 낙법을 배울 기회를 잃어버리고 잘난 맛에 살다가 뒤늦게 좌절과 역경이 찾아오면 치명상을 입게 된다.

고수익 아르바이트는 거들떠보지 마라

아르바이트로 고수익을 보장하는 것 자체가 사기다.

고수익 아르바이트는 과거나 지금이나 없는 사람들을 엮는 덫이다. 혹시나 하는 마음으로 문을 두드리지만 결과는 마찬가지, 눈물과 후회뿐이다. 사기꾼은 약자의 약점을 귀신같이 노리고 집요하게 접근한다. '해보다가 안 되면 그만두면 된다'는 안이한 생각이 더 깊은 수렁으로 끌고 간다. 사기꾼들의 수법은 상상력을 초월한다는 것을 잊어서는 안 된다.

에피소드 1

가정 형편이 넉넉지 않은 여중생 C는 고수익 아르바이트를 구하기 위해 인터넷을 찾다가 '고수익을 보장한다'는 곳이 있어 마음이 끌렸다. 그들이 시키는 대로 물건을 A지점에서 B지점으로 옮기는 것이었다. 실제로 해 보니 일도 쉽고 수익도 괜찮아 정말 좋은 아르바이트라는 생각이 들었다.

몇 차례 심부름을 하는 동안 C는 호기심이 발동하여 전달하는 물건이 무엇인지 열어 보았다. 현금이었다. 그것도 3,000만 원이라는 큰돈이었다. C는 고민 끝에 그 돈을 챙겨 달아났다.

그러나 곧바로 그들에게 붙잡혔다. 보이스피싱 조직원인 그들은 인출책, 전달책 등 업무 분담을 시켜 여중생, 대학생, 노인 등을 범죄에 동원한 것이었다. 어린 여중생의 인생이 나락으로 떨어진 것은 한순간이었다.

경찰청 자료를 보면, 2021년 4월부터 5개월간 '보이스피싱 관련 검거자 총 1만2,588명 중 20대 이하가 5,068명으로 40.3%를 차지한다. 코로나19로 채용문은 좁아지고 고수익 아르바이트를 가장한 보이스피싱 범죄가 기승을 부리고 있는 것이다.

에피소드 2

P는 대학교 2학년 재학 중이었다. 여름방학에 아르바이트를 해서 등록금에 보태야겠다는 생각으로 고수익 아르바이트를 찾았다. 지방에는 선택할 수 있는 게 별로 없어 방학 동안 서울 친척집에 신세를 지기로 했다.

그런데 인터넷을 검색해 보니 친척집에 신세질 필요도 없이 숙박까지 해결해 주고 고수익을 보장한다는 아르바이트가 있었다. P는 재학증명서를 제출하고 방학이 시작되자마자 서울로 올라갔다.

그곳에는 이미 수많은 대학생이 모여 있었다. 모두 기대와 희망에 넘쳐 있었다. 보증금이나 교육비 같은 것을 요구하지도 않았다. 다만 현장에 투입되기 전에 수습교육이 필요하기 때문에 회사에서 경비 부담을 하며 중도에 그만둘 경우 교육비는 갚아야 한다고 했다.

조를 편성한 뒤 본격적으로 교육이 시작되면서 '다단계 판매' 형식의 영업행위라는 것을 알게 됐다. P는 다단계 장사는 하지 않겠다며 나가려고 했으나 뜻대로 되지 않았다. 수습기간 동안 전화기도 제출된 상태라 외부와 연락을 할 수도 없었다.

이왕 이렇게 되었으니 열심히 해 보자는 사람도 있고, 뜻밖의 현실에 자포자기하거나 나가겠다는 사람도 나타났다. P는 간신히 부모님과 통화가 되었고, 지방에서 올라온 아버지는 수소문 끝에 딸이 교육받고 있다는 건물을 찾았다. 결국 경찰의 도움은 받지 못하고 교육비 등 150만 원을 지불하고 겨우 P를 데려갈 수 있었다.

두 에피소드가 주는 상식은 무엇인가?

첫째, '고수익 아르바이트'는 사기라는 점이다. 아르바이트는 단순직, 임시직으로 고수익과는 거리가 멀다. 더구나 '고수익'이라는 어울리지 않는 수식어를 붙이게 되면 유혹하는 미끼가 되는 셈이다. 인생에 행운이나 요행수는 그리 쉽게 오지 않는다.

둘째, 인간은 남의 어리석음은 잘 알아차리지만 자신은 늘 예외라고 생각한다. 보이스피싱, 다단계 판매로 한순간에 범죄자가 되거나 고통을 겪게 된 사례는 주변에서 흔하게 목격된다.

꾼들의 사기망에 한 발 내딛는 순간 빠져나갈 수 없다는 것을 잊지 마라.

셋째, 사기꾼은 나의 허점을 노린다. 그들은 희생자들의 심리를 교묘하게 파고드는 탁월한 기술을 갖고 있다. 나도 교수들이 안심하고 돈을 맡기는 '전국대학교수공제회'에 돈을 맡긴 적이 있다. 시중 은행보다 이자를 훨씬 많이 준다는 유혹 때문이었다. 그러나 교수공제회가 하루아침에 파산했다. 고수익 아르바이트도 이처럼 짧은 시간에 목돈을 벌고자 하는 심리를 악용하는 것이다.

독서는 인생의 영원한 스승이다

공부는 안해도 독서하는 습관을 만들어라.

공부를 잘하면 좋지만 모두 잘할 수는 없다. 공부를 좀 못해도 그것이 허물이 되어서는 안 된다. 공부보다 훨씬 중요한 것은 바로 독서다. 독서는 타인을 이해하고 지식을 습득하는 최고의 스승이다. 무엇보다 독서가 주는 이해력, 어휘력, 상상력, 논리력 등은 사회생활에 큰 도움이 된다. 이것이 바탕이 될 때 말을 잘하게 된다. 독서 없는 달변은 없다. "말 잘하는 사람이 성공한다." 그 비결이 독서에 있다.

에피소드 1

그 아이는 레고나 장난감 갖고 놀기를 좋아했다. 퍼즐 맞추기도 좋아하더니 글자를 익히고 나서는 이 책 저 책 가리지 않고 읽었다. 초등학교에 들어가서는 책읽기가 재밌다고 엄마에게 "우리 집을 도서관으로 만들었으면 좋겠다"고 말할 정도였다.

독서에 취미를 붙인 아이는 특별히 학원에 가지 않았지만 공부는 상위권을 유지했다. 학업 성적보다 국사, 세계사, 과학 이야기 등 독서 범위를 넓혀 갔다. 고등학교 때도 특별히 내신성적을 관리하지는 않았다.

그는 국내 대학 입학에 실패해 유학을 갔다. 외국어 습득에도 풍부한 독서력이 힘이 됐다. 학업을 마친 후 한 공기업에 취업한 그는 각종 프레젠테이션이나 보고서 작성 등에 능력을 보였다. 직장에서 유머와 실력을 발휘, 상사의 인정을 받는 그는 유능한 직장인으로 성장하고 있다.

누구에게나 마찬가지로 그에게도 실패와 좌절이 있었지만 그에게 가장 큰 힘이 되고 지혜를 준 것은 다름 아닌 독서였다. 왜 독서는 힘이 센가? 그는 이렇게 표현했다.

"독서를 하면 우선 새로운 것을 알게 되는 즐거움이 있습니다. 어릴 때도 책이 좋았던 것은 장난감이 좋은 것과 같이 흥미나 새로움, 기대 같은 것이 있었기 때문입니다."

에피소드 2

시골에서 태어난 그에게 독서는 낯선 영역이었다. 도시로 나온 그는 서점에 꽂힌 수많은 책이 신기하기도 하고 놀랍기도 했지만, 특별히 독서의 재미도 독서의 중요성도 몰랐다.

고등학교에 가서도 운동만 좋아했지 책읽기와는 거리가 멀었다. 대학은 삼수를 하고서 겨우 들어갈 수 있었다. 취업은 많은 독서와 글쓰기, 지식과 상식을 요구했다.

그는 뒤늦게 독서를 시작했다. 시사와 상식, 역사 서적은 시험 준비 때문에 보게 됐지만 재미있었다. 학교에서 배우던 지루한 역사가 아니었다. 역사적 인물들의 인간적 아픔과 좌절, 성공 스토리가 흥미진진했다. 세계사도 연도보다 그 내용이 신기하고 재미있었다. 칭기즈칸 이야기, 프랑스 대혁명사 등은 마치 당시 상황을 체험하는 것과 같은 짜릿함을 느꼈다.

그는 독서의 범위를 넓혀 가며 기록을 했다. 서적이든 저널이든 뉴스든 읽고 나면 다시 밑줄을 긋고 인용하여 따로 노트를 만들었다.

학교에서 배우지 못한 상식과 역사, 세계사, 인문학 등을 독서하며 배웠다. 주요 내용이나 훌륭한 표현 등을 따로 정리노트에 담아두고 두 번 세 번 보는 동안 독서의 힘은 위력을 발휘했다. 방송 출연 요청을 받고 여기저기서 특강을 요청할 정도로 발전했다. 도대체 왜 독서는 이렇게 힘이 셀까?

첫째, 독서는 평생의 스승 역할을 하기 때문이다. '책 속에 길이 있다'는 말은 책 속에 지식과 지혜가 있다는 말이다. 힘들 때도 여행할 때도 책을 들고 다니면 친구와 스승과 함께 다니는 기분이다. 성공한 사람 대부분이 독서를 강조하는 이유가 있으니 이를 가볍게 여기지 마라.

둘째, 독서는 말을 잘하는 토대가 된다. 독서도 하지 않는데 말을 잘한다면 거의 사기에 가깝다. 말을 잘하기 위해서는 최소한 네 가지, 즉 어휘력, 논리력(구성력), 요약력, 표현력이 있어야 하기 때문이다. 독서는 이처럼 말을 잘할 수 있는 요소들을 다 제공한다. 풍부한 어휘력은 스피치의 기본 도구다. 요약력과 논리력은 횡설수설을 막아주는 세공술인 셈이다. 제스처와 강약 조절 등 표현력이 조금 추가되는 정도로 말을 잘할 수 있게 되면 방송사에서 초청하게 된다.

셋째, 독서량에 비례하여 어느 조직에서든 권력이 생긴다. 어느 조직, 어떤 위치에서든 말을 잘 못하면 이미지도 위상도 초라해지는 법이다. 반대로 만만하게 봤는데 말 속에 힘이 있고 지혜가 있고 논리가 있으면 사람이 다르게 보인다. 우리가 언어 동물로 살아가는 한 말 잘하는 사람이 항상 유리하다. 돈과 권력, 인기도 말 덕분에 가능해진다. 그 말을 독서가 키워 준다는 사실을 기억하기 바란다.

자기 통제와 절제가 중요한 이유

작은 폭력성이 욕설, 폭행, 살인으로 이어진다.

젊은 시절은 '질풍 노도의 시대'라고 표현할 만큼 열정도 높고 의욕도 넘치는 시기다. 이와 함께 자기 내면에 있는 폭력성이 때로 통제 불능 상태에 빠질 위험성도 높다. 세월이 흐르면 언어 폭력이든 실제 폭행이든 분노 표출 방식에 따라 그 폐해가 심각함을 깨닫게 된다. 자기 통제의 중요성을 미처 깨닫기도 전에 인생 초기에 평생을 망치는 무모한 행동을 막을 수 있다면 좋지 않을까?

에피소드 1

스토킹, 데이트 폭력 등이 점차 늘어나는 추세다. 30대 초반의 그는 한 인터넷 방송 여성 BJ의 열혈팬이었다. 그는 맘에 드는 BJ에게 일방적으로 금액을 후원하는 슈퍼챗을 날리는 등 애정 공세를 퍼부었다.

그런데 그는 방송 채팅방에서 강제 퇴장당했다. 그의 욕설과 폭력성 등 비매너를 참을 수 없었던 BJ가 강퇴시켰기 때문이다.

그동안 후원과 함께 관심을 쏟았던 그는 앙심을 품고 복수에 나섰다. BJ의 개인 전화번호를 알아낸 뒤 '복수하겠다'는 메시지를 보냈다. 몇 차례 협박을 하며 BJ에 대한 스토킹을 이어갔다. 그녀를 만나 분풀이를 할 수 없었던 그는 방향을 틀었다.

BJ의 어머니가 공인중개사 사무실을 운영한다는 정보를 입수했다. 그는 그 어머니에게 "딸을 만나게 해 달라"고 요구했다. 당연히 거부당했다. 그의 분노는 이제 걷잡을 수 없는 단계로 치달았다.

그는 차를 몰고 BJ 어머니 사무실로 쳐들어갔다. 그리고 50대 어머니를 살해하고 스스로 목숨을 끊었다. 무고한 어머니가 한순간에 변을 당했다. 일시적 분노 때문에 30대 초반에 스스로 자기 목숨을 끊게 될 줄 상상이나 했을까.

에피소드 2

스물다섯 살 게임마니아였던 청년은 온라인 게임에서 만난 한 여성에게 호감을 느껴 연락을 취하게 됐다. 그리고 실제 만남으로 이어졌다.

그러나 온라인 게임에서 만날 때와 현실에서의 만남은 서로의 기대에 어긋났다. 여성은 즉각 만남을 거부했다. 청년은 어떻게 정보를 입수했는지 그 여성의 집까지 찾아왔다. 여성은 "다시는 나타나지 말라"고 단호하게 거부했다.

자존심이 상한 그는 복수를 결심하고 미리 흉기를 준비하는 등 게임하듯 여성을 제거할 계획을 세웠다.

혼자 있는 틈을 이용해 여성의 집을 찾아간 그는 여성을 묶고 감금했다. 어머니와 여동생의 신변마저 위험하다고 판단한 여성은 남성에게 성폭행을 허용할 테니 가족만큼은 건드리지 말라고 애원했다.

그러나 한번 복수심에 불탄 그 남성은 성욕을 채운 후 여성을 살해하고 그 어머니와 여동생까지 죽이는 끔찍한 범죄를 저질렀다. 20대 청년은 인간의 탈을 쓴 악마였다. 경찰에서 얼굴이 공개됐을 때 주변에서 흔히 보는 평범한 남성이었다는 점에서 더욱 충격적이었다. 무엇이 그를 악마로 만들었을까.

이 두 사건이 시사하는 바는 무엇인가? MZ세대라고 불리는 젊은층도 표현 방식만 다를 뿐 인간이 지켜야 할 기본사항은 크게 다르지 않은 모습을 각종 사건 사고에서 목격하게 된다.

첫째, 자기 통제, 자기 절제의 중요성이다. 자존감이 낮은 사람들은 '무시당했다' '자존심이 상했다'고 생각되면 죽기살기로 달려든다. '거절당하거나 모욕감을 느꼈다'는 이유만으로 마치 게임하듯 폭행하고 살해하는 행태는 경악스럽지만 점점 주변에서 쉽게 목격된다.

둘째, 인간이 악마로 변하는 것은 한순간이기 때문에 '노' 할 때 지혜가 필요하다. 단호함이 필요하지만 표현 방식에 따라 자기 목숨까지 걸고 달려드는 사람도 주변에 널려 있다. 전화번호를 바꾸고 이사를 하고 심지어 접근금지명령까지 받아내도 악마의 손길을 막기는 역부족이다.

셋째. 모든 것을 법에 의존할 수는 없다. 1인 미디어가 늘어나면서 BJ도 신종 직업이 되고 실제로 수익을 올리는 사람도 늘어났지만 위험은 상존한다. 시청자들이 '별풍선'을 날리는 식으로 돈을 후원하면서 갑질을 하기도 한다. 악의적인 시청자는 3초마다 '죽어라'고 댓글을 올리기도 해서 차단하면 또 다른 방식으로 악플을 다는 식이다.

플랫폼 업체들이 적극적으로 통제해야 하지만 '표현의 자유'라는 이름으로 욕설까지 허용한다. 인터넷 방송은 방송법에도 적용받지 않아 선정성, 폭력성, 음란성 등에 대한 규제가 없어 피해자가 양산되고 있다. 법과 제도가 개인의 불행을 막아 줄 수 있어야 하지만 이처럼 늦기 때문에 각자의 자구책은 스스로 찾아내는 지혜가 필요하다.

할까 말까 고민된다면 망설임 없이 도전하라

인생은 고비마다 도전의 연속, 도전 없는 인생은 끝난 것이다.

인생은 늘 '할까 말까' '갈까 말까' 등 고민과 선택의 연속이다. 인생의 봄 시기가 특별한 점은 스스로 선택한 결과도 받아들일 수 있고 회복할 수 있는 시간의 여유가 있다는 것이다. 그 선택이 타인을 해치거나 반사회적이고 불법적인 것만 아니면 된다. 혹 시련과 시행착오를 겪더라도 얻은 것이 많다는 것은 나중에 알게 된다. 시련의 눈물을 흘리더라도 자신의 능력이나 한계를 깨닫고 잠재력을 찾아내는 것도 지혜다. 너무 재지 말고 너무 따지지 말고 자신을 던져라. 인생이 늘 계획대로 되는 것은 아니다.

에피소드 1

그는 공부를 잘하는 아이였다. 학원에 보내지 않아도 책읽기를 즐기고 공부하는 것을 좋아했다. 부모는 선행학습 대신 스포츠 등 운동에 관심을 갖도록 지도했다.

그러나 선행학습이 중요하고 학원이 필수코스인 상황에서 자기 방식대로 공부하는 것은 쉽지 않았다. 중학교까지는 어떻게든 버텼지만 고등학교는 상황이 완전히 바뀌었다. 특목고 1학년 반배치고사는 선행학습을 했다는 전제로 시험문제가 출제됐다. 결과는 참담했다.

스스로 선택해서 간 특목고였지만 내신성적이 좋지 않았다. 이제 와서 내신성적 때문에 검정고시를 봐야 하나 고민이 컸다. 주변에는 이미 검정고시를 선택한 친구, 졸업도 하기 전에 내신을 위해 학원을 선택한 친구들도 늘어났다.

그는 고3이 되어서야 내신성적을 최상위로 끌어올릴 수 있었으나 1,2학년 성적이 문제였다. 수능을 치른 후 내신성적을 중시하는 입시제도 때문에 그는 끝내 원하는 대학에 진학하지 못했다. 재수를 해도 내신성적이 발목을 잡을 것 같아 다른 선택을 권했다.

미국, 영국도 아닌 말레이시아를 선택했다. 미국 유학 프로그램을 운영하는 그곳 대학교에서 1년 반가량 공부하는 어려운 결단을 내렸다. 그는 "열심히 공부한 내가 왜 말레이시아로 가야 하느냐"고 눈물을 흘렸다.

결국 말레이시아 유학 생활을 잘 마치고 미국의 한 대학교 편입에 성공했다. 그리고 보험계리학과 수학을 복수 전공하며 최우수 학생으로 졸업했다. 국내 대학에서 실패했다고 인생의 끝이 아니다. 세상은 넓고 선택은 널려 있다.

에피소드 2

아이는 그림이나 노래 등에는 별로 눈에 띄는 반응을 보이지 않았다. 그러나 일곱 살 때 고모가 사 준 빨간 스케이트를 신은 다음부터는 특별한 아이로 변했다.

거의 하루 종일 스케이트만 타려고 했다. 집에서도 스케이팅 관련 TV 프로그램을 빠짐없이 봤다. 어머니는 아이가 너무 좋아해서 말릴 수가 없다고 했지만 학교 수업도 건성으로 들을 정도로 스케이팅을 좋아하니 걱정이 앞섰다. 피겨 스케이팅으로는 메달 하나 따지 못한 나라에서 피겨 스케이팅 선수의 길을 선택한다는 것은 무모하게 보였다.

하지만 아이의 고집을 꺾을 수가 없었다. 스케이팅 국가대표 감독을 찾아가 상담을 했다.

"동양인치고는 아이 팔다리가 긴 편이라 해 볼 만합니다."

어머니는 감독의 말에 아이 뜻을 존중하기로 결심했다. 각종 주니어 대회에서 두각을 나타내며 국제무대에도 이름을 알리기 시작했다. 그러나 연습 여건이 여의치 않았다. 전문 지도를 받을 코칭 스태프를 확보하기가 어려웠다.

피겨 스케이팅이 있는 고등학교로 전학해야 했고 금전적 지원도 점점 늘어났다. 미래가 불투명한 곳에 투자하겠다는 기업이나 후원자도 없던 시기였다. 아이의 도전에 부모가 본격적으로 나섰지만 벽이 한두 개가 아니었다. 돈 문제 외에도 더 큰 문제는 따로 있었다.

매해 천 번 이상 연습하며 딱딱한 얼음바닥에 넘어지면서 입게 되는 부상이 문제였다. 프로 무대는 한 번의 작은 실수도 용납하지 않았다. 몸도 아프고 훈련도 힘들어 눈물과 고통이 어린 선수를 엄습했다. 좋아서 선택했지만 너무 힘들어 포기하고 싶은 생각이 종종 자신을 괴롭혔다.

밴쿠버 동계올림픽을 앞두고 허리 부상 때문에 출전이 불투명했을 정도였다. 그러나 모든 부상과 심리적 압박을 극복하고 끝내 한국 피겨 스케이팅 역사상 최초로 동계올림픽 금메달을 따낸 주인공이 됐다. 바로 김연아 선수의 이야기를 재구성한 것이다.

앞으로 김연아 선수의 삶이 어떻게 전개될지는 모르지만 적어도 자신의 선택에 대해 최선의 성과를 낸 노력과 투지, 어머니의 정성과 지원은 높이 평가받아야 한다. 우리 국가와 국민의 성취감과 자부심을 이처럼 세계에 널리 알린 선수도 많지 않다.

이 두 이야기는 분야가 다른 만큼 전혀 다른 이야기일 수 있다. 그러나 어떤 선택을 하든 그 선택에는 고통과 갈등, 좌절이 따르지만 그것을 인내하며 극복할 때 찬란한 성취가 따른다는 공통점이 있다. 지혜를 정리하면 이렇다.

첫째, 인생은 선택의 연속이다. 쉽고 편한 길은 고민도 적고 좌절도 별로 없다. 어려운 선택일수록 좌절의 가능성은 높지만 자신의 잠재력과 능력을 극대화할 수 있는 기회가 주어진다.

김연아는 다른 선택을 했더라도 그 정도의 집념과 노력, 투지였다면 분명히 큰 성과를 낼 수 있었으리라.

둘째, 선택이 정해지면 더 이상 좌고우면하면 안 된다. 선택 전에 충분한 상담이 필요할 뿐이다. 말레이시아를 선택한 아이에게 그곳은 미래가 없으니 미국으로 보내라, 국내 전문 재수학원에 보내라는 주변의 권유는 혼란만 부추길 뿐이다. 설령 그선택이 예상대로 결과가 나오지 않더라도 좌절 속에 얻는 것이 적지않다는 것은 경험해 본 자만 안다. 고민을 해야 할 때, 결단하고 실행해야 할 때를 구분할 수 있어야 하고, 주변의 말에 흔들리지 말아야 한다.

셋째, 도전하는 자만이 성취하는 법이다. 인생의 준비기에는 도전이 주종목이어야 한다. 직장도 옮겨 보고 해고도 당하거나 스스로 해 보고 미리 찬밥 신세를 경험해 보는 것은 값지다. 그런 것을 굳이 경험해 봐야 하느냐고 반문하고 기왕이면 "꽃길만 걸어라"고 조언할 수도 있다. 어느 쪽 말도 타당한 측면이 있다. 다만 살아보니 좌절과 갈등과 실패를 미리 체험하고 내적 근육을 키워 두니 큰 도움이 되었다는 점을 강조하고 싶다.

지혜 9

SNS 신종 범죄, 디지털 성범죄를 경계하라

42년형 선고 들어봤나?

온라인을 기반으로 한 디지털 미디어 세상이 인간을 바꾸고 법과 제도를 바꾸고 있다. 디지털 성범죄의 심각성을 깨닫고 법원에서 양형 기준을 조정하여 실제로 42년형을 선고하는 기록을 남겼다. 2021년 대법원은 희대의 디지털 성범죄자에게 1심 45년형을 감형하여 42년형으로 최종 확정했다. 그와 함께 소위 박사방을 운영한 네 명에게도 징역 7~13년형이 선고됐다. 형량을 보면 대단한 범죄자로 보이지만 처음 시작은 게임하듯 재미 삼아 시작한 것이었다.

에피소드 1

인터넷상에서 조작과 위조, 신분 위장은 쉬웠다. 게임으로 익힌 컴퓨터 기술로 온라인과 오프라인을 오가며 조모 씨는 은행 계좌도 위조하여 입금 내역을 만들었다. 이를 기반으로 유력 정치인이나 언론인들을 상대로 사기행각을 벌여 재미를 봤다.

유명 인사들이 너무 쉽게 넘어가는 행태는 그를 악마로 키우는 자양분이 됐다. 소위 n번방을 보안이 가장 잘 된다는 텔레그램에 개설하여 여성들의 성착취물을 올리고 비슷한 취향을 가진 동료들과 비밀방을 공유했다. 누가 더 자극적인 내용을 올릴수 있는가 내기까지 하는 식이었다.

아동, 청소년, 성인 여성 등 상대를 가리지 않고 범행 대상으로 삼았다. 아르바이트 등으로 유인하여 스스로 옷을 벗고 스스로 제작하여 동영상을 올리도록 만들었다. 말을 듣지 않을 경우 부모나 선생님에게 알리겠다, 부모를 그냥 두지 않겠다는 협박은 효율적 수단이 됐다.

20대인 조씨는 단순히 온라인상에서 성착취물 감상으로 끝내지 않고 동료로 하여금 실제로 강간까지 하게 했다는 보도가 나왔다. 수십 명이 성착취물의 피해자가 되는 동안 어떤 제재도 받지 않았다.

그는 이제 감방에 갇혔지만 디지털 성착취물은 완전히 삭제할 수 없어 2차 피해가 우려된다는 목소리도 나왔다. 여성가족부는 해마다 디지털 성범죄자 피해 여성이 늘어나 2019년 2,087명에서 2020년 거의 두 배가 넘는 4,973명이라고 했다. 이는 디지털 성범죄가 심각한 사회범죄가 됐다는 것을 의미하고, 피해자만큼 가해자도 늘어났다는 것이다.

에피소드 2

그녀는 갑작스런 낯선 사람들의 문자 폭탄에 놀랐다. 한 공유 사이트에 그녀의 연락처와 침실 사진이 담긴 게시물이 올라와 있다는 것이었다. 너무 놀라서 확인해 보니 자신이 맞았다. 그런 은밀한 사진을 올릴 수 있는 사람은 전 남친뿐이라는 것을 알고 연락을 했다.

그는 자백을 했고 사과했다. 그러나 더 심각한 문제가 터졌다. 전 남친이 그녀의 사진에다 여성 성기 사진을 합성해 올리고 또 그녀와 닮은 여성의 성관계 동영상 등을 이용해 더 많은 영상물을 올렸다. 거기에는 그녀의 연락처와 직장에 관한 정보까지 올라 있었다.

그녀는 직장 생활을 제대로 할 수가 없었다. 실제로 낯선 남자가 직장으로 찾아오기도 했다. 직장을 그만두고 전 남친을 형사고소했지만 그는 가볍게 집행유예로 풀려났다. 그녀는 자신이 받은 고통과 피해에 비해 전 남친이 받은 처벌이 솜방망이에 불과하다고 한탄했다.

디지털 성범죄는 새로운 유형이다. 다양한 사례가 있을 수 있지만 이 두 사건에서 얻어야 할 지혜와 상식은 무엇인가?

첫째, 나와 너무 가까운 디지털 성범죄 행태다. 조씨의 검거로 n번방이 사라졌다고 해서 디지털 성범죄가 사라진 것은 아니다. 이제 성착취물 제작은 물론 유통, 소지만 해도 처벌받는다. 친구가 보내 준 성착취물을 소지하기만 해도 디지털 성범죄자가 될 수 있고 중범죄에 해당할 수 있다. 남친과 관계가 틀어지면 사랑은 너무 쉽게 악몽으로 바뀔 수 있는 디지털 세상이다.

둘째, 디지털 성범죄의 심각성에 비해 처벌은 형편없이 낮은 수준이다. 각자 자기보호, 자기 관리를 하는 노력과 지혜가 필요하다. 조씨에게 42년형이 내려진 것은 여론도 나쁘고 중벌을 요구하는 사회적 목소리가 컸기 때문이다. 그러나 대부분 디지털 성범죄에 대한 실형 선고는 매우 낮고 그나마 집행유예로 풀려나는 식이다. 국제기구 '휴먼 라이츠워치'는 디지털 성범죄에 대한 한국 정부의 대응이 미흡하다고 비판했다. 게시된 영상물을 삭제하고 유포를 중단하도록 명령하고 피해자에게 손해배상을 하거나 불법 촬영물 삭제 비용을 지불하게 하는 법정명령이 따라야 하는데 현실은 법만큼 거리가 멀다.

셋째, 디지털 성범죄 피해자들은 평생 고통에 시달리게 되므로 예방이 최선이다. 완전히 삭제할 수도 없고, 어디에 어떤 형태로 보관되어 있다가 다시 나타날지 모르는 불안과 공포에 시달리게 된다. 디지털 사진 조작, 위조, 합성 등이 쉬워지면서 누구나 잠재적 피해자가 될 수 있는 만큼 조심하는 것이 최상책이다. 또한 합성사진이나 조작으로, 혹은 진짜 동영상으로 피해를 입더라도 '극복할 수 있다'는 마음의 근육을 키우는 것도 중요한 지혜다.

남에게 줘도 줘도 남는 재산은 지식뿐이다

인생의 봄에 갈고 닦은 실력이 평생을 좌우한다.

전공 공부가 반드시 학교 공부에 한정된 이야기는 아니다. 대학이 아닌 직업 공부, 기술 공부, 요리사, 미용사 등 다양한 분야의 전공을 망라한다. 자신의 적성과 재능을 토대로 좋아하는 분야에 전문적 지식을 갖추기 위해서는 부지런해야 한다. 이때 갈고닦은 실력이 평생을 좌우한다. 나중에 보면 그 선택이 빛이 날 수도 있고 그렇지 않을 수도 있다. 어떤 세상, 어느 시대에도 인생의 승자와 패자는 있는 법. 그것은 인생의 봄에 거의 결정된다.

에피소드 1

그녀는 얼굴도 예쁘고 공부도 잘했다. 대학교는 서울에 있는 명문대에 진학했다. 공부가 쉬운 그녀에게는 당연한 것이었다. 사법고시 준비반 모임에도 들어가 졸업과 함께 합격하여 판사와 검사 중 무얼 선택할까 고민할 정도로 성적도 좋았다. 지도교수의 조언으로 그녀는 검사의 길을 택했다.

정의와 법치 정신으로 넘쳐나야 할 검찰에 들어와 보니 군대식 명령체계에 성희롱, 성추행 등이 예사로 벌어지고 있었다. 자정기능도 없는 검찰 안에서 여성의 숫자는 늘어나고 있었으나 여성 인권이 제대로 지켜지지 않는 모순을 보면서 그녀는 깊은 회의감을 갖게 됐다.

그녀는 검사직을 걸고 검찰 내부에서 무시되고 있는 여성 인권 보호에 도전했다. 사회적 지지는 뜨거웠지만 검찰 조직의 냉대와 무시, 차별은 감내하기 쉽지 않았다. 가녀린 여성에게 비겁한 남성들이 집단 린치를 가했다. 인내하기 힘들었지만 버티기로 했다.

그러다 법무부로 파견돼 양성평등위원회에서 여성 인권을 실질적으로 강화하는 법안을 마련하는 데 전문성을 발휘했다. 한국같이 남성 중심 사회에서 여성의 인권 보호를 위해 고쳐야 할 법과 제도가 너무 많았다. 그녀는 자신이 공부한 전문 영역에서 능력을 발휘하여 제도를 강화하는 데 앞장서고 있다. 약해 보이는 여성이지만 전문 지식과 용기로 우리 사회 변화에 앞장서며 법치사회 정착을 위한 꿈을 키우고 있다.

에피소드 2

그는 운동을 좋아했다. 마침내 체육교사의 꿈도 이뤘다. 부지런한 그는 스포츠 분야에서 또 다른 분야, 노래와 기타 등 음악 쪽으로 흥미를 넓혀 갔다.

단순히 취미 삼아 기타 치고 노래하던 것이 발전해서 학교 운동회나 소풍 등 행사에 음악 장비를 동원하고 필요하면 기타를 연주해 주는 등 행사에 꼭 필요한 사람이 됐다.

그는 테니스 동호회에서도 버스킹을 하며 회원들에게 즐거움을 선사했다. 그가 사는 아파트 기타 동호인들은 그를 선생님으로 초빙하여 레슨을 받았다. 그에게 기타를 배운 한 교수는 이렇게 말했다.

"나이 들면서 음악도 하고 싶고 기타도 배우고 싶었는데 학원 가기는 그렇고… 그분이 가르쳐 줘서 부담 없이 배우게 됐다. 선생님이 병원이나 양로원 같은 곳에서 봉사하는 모습이 보기 좋다."

교직을 은퇴한 뒤 그는 기타를 메고 반주기와 함께 필요로 하는 곳을 찾아다니며 즐겁게 노후 생활을 보내고 있다. 또한 그를 찾는 사람들에게 레슨을 해 주며 음악 가이드 역할도 기꺼이 한다.

두 에피소드의 공통적인 시사점은 무엇일까?

첫째, 지식, 전공 수업은 성실함과 노력이 따르지만 그 값어치를 한다는 점이다. 정치 검사도 있지만 실력을 발휘하여 좋은 법을 만든다면 공익적으로 크게 기여하는 것이다. 체육교사에 머물지 않고 음악 쪽으로 재능을 다듬고 발전시켜 은퇴 후 재능기부를 하는 것은 성실한 시간을 보낸 인생의 보상인 셈이다.

둘째, 용기와 도전정신이 있어야 한다. 누구나 꿈꾸고 상상해 볼 수 있지만 실제로 도전하여 자신의 이상을 현실로 만들어 내는 것은 오직 용기 있는 사람의 몫이다. 폐쇄된 검찰 조직 안에서 여성 인권을 부르짖고 법제화에 앞장 서는 일은 본인에게는 고통이지만 이 사회를 위해서는 꼭 필요한 일이다. 두 번째 에피소드처럼 체육교사가 음악 분야에 도전하는 것도 전혀 다른 노력과 재능을 요구하기 때문에 용기가 필요하다. 그런 전문성을 갖춰 타인에게 도움을 준다는 것은 위대한 일이다.

셋째, 인생의 봄, 여름에 흘린 땀은 인생의 가을, 겨울에 보상으로 돌아온다. 파종을 하지 않으면 수확도 없다는 것은 자연의 원리다. 인생 후반전이 좋은 사람들은 하나같이 전반전에 자기 전공 분야에 충실했거나 전공을 더 늘여 발전시킨 성실파들이었다는 점을 기억할 필요가 있다. 인생 후반부의 품격은 '내가 뭘 할 수 있느냐'가 결정한다.

여행은 삶의 지혜를 가르쳐 주는 교육장이다

힘든 여행은 지식, 체험, 추억, 지혜를 선사하는 멋진 선물이다.

인생의 봄에는 취업, 스펙 쌓기, 자격증 취득, 학위, 결혼 등할 것이 너무 많다. 모두 시간이 필요하고 집중력 또한 필요하다. 이런 시기에 여행을 권하는 것이 적절한지 의문을 제기할수도 있다. 여행은 단순히 '노는 것' 이상으로 얻는 게 많다. 또취업을 하거나 결혼을 하면 장기 여행은 어려워진다. 그래서 더욱 치밀하게 계획을 세워 후순위로 미루지 말라는 것이다.

에피소드 1

그는 공시족이었다. 대기업에 입사하기는 너무 어렵고 중소기업은 가기 싫었다. 선배들이 한결같이 '공무원'이 최고라고 추천했다. 경쟁률이 높아 공무원 시험도 대학 졸업 후 재수, 삼수생들이 많았다. 그는 '평생 안정이 보장된다'는 공무원 시험에올인하기로 했다.

물론 대학 동아리 활동도 접었다. 그는 운좋게도 대학을 졸업하기 전 시험에 합격했다. 친구들의 부러움 속에 공무원 생활을 시작했다. 공무원 생활 8년차가 된 그가 가장 아쉬워하는 점을 이렇게 말했다.

"대학 때는 취업이 너무 큰 문제이고 절실해서 다른 것을 생각할 여유가 없었습니다. 막상 공무원이 되고 보니 해외 여행을 제대로 다녀보지 못한 것이 정말 아쉽습니다. 물론 휴가 때나 출장을 이용해서 여행을 할 수도 있지만 시간적 여유나 기회가 잘 주어지지 않는 게 현실입니다."

여행도 다니면서 공무원 시험에 합격할 수 있었겠느냐는 지적에는 이렇게 말했다.

"물론 쉽지 않았겠지만 대학 때 해외 연수나 교환학생 등의 기회를 살리면 자연스럽게 해외 여행을 많이 할 수 있고, 그다음에 취업 준비를 해도 대부분 다 하더라고요. 전 너무 일찍 취업해서 좋은 점도 있지만 잃은 것도 많다는 것을 시간이 지나면서 알게 되더라고요."

그는 지금 공무원 생활을 하면서 해외 여행을 계획하고 있다. 그러나 쉽게 떠나지지도 않고 왠지 혼자서는 자신이 없다는 것이다.

에피소드 2

그는 유학파다. 아시아, 미국 등지에서 공부했다. 그리고 군 복무를 코이카에 지원하여 아프리카 오지에서 교사로 근무했을 정도로 해외 생활에 익숙했다.

외국 학위증이 있다고 국내 취업이 유리하거나 쉬운 것은 없었다. 다시 봉천동 쪽방촌에서 취업 준비를 했다. 거의 서른 살이 되어서야 겨우 국내 기업에 들어갈 수 있었다. 기업에 근무하다가 온라인상에서 만난 스터디 그룹 후배들이 공기업을 권해 그는 다시 공기업에 도전했다.

그리고 공기업 해외금융지원팀에 지원, 당당히 합격했다. 지방으로 이전한 공기업이지만 복지나 봉급 수준은 좋았다. 업무 과정에서 해외 생활, 유학 생활은 큰 도움이 됐다. 그에게 해외 여행은 어떤 것이었을까?

"해외 여행은 낯선 곳에서 낯선 사람들과 어울리는 법을 배울 수 있는 기회다. 외국어를 배워야 할 이유가 절실해지고, 이질적 문화를 배우지 않으면 어울릴 수 없다. 또한 해외에 나가면 나를 좀 더 객관적으로 볼 수 있고, 한국 사회를 찬찬히 돌아보며 내 미래의 삶이나 직업관을 수정하고 보완할 수 있게 된다."

여행으로 인해 취업이 늦어지거나 고시 같은 긴 공부를 할 수 없는 점에 대해서는 이렇게 말했다.

"개인이 갖는 가치관의 문제다. 모든 것을 선택해서 한꺼번에 할 수는 없다고 생각한다. 직업관, 가치관 등이 정립되는 시기에 국내외 여행을 하면서 나를 돌아보고 다른 문화를 경험하며 많은 것을 느끼기 때문에 시간을 투자해 볼 만하다."

두 사례는 해외 여행을 두고 한쪽은 아쉬워하고 한쪽은 얻은

것이 많다고 생각하는 경우다. 왜 바쁘다는 인생 준비기에 국내
외 여행을 권하는 것일까?

첫째, 여행은 즐거움과 함께 타인과 공존하는 지혜와 이해력,
판단력, 절제력, 외국어 등을 배울 수 있다. 인생 준비기에 공
부, 취업에만 몰두하게 되면 이런 것을 소홀히 할 수 있다. 여행
은 한가롭게 들릴 수 있다. 인생의 봄에는 해야 할 일이 너무 많
지만 여행도 공부의 연장선이다. 역사여행, 테마여행, 지리여
행, 풍류와 지역 역사 등 배울 것이 널려 있다.

둘째, 여행은 노는 법을 가르쳐 준다. 사람마다 즐기는 방식
이 다르지만 여행은 모두 좋아한다. 한국 사회가 선진국이 되면
서 여가시간 활용, 잘 노는 법 등에 대해 관심이 높다. 한국의
직장은 휴가가 짧은 편이라 해외 여행을 제대로 하는 데 한계가
있다. 공무원도 마찬가지다. 여행은 행복하고 즐거운 삶에 필요
한 지혜를 가르치는 생생한 교육장이다.

셋째, 해외 여행은 글로벌 인재, 글로벌 마인드를 키워 주는
계기가 된다. 교통의 발달로 해외 생활은 물론 외국인과의 접촉
도 더 잦아질 것이다. 외국인이나 외국 문화에 대한 배타성, 이
질감을 극복하고 해외 문화나 체험을 즐기기 위해서라도 해외
여행은 꼭 필요하다.

내 안의 분노, 악마를 조절하는 법을 배워라

분노도 기쁨도 습관, 그 습관을 긍정적으로 만들어라.

타고난 성격은 바꿀 수 없을까? 어릴 때 자신도 모르게 형성된 성격이 좋을 수도 그렇지 않을 수도 있다. 특히 쉽게 짜증 내고 화를 못 참는 성격은 인생을 한순간에 위험에 빠트릴 수 있어 초기에 최대한 개선할 수 있으면 평생 도움이 된다. 교육과 스스로의 깨달음만이 본인의 약점, 무지, 무모함을 바꿀 수 있다. 하루아침에 개선되는 것이 아니기에 꾸준히 노력해야 한다.

에피소드 1

시골에서 늦둥이로 태어난 아이는 부모의 사랑을 독차지했다. 공부도 잘하는 편이어서 도시에 있는 대학에 진학했다. 말은 많지 않았지만 일에 몰두하는 성격이었다.

대학을 졸업하고 바로 대학원에 진학했다. 묵묵하고 성실한 그를 좋게 본 지도교수의 실험실에서 근무하며 조교일도 병행해 장학생이 되었다.

늦둥이 아들의 대학원 진학은 노부부에게 큰 기쁨이었다. 그런데 기쁨과 즐거움만을 선사할 것 같던 아들이 위기를 맞았다. 실험실에서 괴팍한 선배를 만난 것이다. 그 선배는 실험실에서는 별 문제가 없었으나 어쩌다 술자리에 가면 주사가 있어 후배들을 괴롭히곤 했다. 그날의 사건도 술자리에서 벌어졌다.

여학생들과 함께 술을 마신 선배는 순둥이 후배를 괴롭혔다. 대꾸도 하지 않고 참고 있는 그에게 언어 폭력이 이어지고 급기야 머리를 때리는 등 모욕적인 언행이 거듭되었다. 분노를 참을 수 없었던 후배가 주방으로 달려갔다.

잠시 후 나타난 그의 손에는 칼이 들려 있었다. 비명을 지를 새도, 말릴 틈도 없이 그는 선배의 가슴을 향해 달려들었다. 선배는 피를 흘리며 쓰러졌고, 그것으로 끝이었다.

이 소식은 밤늦게 노부부에게 전해졌다. 실험복을 입고 실험실에 있던 자랑스런 아들이 한순간에 철창에 갇혀 눈물을 흘리는 신세가 됐다. 교수도, 부모도, 대학교도 어떻게 손을 쓸 수 없었다. 그는 한순간의 분노를 조절하지 못하고 너무 큰 사고를 친 것이다.

에피소드 2

그는 스물일곱 살에 교수가 됐다. 남들은 군대 다녀와서 복학생에 불과한 나이에 유명 대학원을 졸업하고 바로 교수가 된 것이다. 군은 면제를 받았다. 초년 출세를 한 그에게 대학은 좋은 놀이터였다. 대학에서 교수가 갑 중의 갑으로 군림하던 시기였다. 학점이나 학위 등을 무기로 젊은 교수는 쉽게 오만해질 수 있는 시대였다.

시간이 지나면서 조교와 친해지더니 급기야 부인과 이혼했다. 조교와의 불륜이 원인이었지만 그의 뜻대로 이혼을 관철시켰다. 거칠 것 없는 인생이었다. 젊은 조교와 재혼한 후에도 그의 주변에 이쁜이들이 많았다.

그에게 또 다른 문제가 있었다. 술을 마시면 젓가락 같은 것으로 주변 사람을 치거나 괴롭히는 이상한 술버릇이었다. 집에서도 술을 마시면 젊은 아내를 괴롭혔다. 교수님에 대한 환상이 깨진 아내는 더 이상 인내할 수 없다고 판단했다. 마침내 이혼에 이르렀다.

유명 대학 출신 현직 교수, 겉으로 보기엔 멀쩡한 남성에게 혹하는 여성은 주변에 많았다. 이번에는 일찍 사별한 한 부인과 만남이 성사됐다. 그 부인은 남편이 의사였지만 일찍 혼자 된 몸이었다.

두 사람은 서로 호감을 느껴 바로 결혼했다. 교수라는 점, 의사가 유산으로 큰 자산을 남긴 점 등이 크게 어필됐을 거라는 세간의 입방아가 있었다. 문제는 결혼 후 서로의 기대와 예상이 어긋나 곧바로 위기를 맞았다는 점이다.

교수 남편의 술버릇과 외도에 화가 난 부인은 먼저 이혼을 요구했다. 교수 남편은 재산 절반을 넘겨주지 않으면 이혼해 주지 않겠다고 대꾸했다. 잦은 말다툼으로 괴로운 나날이 반복됐다.

초년 출세로 세상이 우습게 보였던 교수 남편의 내면에서 악마가 작동되기 시작했다. 아내만 제거하면 모든 재산이 자기 것이라는 결론에 이르렀다. 완전범죄를 꿈꾸며 인터넷을 뒤져 관련 정보를 수집하고 모의를 꾸몄다.

한밤중에 아내에게 전화를 걸어 '이혼해 주겠다'며 밖으로 불러내 살인극을 벌인 것이다. 미리 섭외해 둔 또 다른 내연녀와 함께 큰 가방에 시체를 넣고 돌과 함께 바다로 이어진 강에 버렸다.

실종신고는 있었으나 6개월간 행방이 묘연했다. 사건 초기부터 교수 남편이 유력한 범인으로 지목됐지만 물증이 없었다. 그동안 그는 태연하게 대학에서 강의를 했다.

어느 날 낚시꾼에 의해 시신이 발견됐다. 손가락 지문은 살해 당시 모두 없애 버렸기 때문에 신원 확인이 쉽지 않았다. 그러나 과학수사 결과 사라진 부인으로 밝혀졌고, 교수 남편도 결국 범행 일체를 실토했다. 50대 중반에 그는 22년형을 선고받았다.

이 두 사건이 우리에게 시사하는 점은 무엇일까?

첫째, 인간의 내면에는 천사와 악마가 함께 존재하지만, 악마는 자주 분노와 함께 나타난다. 분노의 표정은 악마의 얼굴이다. 평범한 사람이 극도의 분노를 느낄 때, 그 순간이 정말 위험하다. 분노는 내면의 악마를 부를 수 있기 때문이다.

둘째, 일반인도 쉽게 범법자, 살인자가 될 수 있다는 것이다. 교도소에 가 보면 악마같이 생긴 사람은 따로 없다. 우리 주위에서 흔히 보는 평범한 사람들이 의외로 많다. 대학원생도 교수도 한때 우리와 함께 웃고 즐기던 이웃이었다. 그들이 한순간에 쇠고랑을 찬 것은 자신의 내면에 존재하던 악마를 통제하지 못했기 때문이다.

셋째, 전문가도 자신을 지키는 데 필요한 지식과 지혜를 갖추지 못했다는 점이다. 교수조차 자기 분야의 전문가일 뿐 인생의 지혜를 못 배웠거나 체득하지 못했다. 누구나 안다고 누구나 실행할 수 있는 것은 아니다. 알고 실행할 수 있을 때 지혜는 빛난다.

콤플렉스를 인생의 지렛대로 활용하라

주어진 조건과 환경을 받아들일 때 극복의 길이 보인다.

누구에게나 콤플렉스가 있다. 부모나 환경 탓일 수도 있고 본인 스스로 부족하거나 결함이 있을 수 있다. 이 콤플렉스를 어떻게 받아들이고 어떤 태도로 임하느냐는 인생 전체를 좌우할 만큼 중요하다. 콤플렉스 때문에 괴로워하다 삶을 허무하게 끝낼 수도 있다. 그러나 콤플렉스를 극복하고 멋진 삶을 살아가는 사람도 많다. 내게 어떤 콤플렉스가 있는지, 이를 어떻게 대처하고 있는지 되돌아보자.

에피소드 1

윤 박사는 나의 대학 후배다. 대학 시절 기숙사에서 함께 생활하며 친하게 지낸 그의 콤플렉스 극복기를 소개하고자 한다. 그는 국내외 분자식물학계에서 워낙 유명해 여기서는 그냥 윤 박사라고 부르겠다.

그는 대학을 졸업하고 일본에서 석사·박사학위를 마쳤다. 국내 대학과 연구기관에 지원했지만 뜻을 이루지 못하고 다시 미국으로 건너가 연구 경력을 더 쌓았다. 다른 친구들은 이미 교수가 되어 있었지만 그는 다시 짐을 싸야 했다.

미국 생활을 마치고 국내 지방 국립대학에 정착하고도 연구비를 확보하는 데 차별과 괄시는 계속됐다. 하지만 그의 논문은 세계적인 과학전문지 《사이언스》 등에 실리기 시작했고, 연구자 윤 박사의 이름이 세계 유명 논문지에 소개됐다.

이와 함께 각종 상을 휩쓸면서 서울대와 카이스트에서 좋은 조건으로 스카우트 제의도 들어왔다. 그 즈음 그를 우리 학교에 초청, 학생들을 대상으로 특강을 했다. 그중 기억에 남는 강연 한 토막이다.

"여러분, 제가 작은 연구 업적이나마 이룰 수 있었던 건 바로 괄시 덕분이었습니다. 국내는 국내대로 일류대 출신이 아니라고 차별했고, 연구 실적이 좋아도 연구비를 제대로 받아내지 못할 정도로 차별을 받았습니다. 현실의 차별과 괄시는 나에게 일종의 콤플렉스였고 이를 극복하기 위해 이를 악물었습니다."

윤 박사는 훗날 연구 조건이 더 좋은 모교로 스카우트됐다. 그리고 최연소 한림원 종신연구위원이 되는 등 그의 발전은 눈부시다. 어느덧 그의 콤플렉스는 훈장으로 변해 그의 앞날을 비추는 등불이 되고 있다.

에피소드 2

인기 개그맨 김병만은 콤플렉스로 똘똘 뭉쳤다. 그는 개그맨이 되기 위해 필사적으로 노력했으나 무대울렁증이 있어 번번이 오디션에서 실패했다. 무대울렁증은 바로 작은 키 때문이었다. 159센티미터로 알려진 그는 공개적으로 이렇게 말했다.

"정확하게 158.7센티입니다. 중학교 1년 때 139센티… 고 3때까지 계속 반에서 1번만 했어요. 콤플렉스가 심했지요. 집이 전북 완주군 시골이라 만원버스로 통학했는데, 제 얼굴은 늘 사람들 가슴 사이에 눌려 갔어요. 한 번은 그게 싫어 친구들에게 돈을 빌려 택시를 타고 간 적도 있었어요."

키가 컸다면 삶의 진로가 바뀌었겠느냐는 기자 질문에 그는 이렇게 답했다.

"승부욕이 지금보다 없었을 겁니다. 너는 작으니까 빠져라는 말을 많이 들었죠. 저도 할 수 있는데, 절대 꿀리고 싶지 않았죠. 내 책상을 교실 뒷자리로 가지고 가서 앉았어요. 키 크고 힘센 친구들과 많이 어울렸어요."(조선일보 '최보식이 만난 사람' 몸개그의 달인 김병만)

그는 개그맨 시험에 일곱 번 떨어지면서 승부욕을 더욱 키웠고 마침내 여덟 번째 합격했다. 그는 떨어질 때마다 방송국을 향해 엉엉 울면서 꼭 들어가고 말겠다고 다짐했다.

어렵게 합격한 후 그의 성장은 놀라웠다. 인기 장수 프로그램을 이어가면서 타인의 실패에서 배운다고 했다.

"저는 잘된 사람보다 주위의 실패를 통해 더 배워요. 올라오다가 툭 떨어진 선후배를 봅니다. 저렇게 하면 안 되겠구나, 저걸 조심해야지 하는 거죠. 제가 일찍 인기를 얻었다면 이렇지 않았을 겁니다. 긴 세월 고생해서 간신히 지금 이 자리까지 왔어요. 인기란 한순간에 잃을 수 있다는 걸 알아요."

그는 이런 말을 언론과 인터뷰 때마다 다짐하듯 반복했다. 스스로 얼마나 자신을 경계하고 관리하는가를 보여 주는 모습이다. 키에 대한 콤플렉스를 가졌던 김병만, 무대울렁증으로 무대에 서 보기 전에 떨어져야 했던 개그맨. 그가 어떻게 콤플렉스를 극복하고 만인의 사랑을 받을 수 있는지 살아 있는 모델이 되고 있다.

윤 박사와 김병만은 서로 다른 영역에서 다른 콤플렉스로 아픔을 겪었다. 그 아픔을 딛고 쟁취한 성공을 바탕으로 더 큰 성공의 역사를 계속 이어가고 있는 점도 닮아 있다. 이 둘의 이야기에서 어떤 지혜를 얻을 수 있을까?

첫째, 콤플렉스는 독으로 작용할 수도 있고 득으로 작용할 수도 있다는 사실이다. 내가 이를 극복하기 위해 분발할 때 성공의 원동력이 될 수 있지만, 콤플렉스로 절망하거나 포기할 때 이만한 독도 없다는 점이다.

둘째, 누구나 콤플렉스 하나쯤은 갖고 있다는 점이다. 잘나가는 윤 박사도 개그계의 달인이 된 김병만도 알고 보니 큰 콤플렉스 때문에 고통을 받았다. 누군가는 키 때문에, 누군가는 탈모나 체중 때문에, 누군가는 돈이나 학벌 때문에 콤플렉스에 시달릴 수 있다. 이것에 끌려다니면 인생의 패자가 되고, 이것을 극복하면 승리자가 될 수 있다.

셋째, 콤플렉스는 아픔으로 포장된 축복이라는 점이다. 콤플렉스에 시달리는 사람에게 '고통으로 포장된 축복'이라고 하면 뺨을 맞을 수도 있다. 아픔이나 시련에는 의미가 있다. 그것을 통해 신은 또 다른 의미, 축복을 예비하고 있지 않을까.

인간은 완벽한 조건으로 풍족한 삶을 누릴 때 번영하기보다 쇠퇴하거나 타락하기 쉽다. 그러나 무엇인가 부족하고 콤플렉스 때문에 제한을 당할 때 이를 극복하기 위해 엄청난 잠재력과 저력이 발휘된다. 불후의 역사서 《사기》를 남긴 사마천은 궁형을 당해 남성을 잃어버렸다. 그의 분노와 콤플렉스는 그를 더욱 분발하게 해 중국 역사는 물론 세계 역사에 큰 이름을 남겼다.

자긍심이 있는 사람은 흔들리지 않는다

이 세상에 나는 단 하나뿐이다.

자긍심은 자신을 인정하고 스스로 자신을 가꾸는 마음이다. 자신을 내세우고 잘난 체하는 것은 자만심이다. 자긍심이 있는 사람은 외부의 유혹에 휘둘리지 않고 타인과 비교해 자신을 비하하지 않는다. 욕망이나 무절제를 제어하는 기능을 하는 것이 자긍심이다. 자존심과 일맥상통한다. 욕심 없는 인간은 없다. 다만 욕심이 지나치면 자긍심이 훼손될 수 있다. 성공한 사람들의 공통점은 자긍심이 강하다는 것이다.

에피소드 1

그는 일본 유학을 결심하고 열심히 일본어 공부를 했다. 그런데 갑자기 일본 문부성 장학생 선발제도가 없어져 버렸다. 좌절감이 컸지만 일본으로 건너가 마침내 박사학위까지 마쳤다.

그러나 국내 대학 교수 지원은 쉽지 않았다. 수없이 떨어지는 과정에서 자존심에 큰 상처를 입었다. 자신보다 연구 실적이나 경력 면에서 떨어진다고 생각한 후배들도 임용되는데 그에겐 기회가 오지 않았다. 대부분 국내 대학에서는 미국 박사를 선호했기 때문이다.

그는 다시 미국으로 건너가 열심히 연구논문을 발표했다. 시간은 걸렸지만 결국 전공 분야에서 이름이 알려지기 시작했다. 국내 대학에 교수로 임용되고 난 뒤에도 그는 도전을 멈추지 않았다.

그런데도 연구기금 책정 등에서 차별을 느꼈고, 연구 실적에 합당한 대우를 받지 못한다는 생각이 들었다. 하지만 오직 연구논문과 실적으로 자신을 입증했고, 국제학술대회에서 영어와 일어로 사회를 볼 정도로 실력을 연마했다.

결국 그는 국내 연구자 중에서는 드물게 세계적 석학의 반열에 올랐다. 자신에 대한 믿음, 자긍심은 묵묵한 노력으로 나타났다. 모든 과학자들이 선망하는 한림원 회원의 명예도 얻게 됐다. 자신을 아끼고 가꾸는 사람에게 하늘은 무심치 않은 듯하다.

에피소드 2

민주사회를 위한 변호사모임(민변)과 참여연대 등 시민사회의 폭로로 한국토지주택공사(LH) 직원들의 땅투기 의혹이 알려지면서 국민적 공분을 샀다. LH 고위직에 있던 그 역시 전임자들이 암암리에 관행적으로 해 오던 땅투기에 손을 댔다.

이미 상식을 벗어난 아파트 가격 폭등으로 성난 민심에 불을 당기는 계기가 됐으며, LH 전현직 직원들이 연루된 사실이 알려지면서 한국 사회에 커다란 충격을 던졌다.

특히 조사과정에서 억울함을 호소하던 LH 고위직 인사들이 잇달아 극단적 선택을 하는 안타까운 일도 있었지만 국민적 분노는 수그러들지 않았다. 그도 퇴임 후를 생각하여 부동산 투기에 나섰던 것이 이런 비극적 현실이 될 줄은 상상조차 못했다. 그리고 몇 번이나 이 세상에서 사라지고 싶었지만 주변의 만류에 수모를 견디며 죗값을 받기로 했다.

LH 투기사태 폭로 이후 적발된 부동산 투기사범 총 366명 중 16명이 공무원 및 LH 간부 출신인 것으로 드러났다. 이후 부동산 투기방지정책 공약이 이어졌으며, 제2의 LH 투기사태를 막기 위한 '범죄수익은닉의 규제 및 처벌 등에 관한 법률' 개정안이 국회로 넘어갔다. 부동산 차명투자 범죄수익도 환수할 수 있도록 하는 것이 골자다.

앞서 LH 일부 직원이 불법 차명투기 등으로 막대한 수익을 얻은 사실이 공개됐지만 현행법으로는 범죄수익의 완전한 환수가 어려워 사회적 비판을 받았다.

전혀 관련성이 없어 보이는 두 사례에서 자긍심과 욕심에 대해 살펴보고 세 가지로 정리해 본다.

첫째, 자긍심이 있는 사람은 유혹에 흔들리지 않는다. 자긍심이 없는 사람들이 원망, 질시, 시샘 등에 약하다. 자신을 믿지 못하고 스스로를 그 정도로 취급하기 때문이다. 남들이 한다고 해서 고위직의 본분을 던지고 부동산 투기에 나서는 것은 전형적으로 자신과 직장에 대한 자긍심이 없기 때문이다. 공무원이나 공공기관에 근무한 사람들은 퇴직이 끝이 아니다.

둘째, 자긍심 없는 탐욕은 반드시 불행을 가져온다. 욕심은 무리수, 불법을 동반한다. 그 대가는 언젠가 죽고 난 뒤에라도 처벌을 받게 된다. 한국 공무원의 세계는 과거와 달리 상당히 투명해졌다. 그러나 여전히 선진국 공무원에게서 볼 수 없는 불법, 탈법, 부패 사건이 이어지는 것은 자긍심 부족 때문이다.

셋째, 하늘이 돕는 사람은 대부분 스스로 돕는 사람들이다. 역경 속에서 몸부림치며 노력하는 사람에게 하늘도 손길을 내민다. 차별과 냉대에 굴하지 않고 더욱 다듬고 발전시키는 힘은 자신에 대한 사랑 때문이다. 자신을 먼저 사랑하라. 절대로 자신을 비하하지 마라. 자신과 부모, 가족을 비난하고 비하하는 사람은 자긍심이 없는 것이다. 그런 사람은 비록 고위직에 있더라도 초라해 보일 뿐이다. 당당하라. 내가 사라지면 이 세상도 사라지는 것이다.

외모보다 '용서를 잘하는' 성격이 최고다

배우자의 선택은 평생을 좌우하지만 판단과 선택 기준이 막연하다.

인생의 준비기는 짝을 찾는 시기다. 남성은 여성의 얼굴 등 외모를 중시하고 여성은 남성의 외모와 함께 재력, 직업 등에 큰 비중을 두는 것이 보편적이다. 외모지상주의는 성형을 일반화하고 가치 판단의 중심에 두는 추세다. 각자의 취향이나 가치관에 따라 선택의 우선순위에 차이는 있을 수 있다. 한번의 선택이 평생을 좌우하는데, 배우자를 선택할 때 무엇을 가장 중시해야 할까.

에피소드 1

그녀는 외모가 뛰어나 주변에서 프러포즈가 끊이지 않았다. 그러나 결혼엔 별로 관심이 없던 그녀는 서른 살이 넘은 어느 날 결혼을 하는 것이 좋겠다는 결론에 이르렀다.

소개팅을 하기 시작했다. 학벌은 좋은데 키가 작은 남자, 직업도 좋고 학벌도 좋지만 외모가 떨어지는 남자 등 만나도 만나도 '마음에 딱 드는 스타일'은 찾기 힘들었다.

그러던 어느 날 마침내 마음에 드는 남자를 만났다고 생각했다. 키도 크고 학벌도 직업도 좋고 얼굴은 평범한 편이었다. 남자는 데이트 때마다 '도어투도어 서비스'로 공주처럼 대접해 줘세 번 만나고 '바로 이 남자다' 하고 마음을 열었다.

남자 역시 상냥하고 예쁜 여자가 좋았다. 둘은 짧지만 꿈같은 연애 끝에 결혼에 골인했다. 그런데 허니문은 오래가지 못했다. 결혼하고 얼마 지나지 않아 심각한 문제가 터졌다.

남자는 술을 인사불성이 되도록 마시고, 술을 마시지 않기로 약속하고도 매번 지키지 않아 남편에 대한 불신과 실망, 한탄과 비명소리가 들려왔다.

서로 이해하고 다시 잘해 보자고 다짐했건만 다툼은 계속 이어졌다. 아이도 태어났으나 도저히 안 되겠다고 판단한 두 사람은 이혼을 선택했다. 아이들에게 부모의 이혼은 충격이고 형벌이다. 이혼에 수많은 이유가 있고 또 제3자가 알 수 없는 이유도 있을 수 있다. 수백 가지 원인이 무엇이든 결과는 하나다. 자괴감, 실망감, 낭패감 같은 부정적 감정이나 자존감의 저하 등이 나타나는 것이 일반적이다.

에피소드 2

그녀는 편모 가정에서 어렵게 자랐으나 열심히 노력해 교사가 됐다. 그리고 대학 재학 중에 야학에서 만난 남성과 연애 결혼을 했다. 키도 크고 유머도 풍부해 친구들 사이에서도 인기가 많은 남성이었다.

그러나 결혼 후 남자의 문제점이 드러났다. 술을 좋아하고 사람을 좋아하니 집에 있는 것보다 밖에 머무는 시간이 많았다.

더 큰 문제는 친구들과 함께 여행을 가도 부인은 제쳐두고 다른 친구 부인과 정답게 어울리는 것이었다. 소외감과 실망을 느낀 적이 한두 번이 아니었다. 부부 싸움도 해 봤지만 소용없었다.

시간이 지난다고 개선될 기미가 보이지 않았다. 그녀는 여러 차례 이혼을 생각했지만 아이들 때문에 마음을 다잡았다. 그럴수록 그녀는 자신의 일에 몰두했다.

훗날 결혼할 나이가 된 두 딸이 이렇게 말했다.

"엄마는 아빠와 맞는 것이 하나도 없는 것 같은데 함께 살아줘서 정말 고마워요."

그녀는 성장한 두 딸의 위로와 감사의 말을 듣는 요즘이 행복하다고 한다. 그리고 아직 출근하는 남편이 고맙다고 한다.

두 에피소드는 주변에서 흔히 보는 이혼 가정, 이혼하고 싶지만 하지 않고 사는 가정의 한 단면이다. 이혼율이 높은 우리나라에서 이혼은 더 이상 사회적 허물이나 흉이 아니다. 하나의 선택일 수 있고 존중돼야 하는 것도 타당한 주장이다. 두 사례를 통해 내가 하고 싶은 주장은 이렇다.

첫째, 결혼은 상호 배려가 전제되지 않으면 안 된다. 자기 기준, 자기 주장만 내세울 때 갈등과 균열, 다툼이 끊이지 않게 된다.

인간은 누구나 배려하기보다 배려받고 싶어한다는 점을 기억할 필요가 있다.

둘째, 외모도 물론 중요하지만 결혼 생활에서는 성격이 더 중요하다. 외모는 보이고 성격은 보이지 않아 착각과 오판으로 결과가 엉망이 되기도 한다. 막연히 성격이라기보다는 '용서를 잘 하는 성격'을 강조하고 싶다.

남자도 여자도 살다 보면 실수할 수 있다. 그것을 매번 질책하는 사람이 있는가 하면 이해하고 용서하는 사람도 있다. 몇 번 용서해야 하는가. 3번? 아니 100번이라도 용서하고 평생 용서해야 한다. 함께 살기로 마음먹었다면. 하지만 구제불능이라고 생각되면 그전에 결단을 내릴지는 본인이 판단해야 한다.

셋째, 젊은 시절의 가치관, 삶의 기준이 늘 옳은 것이 아닐 수도 있다. 세월따라 고통이 환희로 바뀔 수 있고 원수가 은인이 될 수도 있다. 인간은 선택을 하고 그 선택을 인내하는 수밖에 없지 않을까. 인생 준비기에서 스스로 파국을 초래하는 것은 너무 큰 손실이다.

학위나 자격증은 미래의 든든한 자본이다

이때야말로 무언가 성취하고 이뤄 내기 위해 집중할 때다.

학위, 자격증, 어학점수 등 소위 스펙을 쌓는 것이 그렇게 중요한가? 나는 그렇다고 생각한다. 인생의 준비기에는 무엇이든 배우고 무엇이든 성취해야 한다. 그 노력의 산물, 성실히 살았다는 반증이 바로 각종 증명서다. 물론 무엇을 할 수 있느냐는 실질적인 능력이 중요하지만 그것을 가시적으로 보여 주는 것들이니 취업을 해서도 그런 노력을 멈추지 마라.

에피소드 1

그는 만학도였다. 대학생, 대학원생 아들과 딸을 둔 50대에 뒤늦게 대학에 입학했다. 중졸, 고졸은 모두 검정고시로 통과하고 대학에 진학한 집념의 사나이였다. 사업에 성공한 사업가가 뒤늦게 대학에 가겠다고 했을 때 자녀들은 말렸다고 한다.

"아빠, 그 나이에 대학교 가면 모두 비웃어요. 골프나 치시고 해외 여행 다니면서 편하게 사세요. 우리 아빠가 학생들의 웃음

거리가 되면 어떻게 해요."

그러나 한맺힌 그의 향학열을 말리지 못했다. 만학도의 새내기 대학 생활은 그렇게 시작됐다. 하지만 현실은 녹록지 않았다. 가장 큰 고민은 수업 시작할 때마다 강의실에서 벌어졌다.

"내가 강의실로 가면 학생들이 교수님 오신다고 뛰어들어와요. 강의실에서도 학생들이 저를 보면 조용히 해요. 그런데 제가 강단으로 올라가지 않고 그들 옆자리에 앉으면 학생들이 '뭐야?' 하고 웅성거려요. 그런 게 매번 너무 괴로웠어요."

그는 갖은 어려움과 도전 속에 꿈에 그리던 학사증을 받았다. 요즘 대학 졸업장이야 너무 흔해 남들에게 자랑할 수도 없지만 그에게는 남달랐다. 그는 이렇게 소감을 밝혔다.

"제가 대학 졸업장으로 어디 취업할 것도 아니지만 초등학교 졸업장만으로 얼마나 어려움을 겪었는지, 대학 졸업장에 한이 맺혔습니다. 나 자신과의 약속을 마침내 이뤄 내 나에게는 박사 학위보다 값지다고 생각합니다."

50대 후반에 대학을 졸업한 그가 이력서를 다시 쓰게 될 줄은 자신도 몰랐다. 그는 아파트 동대표 회장에 출마하는 데 최종 학력란에 대졸이라고 쓸 수 있어 너무 좋았다고 한다. 그리고 아파트 동대표 회장에 당선됐다.

그 다음에는 기초자치단체의회 의원직에 도전하여 마침내 구의원에도 당선됐다. 대학 졸업장을 이렇게 요긴하게 잘 사용하게 될지 본인도 몰랐다.

에피소드 2

그는 평범한 직장인을 꿈꿨다. 대학을 졸업했지만 특별히 석사 과정을 해야겠다는 생각은 없었다. 그러나 전공과는 다른 분야에 취업하길 원했던 그는 면접에서 번번이 낙방한 후 취업을 포기했다. 대신 석사만큼은 자신이 원하는 분야를 공부하리라 마음먹고 해외로 떠났다.

석사학위를 마치고 돌아온 그는 자신이 원하던 분야에 재도전했다. 취업 연령을 넘긴 그가 도전할 수 있는 영역은 제한됐고 실패를 반복했다. 그는 30대 초반이 넘어 겨우 한 외국인 회사에 취업할 수 있었다.

직장 생활을 하면서 전공과 관련된 대학 강의에도 도전했다. 그에게 대학은 신천지였다. 강의와 연구 등에 흥미를 느끼며 자연스레 박사학위의 필요성을 깨닫게 됐다.

직장일과 강의 준비, 논문 준비로 바빴지만 그는 성실하게 하나씩 해결해 나갔다. 외국 생활에서 여러 장애물과 재정적 위기도 있었지만 태권도 사범을 하는 등 끝내 박사학위를 취득했다. 그리고 마침내 대학교수가 되었다.

평범한 직장인을 꿈꿨던 그가 실패 속에서 다시 새로운 꿈에 도전할 수 있었던 건 학위였고 용기였다. 과거나 지금이나 교수직에 도전하는 것은 여전히 일부의 이야기일 뿐이다. 학위는 노력의 징표이고 용기와 도전은 젊은이의 특권이다.

두 에피소드는 적어도 세 가지의 지혜를 준다.

첫째, 학위나 어학, 각종 자격증 등이 당장 필요한가에 대해 의문이 들 수 있지만 언제 어떻게 도움이 될지 모르니 준비할 수 있을 때 해 두면 인생에 큰 도움이 될 수 있다.

둘째, 도전에 단순히 용기만 필요한 것이 아니다. 시간과 노력, 열정, 인내심이 함께 필요하다. 말처럼 도전은 쉬운 것도 아니고 또 성공한다는 보장도 없기 때문에 일종의 도박이라고 할 수 있다.

셋째, 세상은 성실한 사람에게 좀 더 유리하다는 점이다. 인생의 준비기에 땀을 흘려 노력하는 것은 순리다. 순리를 거스르는 일확천금, 벼락출세, 소년급제 등은 반드시 후유증이 있는 만큼 각별한 대비가 필요하다. 내 손으로, 내 땀으로 이룬 성취는 더욱 빛나고 그 이상으로 높은 평가를 받게 된다.

오기는 강력한 동기 부여가 된다

괄시와 차별, 무시는 내 안의 잠재력을 극대화시키는 긍정의 힘이 있다.

누구나 한 번쯤 차별과 괄시를 받아본 적이 있을 것이다. 반감이나 오기를 갖는 것은 좋지 않다고 하지만 꼭 그렇지도 않다. 오기를 갖게 되면 강하게 분발하는 동기 부여도 되고, 또 더 열심히 집중하게 하는 힘도 된다. 머리도 재능도 없다면 오기, 깡이라도 있어야 하지 않을까.

에피소드 1

그는 스카이 대학 출신 가수로 알려졌다. 노래도 잘 불렀다. 대중 스타가 된 그의 꿈은 높았다. 그러나 시간이 지나면서 인기가 생각만큼 따라주지 않았다. 가수 생활에 갈등과 번민의 시간이 다가왔다.

그러다가 한 사건을 목격하게 됐다. 미국의 팝가수가 내한공연을 왔을 때의 일이다. 국내 소녀 팬들이 리처드 클리프라는 미국 가수에 열광하는 모습을 그는 먼 발치에서 바라봤다.

그 후에도 홍콩의 천추샤, 필리핀의 프레디 아길라 등이 한국을 찾았을 때 보여 준 팬들의 열광적인 모습은 그에게 충격으로 다가왔다. 그는 그때 가수로서 자괴감을 느끼며 오기를 갖기 시작했다. 그 오기는 그를 변화시켰다.

자신의 꿈을 자기보다 뛰어난 국내 가수들을 키우는 데 집중했다. 국내 굴지의 음악기획사 SM은 그렇게 탄생했다. 대표 이수만은 자신의 분신이라고 할 수 있는 SM 가수들의 합동공연이 프랑스 루브르 박물관에서 진행될 때 그는 무대 뒤에서 감격의 눈물을 흘렸다고 한다.

그는 훗날 서울대학교 입학식에서 미켈란젤로의 명언을 인용하여 이렇게 말했다.

"우리의 적은 목표가 너무 높아서 못 이루는 게 아니라 목표가 너무 낮아 쉽게 이뤄 버리는 것이다."

에피소드 2

그는 한 방송 프로그램에서 동성애자로 커밍아웃한 후 '악으로 깡으로' 11년을 버텨 왔다고 고백했다. 그리고 자신의 트위터에 "제 얘기 듣고 혹시 지금 너무 힘들다고 생각하는 분들 기운 내세요. 저도 더 열심히 살아가겠습니다"라고 당부까지 했다.

방송인 겸 사업가 홍석천 씨 이야기다. '강심장'에 출연하여 한국 사회에서 동성애자로 사는 어려움을 그렇게 토로한 지 다시 10년이 훌쩍 지나 2022년이 되었다. 그의 시련, 좌절, 성공,

눈물의 이야기는 끝나지 않았다.

그는 코로나로 인해 2020년 이태원 식당 문을 닫는다는 소식을 전했다. 그의 가게에 붙은 현수막이 화제가 됐다.

"홍석천 대표님, 그간 참으로 고생 많이 하셨습니다. 누가 뭐래도 당신은 영원한 이태원의 전설입니다. 기회가 된다면 좋은 날, 좋은 시절에 다시 만납시다. 어느 상가 업주가."

홍석천 씨는 당시 인스타그램에 이 현수막 사진을 올리며 "정말 울컥했다"는 소감을 남겼다.

홍석천 씨는 2018년 폐혈증으로 죽을 고비를 넘긴 후 전국 13개에 달했던 가게들을 하나씩 정리했고, 이태원을 끝으로 모두 문을 닫았다고 한다. 그는 2022년 봄 다시 '이태원 마켓' 재도전에 나섰다. 오기로 깡으로 버텨 나가는 그의 또 다른 인생 10년이 새롭게 시작된다.

첫째, 오기에는 긍정과 부정의 뜻이 동시에 내포되어 있지만 자기 발전의 동기 부여에는 엄청난 자극제가 된다. 이 경우 오기는 배짱, 깡, 용기 등과 동의어로 사용할 수 있다. 천재적 재능이나 뛰어난 머리가 없다면 오기라도 있어야 하는 것 아닌가.

둘째, 오기는 모든 조건이 좋을 때, 잘나가고 있을 때는 나타나지 않는 대신 위기나 좌절, 역경의 시기에 발휘된다. 이수만 대표나 홍석천 씨도 위기 상황에서 오기가 발동했다. 이런 사람들은 앞으로 또 다른 유형의 위기가 오더라도 회피하기보다 극복의 노하우를 찾아낼 것이다.

셋째, 인생의 성취, 성공에는 남모르는 눈물과 고난이 숨어 있다. 겉으로 보기에 화려하고 멋진 인생을 사는 것 같지만 그들에게 처음부터 그런 삶이 쉽게 주어지지 않았다. 남모르는 눈물과 노력을 잊어서는 안 된다. 치열함이 성공을 부른다. 오기는 치열함, 지독함을 부르는 힘이다.

나를 버린 사람을 후회하게 하라

복수에는 쾌감이, 보답에는 부담이 따른다.

우리는 살아가면서 은인을 만나기도 하지만 반드시 복수를 해 줘야 할 사람도 만나게 된다. 그런데 대부분 은혜보다 복수를 더 잘 갚는다. 복수에는 쾌감이 수반되고 보답에는 부담이 따르기 때문이다. 그러나 보란듯이 잘 되는 것이 최고의 복수 아닐까. 자신을 배신했든 괄시했든 차버렸든 그런 내가 잘 됐을 때 자신의 판단과 행동이 얼마나 잘못됐는가를 깨닫게 하는 것은 자기 승리이자 또 다른 차원의 복수다.

에피소드 1

지방 공기업 중간간부였던 그는 점심, 저녁을 가리지 않고 술을 마셨다. 당연히 업무엔 관심이 없었고, 아래 직원들은 그의 술버릇과 불통에 어려움을 호소했다. 그런데도 그는 공기업에서 짤리지 않고 그럭저럭 퇴직을 했다.

그가 퇴직한 지 얼마 안 되어 그의 딸이 같은 공기업 경력직에 지원했다는 소식이 돌았다. 그와 함께 근무한 적이 있는 한 직원은 이제 고위직으로 승진해 있었다. 그는 그 소식을 모르고 있었는데 그 아버지가 직접 전화를 해서 알게 되었다.

그 전화는 오히려 독이 됐다. 임원은 인사 담당자를 불러 지원 여부를 확인했고 합격 가능성 등을 물었다. 혹시 합격하더라도 그가 앞으로 사사건건 전화를 할 것으로 염려한 임원은 지원 자체를 달가워하지 않았다. 그의 부정적 멘트가 결정적 원인이 됐는지는 모르지만 그 지원자는 합격하지 못했다. 아버지 때문에 엉뚱하게 딸이 불이익을 본 셈이 됐다.

일종의 응징이었다. 사람들이 기회가 되면 복수를 하려는데는 쾌감이 따르기 때문이다. 은혜를 갚는 것은 부담이 따르지만 응징에는 수고로움이 따르더라도 일종의 심리적 보상심리가 작용하는 것이다.

에피소드 2

그는 한때 친구들 사이에서 공부도 잘하는 인기 있는 학생이었다. 삼수 끝에 서울의 한 대학교 학생이 된 그는 군대를 다녀와서 학비와 생활비를 벌기 위해 고향에 가서 아르바이트를 했다. 관광객들이 오고가는 거리에서 약차를 끓여서 팔았다.

그런데 이미 공무원, 회사원이 된 고향 친구들은 초라한 그의 모습을 외면했다. 심지어 길에서 아르바이트하는 친구를 향해 '쪽팔린다, 부끄럽다'는 반응을 보였다.

하지만 그는 친구들이 자신을 부끄러워한다는 사실을 그때는 몰랐다. 아무도 그런 말을 해 주지 않았기 때문이다. 어느 정도 시간이 지난 뒤 친구들이 뒤에서 그런 말들을 했다는 사실을 또 다른 친구를 통해 들었지만, 그는 할 수 있는 게 아무것도 없었다.

다만 그런 수모를 잊지 않겠다고 다짐했다. 그들 앞에 다시 떳떳하게 나타나기 위해서는 성공을 해야 한다는 막연한 생각뿐이었다.

세월이 흘러 그를 무시했던 친구들은 이제 직장을 그만두었거나 은퇴가 가까워졌다. 그러나 뒤늦게 치열하게 살아온 그는 대학교수가 됐고, 그의 활약상은 TV 전파를 타고 자연스럽게 친구들에게 알려졌다.

'쪽팔린다'고 비난하던 친구들은 사라지고 '대단하다'는 친구들의 칭찬과 응원이 많아졌다. "비난도 칭찬도 한순간이며 나하기에 달렸다"는 평범한 진리를 그는 확인했다. 무시하던 사람들에게 그들의 판단이 잘못되었음을 말이 아닌 성과로 알려 주는 것은 멋진 복수 아닌가.

첫째, "나를 버리고 간 사람에게는 복수하지 말고 후회하게 하라"(소포클레스)는 말은 새겨둘 만하다. 복수심은 부정적 요소가 많은 반면 후회감을 갖게 하는 것은 자기 발전을 전제로 하는 것이다. 복수가 자기 파괴적이라면 상대를 후회하게 하기 위해서는 자기 발전, 자기 계발이 필수적이다.

둘째, 상대를 무시하거나 괴롭히면 그 대가를 반드시 치르게 된다. 에피소드 1에서 아버지의 업보를 딸이 부담하게 될 줄 모두 상상하지 못했을 것이다. 가해자는 잊어도 피해자는 못 잊는 법이다. 에피소드 2에서 가볍게 '쪽팔린다' 정도의 말은 할 수 있지만 그런 말을 듣는 당사자는 깊은 상처를 받는다. 의도하지 않았지만 나로 인해 누군가가 복수심에 불타게 하는 언행은 없는지 다듬고 또 점검해야 한다. 보통사람은 은혜보다 보복은 잊지 않기 때문이다.

셋째, 감정은 성과로 다스려라. 인간은 감정의 동물이다. 감정을 감정으로 나타내는 것은 자연스런 일이다. 그러나 복수심만큼은 감정으로 드러내면 불행이 시작된다. 그래서 복수심은 없애지 못한다면 가슴 한켠에 깊이 두는 대신 성과, 성취로 드러나게 하면 된다. 타인의 감정 표현에 민감할 필요도 즉각 응대할 필요도 없다. 그러나 꼭 해야 한다면 나의 성공으로 보여주면 간단히 제압할 수 있다.

상대가 누구든 예의를 지켜라

예의를 지키지 않으면 언젠가 대가를 치르게 된다.

예의를 갖춰야 한다는 건 잘 알지만 매번 실천하기가 어렵다. 특히 상대가 무례할 때, 부당한 상황에 처했을 때 예의를 유지하기란 불가능에 가깝다. 굴욕이 느껴지는 참을 수 없는 상황에서도 예의를 찾는다는 건 비현실적으로 들릴 수 있다. 하지만 분노를 어떻게 표현할지, 어떤 방식으로 되돌려줄지는 본인이 판단하고 선택할 수 있다. 그 선택권을 주도적으로 사용하려면 먼저 잠깐 인내할 수 있어야 한다.

에피소드 1

스포츠 분야를 담당하는 30대 기자인 그는 의욕적으로 한 사건을 취재하다 출입처를 곤경에 빠트리는 특종을 터뜨렸다. 그후 출입처 사무실을 찾은 그에게 담당 과장은 크게 화를 냈다.

40대 과장은 "똑바로 서" 하며 곁에 다가온 기자의 팔을 쳤다. 급습을 당한 기자의 반격에 과장은 의자에서 나동그라졌다. 그리고 곧바로 싸움이 벌어졌다.

주변 사람들은 놀라 자리를 피했다. 30대 기자와 40대 과장은 서로 노려보며 본격적인 싸움 준비에 들어갔다. 그때 국장이 와서 말렸지만 후유증은 컸다.

담당 과장은 기자를 폭행혐의로 경찰서에 형사고소했다. 기자는 '정당방위'라고 주장했으나 회사에서는 이미 '취재원 폭행'으로 소문이 났다. 기자는 폭행기자라는 곤욕을 치러야만 했다. 좋지 않는 이미지는 사회생활의 적이다.

기자의 직속 상관인 부장과 출입처 국장이 나서서 형사고소 건은 무마됐지만 부장은 기자에게 한마디했다.

"기자는 맞고 와야 유리해. 어디 가면 때리지 말고 맞고 다니란 말이야."

에피소드 2

그는 어릴 때부터 형과 사이가 좋지 않았다. 다섯 살 위인 형에 대해 '맞았다'는 아픈 기억이 대부분이었다.

세월이 흘러 서로 가정을 갖게 되었지만 둘의 관계는 큰 변화가 없었다. 형에게 지켜야 할 동생의 예의 혹은 형이 동생에게 갖춰야 할 예의 같은 건 서로 무시하는 듯했다.

결국 절제되지 않은 언쟁과 폭력적 행태는 큰 사건으로 이어졌다. 40대 중반 된 동생이 50대 형을 상대로 끔찍한 일을 벌였다.

어느 날 형과 동생은 사소한 문제로 다투기 시작했다. 화가

난 형은 핸드폰으로 동생의 머리를 내리쳤고, 분노한 동생은 그동안 쌓인 응어리를 폭발시켰다. 동생을 피해 밖으로 도망간 형은 몇 발짝 못 가 흉기를 들고 달려간 동생에게 잡혀 현장에서 숨졌다.

동생은 "내가 형을 흉기로 찔렀다"고 경찰에 자수했다. 동생은 졸지에 살인범이 되었고, 형은 동생에게 살해당하는 비운을 맞았다.

두 사건은 우리 주변에서 어쩌다 목격되는 폭행사건이다. 굳이 메시지를 정리하면 아래와 같지 않을까.

첫째, 인생의 봄 시기에는 자신의 폭력성을 다스리며 예의를 배워야 할 때다. 에피소드 1,2의 사례는 폭력이 더 큰 폭력을 부른다는 것을 보여 준다. 인생 준비기에 기본 예의를 갖추지 못하면 언젠가 큰 대가를 치르게 된다.

둘째, 기본 예의를 지키지 않는 폭력 행사는 단 한 번으로 인생 전체를 끝장낼 수 있다. 타인은 물론 자기 인생도 한순간에 망쳐 버릴 수 있음을 잊어서는 안 된다.

셋째, 예의가 무너진 곳에 폭력은 자란다. 그 폭력의 결과는 상상을 초월한다. 폭력성은 내 손안에서 통제될 때 인생의 성공, 행복을 논할 수 있다. 가볍게 생각한 예의, 거추장스럽게 생각한 에티켓 지키기는 지혜의 기본이다.

말 잘하는 법을 배우고 익혀라

학교에서 가르쳐 주지 않지만 가장 실용적이고
효율성이 높은 기술은 스피치 기법이다.

우리가 살면서 어떤 이유로든 자기 표현이 서툴면 매우 불리해진다. 스스로 판단해서 말을 잘 못한다면 당장 '말 잘하는 사람'이 되도록 노력해야 한다. 말 못하는 사람들의 특징은 어휘력이 짧고, 이해력과 집중력이 떨어진다. 그래서 소통이 안 된다. 최소한 세 가지를 준비하라. 독서와 기록, 기록물을 대화에 활용하기, 말 잘하는 사람 흉내내기.

에피소드 1

그는 말하기를 좋아하는 학생이었다. 부모님도 잘 들어주고 칭찬도 아끼지 않으셨다. 그런데 어린 나이에 객지 생활을 하면서 외롭고 쓸쓸했다.

대학생이 된 그는 아르바이트를 찾다가 고향에서 향토차를 팔아보기로 했다. 관광객들이 많이 몰리는 폭포 아래 자리를 잡고 향토차를 동네에서 끓여 산속으로 들어올렸다. 산이 가팔라 힘들었지만 어쩌면 성공할 수도 있겠다 싶어 도전했다.

더운 여름에 약초를 캐기도 어렵고, 끓이는 일도 보통일이 아니었다. 그리고 통에 담아 폭포 아래까지 들고 가는 것도 쉽지 않았다. 하지만 관광객들의 반응은 좋았다.

그런데 뜻하지 않게 장벽을 만났다. 어느 날 군청 공무원이 그가 나무에 붙여 놓은 '신비한 향토차가 있습니다'라는 간판을 하나씩 떼면서 올라왔다. 그리고 철수를 요구했다.

"여기가 상수도 보호구역이라는 걸 모릅니까? 여기서는 상행위를 할 수 없으니 철수해 주세요."

단속 대상이 된 그는 위기에 직면했다. 하지만 고민 끝에 이렇게 호소했다.

"이 동네에 우리 이모님과 누님이 살고 있습니다. 상수도 보호는 제가 앞장 서고 있고 관광객이 냇가로 가는 것을 오히려 막고 있습니다."

그리고 상행위라는 주장에 대해서는, "저는 장사꾼이 아닙니다. 방학 때 고향에 와서 잠시 아르바이트를 하는 겁니다. 한푼이라도 학비에 보태기 위해 몇 주 아르바이트하는 것을 상행위로 규정하는 것은 너무 가혹합니다."

그의 주장이 먹혔는지, 고향이라는 말에 설득당했는지는 모르겠으나 공무원은 '알겠다'면서 "주변 관리를 잘 하라"고 당부했다. 그리고 간판을 다시 달아준 뒤 돌아갔다.

그는 뜻밖에 쫓겨날 뻔했다가 적절한 말과 논리로 잘 대응한 것에 대해 스스로 대견하게 생각했다. 너그러운 공무원을 만났든 그의 논리가 설득력이 있었든 결과가 중요하다. 그는 말의 중요성을 더욱 실감하는 계기가 됐다.

에피소드 2

그가 대학교수를 지원하면서 경험한 이야기다. 서류심사를 통과한 그는 최종 면접 대상자 3인에는 거의 포함됐다. 서울의 한 대학교 면접장에서 있었던 일이다.

그는 면접관들의 전문적인 질문에 국내외 사례까지 들어가며 최선을 다해 답했다. 일반사항에 대한 질문에도 나름 논리적으로 답변했다. 최종 면접이 끝난 후 면접관 중 한 사람이 이렇게 말했다.

"말씀을 참 잘하십니다."

면접관으로부터 이런 평가를 직접 들은 것은 처음이었다. 그는 면접관의 칭찬에 '혹시나' 하는 기대를 가졌다. 동료들에게 이 이야기를 하자 두 파로 나뉘었다.

한쪽은 '긍정적'이었고 또 한쪽은 냉소적이었다. 면접관이 그렇게 이야기한 것은 '정말 말을 잘했을 수도 있지만 한편으로는 너 잘났다'는 식으로 부정적일 수 있다는 것이다.

몇 주가 지난 뒤 최종 결론은 역시 불합격이었다. '말을 참 잘한다'고 감탄하던 면접관의 코멘트는 무엇이었던가.

그는 다시 눈물을 흘렸다. 말이 모든 것을 해결해 주지는 않는다.

그의 달변은 훗날 보상을 받게 되지만, 더 많은 시행착오를 거친 다음의 일이다.

에피소드 1,2는 모두 말과 관련된 사례다. 성공도 하고 실패도 한 경우지만 우리 인생에서 말은 생각보다 중요하다는 점을 일깨워 준다. 대부분 말의 중요성을 인정하면서도 노력은 하지 않는다.

첫째, 말을 잘하면 인생은 매우 유리한 게임이다. 일상생활, 취업, 직장 생활 등에서 말을 잘하는 사람은 더 좋은 더 많은 기회를 갖게 된다. 반대로 말을 못하면 승진 기회도 연애 기회도 제한된다.

둘째, 말을 잘하기 위해서는 최소한 세 가지, 즉 독서와 메모, 말하기 연습이다. 독서는 어휘력을 갖게 하고, 메모는 말의 구체성, 사례의 적절성, 정보의 풍부함을 돋보이게 기억장치를 갖게 하는 힘이다. 말도 연습이 필요하다. 적어도 이 세 가지조차 하지 않는 사람은 말을 잘할 가능성이 매우 낮다.

셋째, 말은 글에 기초한다. 일기쓰기, 다양한 글쓰기 등을 어릴 때부터 실천하는 것이 가장 좋다. 글은 사고를 치밀하게 해 주고, 이는 말을 논리적으로 할 수 있게 해 준다.

자신의 흥미와 적성에 맞는 전공을 찾아라

전공은 바로 자기 자신을 위해 선택하는 것이다.

자신의 흥미나 적성에 맞는 전공을 선택할 때 외부 요인에 좌우되는 경우가 많다. 특히 직업의 안정성과 경제성, 평판 등을 고려해 볼 때 부모의 뜻을 따르는 경우가 많다. 어느 경우가 바람직한지는 정답이 없다. 어느 쪽을 선택하더라도 길은 있으니 실망할 필요는 없다. 다만 자신의 흥미와 적성을 살릴 수 있다면 큰 성과를 낼 확률이 높아진다는 점을 기억하라.

에피소드 1

대입을 준비하던 그는 꼭 서울대 법대에 가고 싶었다. 그래서 재수를 거쳐 4수에 이르렀다. 그래도 그는 끝내 합격하지 못했다.

결국 그가 선택한 곳은 수도권에 있는 한세대 작곡과였다. 석사 과정은 단국대 문화예술대학원에서 마쳤다. 그는 바로 인기 가수 겸 방송인 김종국이다.

얼마 전 SBS '미운우리새끼'에 출연한 그는 자신의 4수 발언으로 언론의 주목을 받았다. 자기 재능을 잘 살려 대중 스타가 된 그의 삶의 이면에 이런 전공 선택과 관련된 이야기로 팬들의 관심을 사로잡았다.

김종국과 비슷한 도전을 했던 선배 가수가 있다. '인생은 나그네 길…'로 시작되는 노래 '하숙생'을 부른 최희준은 실제 서울대 법대에 합격했다. 그런데 그가 법 발전에 기여했다는 말은 없다. 올드팬들은 그를 가수로만 기억할 뿐이다. 그는 멋진 노래와 함께 대중 가수라는 명성을 남겼다. 어느 쪽을 선택하느냐는 결국 본인의 몫이고 그 선택에 책임을 지면 된다.

에피소드 2

그녀는 어릴 때부터 그림도 잘 그리고 노래도 잘했다. 다른 사람을 즐겁게 해 주는 특별한 재능이 있었다. 초등학교 2학년 어느 날, 그녀는 아버지 친구들 앞에서 춤을 보여 주겠다며 녹음기를 들고 와 음악에 맞춰 춤을 췄다.

소파에 앉아 과일을 먹고 있던 아버지 친구들은 놀라 입을 다물지 못했다. 대부분 어른들 앞에서 춤은커녕 노래조차 하려 하지 않기 때문이다.

그중 한 분이 집중해서 쳐다보자 아이는 춤을 추다 말고 한마디했다.

"드시면서 보세요."

그날 이후 아이는 '드시면서 보세요'로 불렸다.

그녀는 영국 런던패션대학을 졸업했다. 그런데 갑자기 음악을 더 배우고 싶다는 생각이 들었다.

영국 유학비도 만만치 않았기에 더 이상 부모님의 지원을 받기 어렵게 된 그녀는 베를린에 가서 레코드 가게 아르바이트를 하며 홀로서기에 도전했다.

그녀가 바로 페기 구다. 자신이 직접 지은 이름, 페기 구의 커리어는 그렇게 시작됐다. 페기 구는 스스로 도전하고 갖은 역경을 거쳐 단단해졌다. 전 세계 음악팬들의 사랑을 받는 페기는 음악과 패션을 매치시키며 글로벌 스타로 성장하고 있다.

두 에피소드에서 전공이 얼마나 가변적이며 인간의 잠재력 또한 얼마나 대단한지를 알 수 있다. 여기서 얻을 수 있는 공통된 지혜는 무엇일까?

첫째, 전공과 잘 맞으면 우선 자신이 가장 행복하다는 것이다. 가수 김종국도, DJ 겸 가수 페기 구도 자기 분야에서 잠재력을 발휘하며 행복하다는 것이 중요하다. 전공은 타인에게 보여 주려는 것이 아니라 바로 자신을 위해 선택하는 것이다.

둘째, 전공은 평생 함께한다. 가수 최희준의 전공은 법학이었지만 결국 가수로 전향했다. 그는 가수로 기억될 뿐이며, 죽음에 이르기 전까지 노래를 불렀다. 배우자보다도 오래가는 전공을 선택하는 기준은 오직 자신의 취미, 적성, 잠재력이어야 한다. 혹시 여유가 있다면 사회적 기여도도 고려하면 좋다는 정도.

셋째, 전공을 잘 선택한 사람이라고 무조건 성과를 내는 것은 아니다. 어느 분야든 역경과 장애물, 엄청난 경쟁자들이 있다. 전공에 흥미를 가진 사람들은 이를 보다 쉽게 극복하기 때문에 성과를 낼 수 있다. 학문, 스포츠, 가요 어느 분야를 보더라도 좋아하고 즐기는 자를 따라갈 수 없다는 공통점이 있다.

━━━━━━━━ 지혜 22 ━━━━━━━━

부지런한 습관이 운명을 바꾼다

천재는 타고나지만 부지런함은 마음먹기에 달렸다.

실패하는 사람들은 공통적으로 게으른 편이다. 물론 부지런한 사람도 실패할 수 있다. 그러나 열심히 노력하는 사람에게 더 많은 기회가 온다. 자본주의 사회에서 어느 조직이나 뛰어난 역량을 보이거나 성실함을 입증해야 살아남는다. 개인 사업을 한다면 더욱 필요하다. 부지런한 습관이 운명을 바꾼다.

에피소드 1

그녀는 서울의 한 대학교 국문과 출신으로 공인노무사에 도전했다. 모든 시험 준비가 그렇듯 수험생의 하루는 고달프다. 엄청난 경쟁률, 쟁쟁한 도전자들, 낮은 합격률. 그녀는 합격할 수 있을지 자신이 없었다.

그래서 '나는 합격할 수 있다'는 자신만의 박수를 만들어 자기 최면을 걸었다. 매일 v표시마다 박수를 치며 "나v는v합v격v할v수v있v다." "나는v합격v할수v있다." "나는합격vvvv할수있다

vvvv." "나는 합격할 수 있다"를 크게 외쳤다고 수기에 밝혔다. 합격의 기운으로 하루를 시작할 수 있었기에 적극적으로 추천한다고 했다.

코로나 상황 때문에 독서실은 밤 10시까지밖에 운영하지 않아 캠스터디를 통해 집에서도 독서실과 같은 분위기로 집중할 수 있는 환경을 만들었다. 그녀의 독한 노력은 '제30회 공인노무사 수석 합격'을 안겨 줬다. 법률저널(http://www.lec.co.kr)에 수석 수기가 자세히 소개되었다. 주인공은 김은지 씨다.

수기에는 생략되었지만 얼마나 열심히 노력했는가를 짐작할 수 있다. 물론 노력한다고 모두 합격하는 것은 아니다. 하나의 목표를 이루기 위한 집념과 성실함은 행동으로 나타나야 한다. 또 남편의 이해와 협조가 절대적인데, 다행히 그녀는 좋은 반려자를 만났다.

에피소드 2

그녀는 학창 시절 그렇게 부지런한 편이 아니었다. 오히려 잠이 많아 휴일에는 늦게까지 잤다. 어릴 때 부지런한 습관을 들여 주지 못한 부모는 걱정이었다. 더 큰 문제는 아직 열정을 쏟을 만한 영역이나 전공을 찾지 못해 방황하는 시간이 많았다.

하지만 뒤늦게 자신의 취향과 열정을 발견한 그녀는 초기 시련을 독하게 버텨냈다. 일정 수준에 오르자 전 세계를 무대로 뛰기 시작했다. 오늘은 스페인, 내일은 영국, 다음은 이탈리아 등 초청은 많아지고 해외 팬들은 열광했다. 주말 공연을 위해 주로 주중에 이동하는 비행기에서 잠을 자고 쉬는 식이었다.

때로는 비행기에서 일어나 "여기가 어느 나라지?" 하고 체크해야 할 때도 있었다. 장거리 이동과 시차 적응, 건강관리 등 잠시도 나태해지거나 자기 관리를 소홀히 할 수 없었다.

무거운 음악장비와 소품들을 챙겨 전 세계를 바쁘게 다니는 페기 구 이야기다. 상황은 그녀를 아주 부지런한 뮤직 아티스트로 바꿔 놓았다.

두 이야기의 공통점은 무엇인가. 세 가지로 정리한다.

첫째, 어느 분야든 성공에는 부지런함이 필수다. 말로는 누구나 할 수 있지만 행동으로 매일 실천하기는 정말 어렵다. 에피소드에서처럼 이제 성취감을 맛본 주인공들은 성실함의 중요성을 깨달아 하루하루 더욱 짜임새 있게 시간을 관리하게 될 것이다.

둘째, 천재를 이길 수 있는 비밀 무기는 성실함이다. 자신이 선택한 분야에 천재적 재능이 있는데 부지런함까지 갖춘다면 수석이 되고 세계적 스타가 되는 법이다. 그들은 한때는 합격 여부에 불안해했고, 음악 입문을 두려워했다. 과정의 어려움은 어느 분야 누구에게나 있다. 스스로 게으르다고 생각하면 우선 열정을 쏟을 흥밋거리를 찾는 것이 급선무다.

셋째, 성취감은 사람을 부지런하게 바꾸는 법이다. 처음부터 부지런한 사람은 드물다. 대부분 낮잠이 좋고 게으름 피우기를 즐긴다. 문제는 그냥 그렇게 평생 살 수 없다는 것이 인생이다. 페기의 성취는 그녀를 몰라볼 정도로 부지런한 사람, 치밀한 사람으로 바꿔 놓았다. 왕관을 쓰려는 자는 왕관의 무게를 견뎌 내야 하기 때문이다.

인생의 여름은 대략 30대 후반, 40대, 50대 초에

해당한다. 개인별로 차이가 있을 수 있지만 사회적

으로 발전, 성숙기에 해당한다. 한번 선택한 직업,

직장 등을 바꿀 수 있는 마지막 시기이기도 하다.

자신을 스스로 해고하거나 해고당하더라도 직장

과 직업을 바꿔 볼 수도 있다. 결혼을 해 자식을

낳고 자녀 교육에도 관심을 가져야 할 때다. 부부

문제, 자녀 문제, 직업 문제, 승진 문제 등 갈등과

인생의 고민이 많아지는 바쁜 시기다. 이 시기에는

어떤 지혜가 필요할까?

인생의 여름

직업과 직장이 정말 나와 맞는지 확인할 때다

직업은 나를 만들고 평생 나와 함께한다.

어쩌면 배우자보다 오래 함께하는 것이 직업이다. 자신의 재능이나 성격 등과 맞는 것이 최고지만 그렇지 않더라도 실망할 필요 없다. '생활 속의 달인'들처럼 직장에서도 자신의 능력과 소질을 찾아내 멋진 전문 직업인이 되거나 독립하는 경우도 있으니까. 어떤 직업을 갖고 싶은가. 그 이유와 기준은 무엇인가.

에피소드 1

대학을 수석으로 졸업했지만 취업에 어려움을 겪고 있던 그는 우여곡절 끝에 한 언론기관에 취업을 했다.

성격도 원만하고 업무 처리도 깔끔한 그는 직장에서 승승장구하는 듯했다. 그러나 회사 사주가 바뀌는 과정에서 위기를 맞았다. 새 오너는 점령군처럼 직원들을 살생부에 올렸다. 그에게 살생부 명단 작성 등 위험한 일이 맡겨졌다. 그는 노조와 협의하여 회사 측의 요구에 최대한 협조했다.

그러나 민감한 문제가 잘 마무리되어 가던 무렵, 뜻밖의 사건이 터졌다. 신변 안전을 보장했던 그에게 '퇴사 명령'이 떨어진 것이다. 40대 초반에 당한 청천벽력같은 일이었다.

현실은 냉혹했다. 그는 하루아침에 실직자가 됐고, 그 다음 단계에 자영업자가 됐다. 직장인과 자영업자 사이에는 큰 차이가 있었다. 자영업은 부부가 24시간 함께 있으니 다툼의 시간이 많았다. 그는 자영업을 하면서도 재취업을 시도했다.

40대 중반인 그는 열심히 노력한 보람이 있어 재취업에 성공했다. 한번 인생의 쓴맛을 본 그는 전처럼 직장에 올인하지 않았다. 퇴직 후의 삶이 눈에 훤했기 때문이다.

그는 직장에 다니면서 각종 자격증에 도전했다. 대부분 은퇴 후의 삶을 고민할 때 그는 착실히 다음을 준비했다. 7개나 되는 자격증은 제2의 직장인으로 재취업하는 데 큰 역할을 했다. 그는 뒤늦게 자유롭고 행복한 직장 생활을 하고 있다.

에피소드 2

특목고 출신인 그는 당연히 스카이 대학이 목표였다. 그러나 공부에 집중하지 못한 그에게 스카이 대학은 너무 멀리 있었다. 한 수도권 대학에 진학했다. 본인도 부모도 만족할 수 없었지만 현실은 달라지지 않았다.

군에서 어쩌다 약제병과에 들어갔다. 약제병으로 근무하다가 뒤늦게 공부의 필요성을 느껴 의학전문대학원에 노크했다. 지방

의학전문대학원에는 들어갈 만한 성적을 받았지만 수도권을 고집하다 결국 실패했다.

그는 다시 준비하여 약학전문대학원에 들어갔다. 하지만 그곳도 맞지 않아 다시 수능을 준비해 한의대에 입학했다. 친구들은 모두 대학을 졸업하고 취업했는데 그는 뒤늦게 한의대에 들어간 것이다.

여러 차례 시행착오가 있었지만 아버지는 아들의 새로운 시도와 끝없는 도전과 실패, 성공을 지켜보며 박수를 보냈다. 자신이 진정으로 흥미를 느끼고 평생의 직업으로 찾아낸 한의학에서 남다른 노력과 도전은 큰 성과로 나타날 가능성이 높다.

두 에피소드에서 얻을 수 있는 지혜는 무엇일까?

첫째, 직장은 나이가 들수록 불안한 만큼 스스로 안정을 찾아야 한다. 에피소드 1과 같은 사례는 직장인에게 흔하다. 직장에 다니다가 그만두고 뒤늦게 자기 적성을 찾아 재도전하는 사례도 많다. 직장의 안정성 여부를 판단하는 것과 준비는 결국 본인에게 달려 있다.

둘째, "사람의 천성과 직업이 맞을 때 행복하다."(베이컨) 취업이 급할 때는 적성이나 취향, 성격 등을 따지지 않는다. 대부분 뒤늦게 직업이나 직장이 맞지 않아 재도전하거나 포기하게 된다. 미국에서도 자기 전공에 맞춰 취업하는 졸업생은 10% 정도에 불과하다고 한다. 직장보다 직업을 무엇으로 할 것인지 심사

숙고하여 재도전해야 한다. 자신에게 맞는 직업을 택했을 때 행복하고 사회에도 유익하다.

셋째, 이 시기가 직업이나 직장을 바꿀 수 있는 마지막 기회임을 기억하라. 물론 더 늦은 나이에도 새로운 직업에 도전할 수 있다. 그러나 그런 소수의 예외적인 사례를 일반화하기 힘들다. 더구나 한국처럼 나이가 중시되는 사회에서 새로운 도전을 하는 것은 불가능에 가깝다. 항상 현재에서 10년 뒤를 생각하여 준비해야 한다. 여기서 끝이라고 판단하면 집중력이 생기고 자존심도 뭉갤 수 있다.

나를 힘들게 하는 것이 나를 발전시킨다

시련을 극복할 때 인격이 향상되고 행복이 찾아온다.

인생의 여름은 시련이 많은 시기다. 직장에서 가정에서 사회생활에서 할 것도 많고 부딪히는 것도 많다. 특히 역경이 다가올 때 마냥 피하고 싶기도 하다. 당장은 괴롭더라도 극복해 내야 한다. 어려운 것에는 다 이유가 있고 그것을 극복할 때 인격도 성숙해진다. 풍파가 노련한 선장을 만들 듯이 적당한 좌절과 시련은 인생의 보약이다.

에피소드 1

그는 언론인이 되고 싶었다. 언론고시를 준비했고 먼 길을 돌고 돌아 결국 언론인이 됐다. 문제는 정작 언론인이 되고 나니 그가 꿈꿨던 언론인의 이상을 펼칠 수 없다는 실망감이 앞섰다.

정의와 논리로 무장된 언론인 줄 알았는데, 술과 이권에 가까운 경우가 많았다. 공정과 진실보다 부정, 비리도 매우 편향적으로 다뤘다. 특히 언론사 사주의 비리, 부패는 서로 봐주는 공고한 카르텔이 형성되어 있었다.

직업은 자신이 선택한 것이었지만 직장은 전혀 만족할 수 없었다. 30대 중반에 그는 스스로 퇴사했다. 평생을 믿고 다닐 수 없는 직장이라면 빨리 그만둬야 한다고 믿었다.

30대 중반 기자직을 그만두고 나온 사회는 무서웠다. 새로운 사업은 하는 것마다 실패했다. 스스로 능력이 있다고 믿었지만 그렇지 않다는 것을 깨닫는 데는 긴 시간이 필요없었다. 시행착오와 고난은 그에게 현실과 자신의 한계를 깨닫게 했다.

긴 시련의 시간은 그에게 자신의 적성과 전공을 되돌아보게 했다. 가까스로 재취업에 성공한 그는 더 이상 좌고우면하지 않고 자신의 일에 집중할 수 있었다.

에피소드 2

그는 가난했지만 부지런했다. 학비가 들지 않는 곳을 찾아다니며 공부했다. 겨우 대학을 졸업한 후 이스라엘에 가서 다시 공부를 시작했다. 실험실에서 아르바이트로 학비를 대신 지불했다. 어렵게 석사 과정을 마친 후 지도교수의 추천으로 미국으로 갈 수 있었다.

미국 대학에서 박사학위에 도전했다. 그의 성실함은 미국인들에게도 감동을 주었다. 물고기 분야 전공을 하며 실험실의 각종 허드렛일까지 도맡았다. 그에게 주말은 없었다. 기계처럼 제시간에 실험하고 데이터를 분석했다.

실패도 많았고 시행착오도 많았다. 수입은 여전히 적었다. 늦 장가를 갔지만 형편이 나아지지 않았다. 궁핍한 생활은 그를 더 욱 연구와 실험실로 내몰았다.

시간은 걸렸지만 연구 성과가 나기 시작했고 연구논문도 주 목받았다. 그의 성실함과 노력의 결과물이 평가를 받는 데 오랜 시간이 걸렸다. 그러나 그는 지치지 않았고 실망하지 않았다.

수입이 적고 생활비도 부족했지만 연구는 재미있었고 보람도 있었다. 마침내 그의 연구 성과가 국제 논문으로 발표되면서 국 내에도 알려지게 됐다.

국내 유수의 의과대학에서 스카우트 제의가 왔다. 그는 이스 라엘, 미국 실험실을 돌고돌아 국내 유명 대학교 의과대학 교수 로 초빙됐다. 과정의 고통과 어려움을 인내하면서 타인을 이해 하고 돕는 법도 배웠다. 그는 지금도 실험실에서 행복한 시간을 보내고 있다.

두 에피소드에서 느끼는 메시지는 무엇일까.

첫째, 값진 것을 찾아내는 데는 시간과 용기가 필요하다. 당 장의 고통은 인내하기 쉽지 않다. 시행착오는 무의미한 것이 아 니라 꼭 필요한 것이다. 인생은 '꽃길만 걸을 수 없다'는 것을 알 면서도 '너는 고생하지 말라'고 조언하는 것은 어리석다.

둘째, 인생은 빨리 가는 것보다 바르게 가는 것이 낫다. 인생 초반에 50억을 챙기는 것은 독이다. 인생 초반에 공직 3,4급으로 출발하는 것도 출세가 아니라 불행이 될 수 있다. 빨리 가는 것, 고속 출세하며 앞서가는 것을 자랑하지 마라. 겸손을 배울 기회가 없어진다.

셋째, 실패의 가치를 존중하라. 이 시기는 실패를 하더라도 다시 도전할 수 있는 마지막 기회다. 실패가 주는 지혜는 너무 많다. 우선 자신을 반성하게 되고 약점을 발견하게 된다. 인생에도 모든 것은 때가 있다. 이 시기의 역경과 실패의 교훈을 새기며 약점을 보완할 수 있다면 그것도 값진 것이 아닐까.

그때는 그때의 아름다움을 모른다

이십 대에는
서른이 두려웠다.
서른이 되면 죽는 줄 알았다.
이윽고 서른이 되었고 싱겁게 난 살아 있었다.
마흔이 되니 그때가 그리 아름다운 나이였다.

삽십 대에는
마흔이 무서웠다.
마흔이 되면 세상 끝나는 줄 알았다.
이윽고 마흔이 되었고 난 슬프게 살아 멀쩡했다.

쉰이 되니
그때가 그리 아름다운 나이였다.
예순이 되면 쉰이 그러리라.
일흔이 되면 예순이 그러리라.

죽음 앞에서
모든 그때는 절정이다.
모든 나이는 아름답다.
다만 그때는 그때의 아름다움을 모를 뿐이다.

권석만_ 서울대 심리학과 교수

도전해 볼 수 있는 마지막 시기, 또 도전하라

인생은 도전의 연속이라지만 매번 할 수 있는 것은 아니다.

모든 것에는 때가 있다. 인생의 여름은 마지막 도전의 기회다. 망설이는 자에게 기회는 오지 않는다. 인생의 가을에도 도전할 수는 있으나 성공 확률도 낮고 사람들은 좋게 보지 않는다. 실패는 나의 약점을 가르쳐 주는 만큼 스스로 개선하고 언제든 재도전할 때 의미가 있다.

에피소드 1

그는 명문대를 나온 잘나가는 정치인이었다. 국회의원에 당선되어 단상에서 사자후를 토했다. 어딜 가든 금배지를 달고 국회의원 신분을 드러냈다.

그리고 어느덧 말투에서 권위주의가 묻어나고 겸손은 시늉에 그치는 경우가 많았다. 유권자, 후원자들과 술자리도 잦았다. 그 다음 선거, 결과는 낙선이었다.

한때 광역시 시당위원장까지 지낸 그에게 줄을 대기 위해 앞다퉈 찾아오던 사람들의 발길도 끊겼다. "원숭이는 나무에서 떨어져도 원숭이지만 국회의원은 떨어지면 인간도 아니라"는 말은 사실이었다.

그의 모습은 지역구에서 완전히 사라졌다. 하지만 선거철이 되면 어김없이 나타나 유권자들에게 자신이 얼마나 그 지역구를 사랑하는지 목소리를 높였다. 그러나 유권자들은 속지 않았다. 그는 허망한 세월 속에 한때 국회의원이었던 자신의 껍질에서 벗어나지 못하고 지금도 어디선가 자신의 이름을 연호하는 환청 속에 살고 있지는 않을까.

에피소드 2

그는 타고난 씨름선수였다. 고교 시절 이미 전국씨름대회에서 이름을 떨쳤고 프로로 전향하고 나서 더욱 씨름판을 달궜다. 그는 당시 천하장사 이만기를 누르고 새로운 스타로 등장한 강호동이다.

씨름선수가 은퇴 후 방송에 도전한다는 것은 쉽지 않은 도박이었다. 지금처럼 채널도 많고 개인 방송까지 범람하는 시대가 아니었는데 운동선수가 방송계에 뛰어든다는 것은 상상할 수도 없었다. 잠시 출연이 아닌 고정 프로그램, 고정 패널이나 진행자로 나선다는 것은 제작진 입장에서도 일종의 도박이었다.

강호동의 새로운 시도와 도전은 물론 순탄하지만은 않았다. 그러나 본인의 타고난 끼와 노력으로 방송계의 스타로 자리잡기 시작했다. 이제 씨름선수 강호동의 이미지는 사라지고 각종 방송프로그램의 인기 진행자로 자리를 굳혔다.

두 에피소드가 주는 공통점은 무엇인가?

첫째, 상황에 따라 변신할 수 있는 유연성과 용기, 재도전의 의지가 있어야 한다. 첫 번째 에피소드는 젊은 나이에 국회의원이 된 후 그 영역을 탈피하지 못했다. 강호동은 과감하게 새로운 분야에 용기있게 도전했고, 시련도 있었지만 흥미와 재능이 있었기에 극복할 수 있었다.

둘째, 도전, 재도전에도 때가 있다. 인생은 유한하고 재도전의 기회도 제한돼 있다. 젊은 시절의 좌절과 실패는 극복할 기회가 있지만 중년에는 그렇지 않다. 주변의 박수와 칭찬에 조심해야 한다.

셋째, 자신의 잠재력을 다시 보라. 위기나 전환기에 사람들은 자신의 잠재력과 소질 등을 돌아보게 된다. 이제 인생의 시간이 어느 정도 지났기에 그대로 밀고 나가든지 변신을 꾀하든지 결정할 시기다. 욕심과 희망, 자신의 잠재력과 실현 가능성 등을 혹독하게 검증해야 한다. 일단 결정이 내려지면 더 이상 좌고우면하면 안 된다.

가족 여행은 미래를 위한 투자다

자녀를 관찰하고 추억을 쌓는 값진 시간이다.

여행은 누구나 소망하는 것이지만 여러 가지 부담이 따른다. 그래서 마음처럼 쉽게 나서지 못한다. 특히 가족과 함께 떠나는 여행은 무척 어렵다. 아이들이 어릴 때, 여행 자금이 좀 부족하더라도 여행을 많이 하는 것이 서로에게 좋다. 연례 행사처럼 반드시 실천해 보라.

에피소드 1

그는 아이들이 초등학교 다닐 때부터 매년 해외 여행을 시도했다. 할머니 할아버지도 함께였다.

그들은 주말부부여서 자녀들의 성장을 가까이서 지켜보기 어려웠는데, 여행을 하면서 잠버릇, 취미, 성격, 대인관계 등을 자세히 파악할 수 있었다. 특히 외국이라는 낯선 환경에서 진취적인지 소극적인지 판단할 수 있는 귀한 시간이었다.

단체 여행은 지켜야 할 시간 약속, 기본 에티켓, 자녀와의 대화

방식 등 배울 것이 많았다. 그리고 순간 순간들을 영상에 담아 귀한 기록 자료로 남겼다.

세월이 흘러 다 자란 아이들은 초등학생 때 동영상을 보며 신기해했다. 영상에 담긴 달콤한 추억은 가족 관계를 더욱 끈끈하게 만들어 주었다.

가족간의 따뜻한 사랑이 담긴 영상은 시간이 지날수록 빛이 났다. 아이들은 할머니 할아버지가 얼마나 자신들을 사랑했는지 새롭게 확인했다.

에피소드 2

교사인 그녀는 주로 방학을 이용해 여행을 했다. 신혼여행을 다녀온 곳에 성장한 자녀들과 함께 가기도 하고, 부부가 옛 추억을 더듬어 다녀오는 등 부지런히 여행을 다녔다. 여행으로 얻은 것이 많다는 그녀는 아예 해외 여행을 가족이 반드시 해야 하는 연례 행사로 정했다.

자녀들은 어릴 때부터 해외에 자주 다녀 대학생이 되면서 교환학생 겸 어학연수를 다녀왔다.

그녀는 퇴직 후에는 더욱 본격적으로 여행을 떠났다. 여행은 타인과 새롭게 친구가 되거나 옛친구와 더욱 가까워지는 등 동기 부여가 됐다. 그러나 코로나 상황으로 해외 여행이 중단되자 국내 여행을 시작했다.

이렇게 적극적으로 시간을 보내게 된 것도 여행이 준 선물이라고 했다. 새로운 환경에서 새로운 사람을 만나는 즐거움도 여행 덕분이라고 했다. 가족의 연대를 더욱 강화시켜 주는 것은 달콤한 여행의 추억이라고 한다.

두 에피소드가 주는 생활의 지혜는 무엇인가?

첫째, 가족 여행은 쉽지 않지만 얻는 것이 많다는 점이다. 당장의 효과를 기대하기 어렵다 해도 투자 효과를 교육에 관한 한 조급하게 기대해서는 안 된다. 가족 여행 횟수가 쌓일수록 정기 적금처럼 훗날 기쁨으로 돌아온다.

둘째, 자녀가 어릴 때 함께 여행을 다니는 것은 새로운 문화를 체험하게 하는 산교육의 시간이다. 유대인들은 학교에서 자주 야외 여행을 간다. 한국과는 전혀 다른 방식의 여행이다. 그들은 생존방식, 지리탐구, 역사유적지를 탐방한다. 가족 여행을 할 때도 책은 필수품이며, 자투리 시간을 활용하여 독서를 강조한다.

셋째, 가족 여행의 기회가 언제나 주어지는 것 같지만 자식은 금방 성장해 버린다. 뒤늦게 가족 여행을 시도해 보지만 자녀들은 친구와 다니는 것을 더 좋아한다. 어린 시절에 추억을 쌓지 않으면 그런 기회는 다시 오지 않는다.

술과 가까워지면 책과 멀어진다

사람의 차이를 만드는 세 가지-누구를 만나는가,
어떤 책을 읽는가, 어떤 배움을 받았는가.

술이 주는 장점은 많은 사람을 만나는 매개 역할을 하지만 단점 또한 뚜렷하다. 술은 소중한 하루의 시간을 단축시키고 해야할 일을 지연시켜 하루를 짧게 만든다. 주변에는 절주하면서 자신의 일을 잘 해내는 슈퍼맨들도 많다. 술과 가까워지면 책과는 멀어진다. 나이 들수록 책이라는 스승이 반드시 필요하다.

에피소드 1

소탈하고 유머도 많은 그는 사람도 좋아하고 운동도 좋아해 주변 사람들에게 인기가 많다. 다만 술을 마시면 행동이 좀 지나치다는 얘길 듣곤 했다.

한번은 직장 동료들과 술을 마시다 맘에 들지 않는다고 맥주병으로 후배의 머리를 내리치는 사건이 있었다. 동료들은 술자리에서 일어난 일이고 피해자가 크게 다치지 않아 조용히 무마하려고 했다. 술문화에 관대한 한국 사회에서 그 정도의 일은 직장 분위기에 묻혔다.

그런데 이번에는 신입 환영회에서 노래방에 갔다가 사건이 터졌다. 신입 여직원이 노래를 부르는데 벽에 비친 그림자를 끌어안고 이상한 제스처를 취했던 것이다.

여직원은 이것을 성희롱으로 여겨 공개적으로 문제를 제기하려 했고, 동료들은 웃자고 한 행동에 너무 민감하게 반응하지 말라고 말렸다. 그러나 여직원은 직장을 그만두기로 작정하고 사장을 찾아가서 항의했다. 놀란 사장은 즉각 사내 징계위원회를 열었고, 그가 중징계를 받을 무렵 그 여직원도 직장을 떠났다.

에피소드 2

그는 소위 일류대를 나온 교수였다. 대학을 졸업하고 어느 연구소 연구위원을 거쳐 교수가 되는 데까지 별 어려움이 없었다. 술을 좋아하는 그의 주변엔 늘 후배들이 있었다.

대학으로 자리를 옮기고 더구나 자기 후배를 교수로 뽑는 데 앞장선 그를 후배 교수는 열심히 챙겼다.

그는 발동이 걸리면 2차로 동료 교수 부인까지 불러내곤 했다. 거의 매일 술자리가 반복되었고, 후배 교수는 알아서 논문을 작성한 후 선배 교수의 이름을 함께 올리는 식으로 연구 실적도 만들어 주었다. 후배의 노력은 술자리, 연구논문, 강의과목 배정 등 눈물겨울 정도였다.

그런데 어느 날 후배 교수가 수도권의 한 대학으로 옮긴다는 소식이 들려왔다. 열심히 챙겨 주던 후배의 부재는 뒤늦게 큰 시련으로 다가왔다. 술에 취하거나 바둑 등에 심취해 있던 그에게 논문은 불가능에 가까웠다.

드디어 학교에서 연구논문 실적을 문제 삼아 재임용 탈락 경고가 주어졌다. 몇 년 기한을 줬지만 논문을 제출하지 못했다. 학교는 징계위원회를 열어 해임을 결정했다. 그리고 그의 구제를 도왔던 교수평의회도 더 이상 나설 수는 없었다.

첫째, 술은 장점도 많지만 잘못된 술버릇이 사람을 망치게 된다. 굳이 술중독이 아니더라도 술은 시간을 빼앗고 위험에 빠트리곤 한다.

둘째, 교직자, 법조인, 언론인 등 사회 주요 분야에 종사하는 사람들에게 술은 이로움보다 해로움이 많다는 사실이다. 공과 사를 구분해야 하는 직업인들이 술을 매개로 사적으로 연결되면 정의보다 부정, 청렴보다 부패의 위험에 노출될 가능성이 크다.

셋째, 술은 어렵게 쌓아 놓은 노력이나 성과를 한순간에 파멸시킬 수도 있다. 적당한 술은 인생을 즐기는 또 다른 수단이 될 수 있다. 그러나 관대한 한국의 술문화는 멀쩡한 사람을 술주정뱅이로, 유명 정치인을 성희롱 범죄자로 만들기도 한다. 과식, 과욕, 과음하는 자에게 예외는 없다.

교재 대상을 선택하는 데는 책임이 따른다

해로운 사람과 어울리면 함께 망하는 법, 지혜로운 사람과 어울려라.

교재 대상을 잘 가려내기는 어렵다. 친근하게 다가오는 사람 중 누가 진짜인지 구분할 수 있는 능력은 누구에게나 있는 것이 아니다. 인생의 지혜와 경험이 어느 정도 쌓인 뒤에나 가능할지, 그것도 의문이다. 분명한 것은 어리석은 사람을 가까이하면 함께 인생의 화를 당하게 되고, 지혜로운 사람을 가까이하면 도움을 받게 된다.

에피소드 1

그는 30대 외국인이다. 게이였던 그는 공연 프로젝트 일을 하면서 가수 등과 비즈니스 관계를 맺었다.

우연히 한 가수를 공연 프로젝트에 연결해 주면서 친분을 갖게 됐는데, 그 가수는 친절한 외국인의 호의에 감사했다. 그리고 몇 차례 일을 같이 하면서 더욱 친근감을 갖게 되었고, 해외 공연에서도 서로 도움을 주고받는 등 건설적인 관계가 형성된 것이라고 생각했다.

그러나 이들의 관계는 오래가지 못했다. 무슨 이유인지 분명하지 않았지만 그 외국인은 자신이 알고 있는 정보를 이용해 가수의 이미지를 훼손하는 일에 앞장서기 시작했다. 심지어 다른 남성과 합세하여 공격에 나섰다.

한때 좋은 관계였던 사람으로부터 공격을 당하자 인간적 배신감을 느낀 가수는 변호사를 통해 법적 대응을 했고, 결국 사과를 받아냈다.

그런데 얼마 지나지 않아 그는 스스로 목숨을 끊었다. 그 가수는 그를 통해 인간관계가 얼마나 어려운가를 실감했다. 그의 변심의 원인이 무엇이었는지, 자신의 잘못은 무엇인지 반성해 보는 계기가 됐다고 한다.

에피소드 2

삼국지에 등장하는 제갈공명과 진궁의 이야기다. 임금을 모시는 신하 입장에서 자신을 알아주는 분을 만나는 것은 무엇보다 중요하다. 군주를 잘못 만나면 백 가지 재능이 무효가 되고 자칫 목숨까지 잃을 수 있기 때문이다.

임금은 스스로 바꿀 수 없지만 유능한 신하는 임금을 바꿀 수 있다. 제갈공명은 보잘것없던 유비를 만나 삼국을 분할하는 왕으로 옹립, 뜻을 펼칠 수 있었다. '삼고초려'란 말에서 알 수 있듯이 공명은 유비의 극진함에 이끌려 자신을 던진 것이다.

반면 뛰어난 재능을 가진 진궁은 '잘못된 선택'과 '잘못된 만남'으로 끝내 기량을 발휘하지 못한 비운의 주인공이 되었다. 진궁은 자신의 재능을 인정하는 조조를 만났지만 그와의 관계가 틀어지면서 인생이 꼬였다.

그는 조조와의 인연을 회피하기 위해 어리석은 여포를 선택하고, 그 잘못된 선택으로 결국 비극적 종말을 맞았다. 훗날 조조는 진궁에게 다시 한 번 기회를 주었지만 끝내 죽음의 길을 택했다. 진궁은 오만한 여포 밑에서 조조를 곤경에 빠트리는 등 탁월한 재능을 가진 신하였다.

공명은 유비를 만나 실질적으로 일인자 행사를 하며 자신의 재능을 맘껏 발휘했다. 진궁은 자신을 알아준 조조를 뿌리치고 어리석은 여포를 선택해 결국은 뜻을 펼칠 기회도 잡지 못하고 소리없이 사라졌다.

이 두 사례는 인간관계에서 누구를 선택하고 누구와 교재를 지속하는 것이 중요한가를 보여 준다. 그 기준과 원칙은 각자 다를 수 있지만 현명한 지혜가 필요하다는 데는 공통점이 있다.

첫째, 교재 대상을 선택하는 데는 책임이 따른다. 더구나 비즈니스를 함께할 파트너라면 심사숙고해야 한다. 처음엔 친절하다 나중에 배신하는 경우도 많고, 무심한 듯하지만 큰 도움을 주는 경우도 있기 때문이다.

둘째, 화려함 속에 숨어 있는 함정을 볼 수 있어야 한다. 진궁이 조조 대신 여포를 선택한 것은 결정적 패착이었다. 장수 중의 장수, 천하 제일이 무용을 자랑한 여포의 영웅적 업적은 화려했다. 반면에 몰락한 왕손 유비는 초라했다. 공명은 그의 초라함 속에서도 사람을 대하는 진정성과 포용성을 보고 그를 선택했다.

셋째, 어리석은 자와 함께하면 반드시 화를 입는다. 그의 지위나 부 때문이든 그의 지시에 따라야 할 상황이 오면 냉정하게 생각해야 한다. 힘으로 지혜를 이길 수 없고 불법으로 합법을 정당화할 수 없다.

인생 플랜 B를 생각하고 준비하라

사람의 천성, 성향과 직업이 맞을 때 행복하다.

"능력이 어중간한 사람은 직위를 자랑하고 능력이 뛰어난 사람은 직위가 거추장스럽고 능력이 모자라는 사람은 직위를 망친다"(버나드 쇼)는 말이 있다. "자리가 사람을 만든다"는 말도 있지만, 어울리지 않는 직업과 직위는 본인에게 불행이다. 미래를 위해 차선의 직업을 생각한다는 것은 인생 후반을 준비하는 성실파들의 이야기다.

에피소드 1

그는 공기업에 근무하면서 특별히 인생 플랜 B를 생각해 본 적이 없다. 공기업은 조기퇴직이나 명예퇴직을 요구하지는 않지만, 정년이 다가오자 점점 두려운 생각이 들었다.

그리하여 현직에 있을 때 인생 플랜 B를 준비하기 시작했다. 그런 관점에서 공기업은 시험 준비에 유리한 조건이었다. 공인중개사, 정원사, 전기기사 자격증 등 하나씩 도전하여 퇴직 전

에 8개의 자격증을 취득했다. 그리고 퇴직 후 곧바로 재취업에
성공했다.

미리 준비해 둔 자격증 덕분에 거뜬히 제2의 취업에 성공한
그는 스트레스 없는 느슨한 관리직에서 제2의 인생 황금기를
보내고 있다.

에피소드 2

그는 지방에서 공무원 생활을 하는 동안 자기 소유의 땅에 특
용작물을 재배하는 등 틈틈이 농사일을 병행했다. 주위 사람들
은 "고위 공무원이 어울리지 않게 농사일을 하느냐"고 했지만
그는 개의치 않았다.

정년 퇴임을 맞이한 그는 다시 전업 농부로 돌아갔다. 그의
하루 일과는 새벽 5시에 시작하여 저녁 늦게 끝났다.

이웃 주민들은 공무원 연금도 나오는데 여행이나 다니지 왜
고생을 하느냐, 그 나이에 얼마나 더 벌겠다고 힘든 농사일을
하느냐고 핀잔까지 했다.

하지만 그의 입장은 단호했다.

"나이 들면 돈보다 일거리가 더 크다. 농사일은 내가 해 오던
것이라 익숙하고, 또 내 땅에 특용작물을 키워 곧바로 현금화가
되니 재미도 있다. 힘들지 않는 일이 어디 있나? 공무원 때보다
지금이 훨씬 행복하다."

그는 공무원 생활을 하면서도 인생 플랜 B로 농부로 돌아가

는 데 주저함이 없었다. 수익도 괜찮고 고향에서 마을 사람들과 함께 살아가는 것도 좋았다.

이 두 사례에서 배울 수 있는 지혜는 세 가지다.

첫째, 인생의 진정한 성공 여부는 인생 후반부에 결정된다. 순간 순간이 중요하지만 후반부의 평가가 전부를 지배하게 된다.

둘째, 미래는 미리 준비하는 자의 것이다. 준비 없는 하루살이의 후반부는 상상 이상으로 비참해진다. 건강마저 잃게 되면 인생 자체가 참사가 될 수 있다.

셋째, 인생 후반부는 과거 화려한 경력보다 현재의 소박한 행복이 더 중요하다. 과거는 과거일 뿐, 현재 새로운 즐거움과 행복을 찾아 보람을 느낀다면 이만한 인생도 드물다.

플랜 B의 성공조건
- 절박성 : 제2의 인생은 내가 주도적으로 내 방식으로 살아보겠다는 간절한 바람.
- 준비성 : 더욱 철저한 준비가 필요하다.
- 소박성 : 이제 돈이나 직책, 명예보다 나의 취향, 적성이 더 중요하다.
- 흥미성 : 그 일이 주는 재미를 내가 먼저 즐길 수 있어야 한다.

돈은 자유와 권력을 주는 힘이다

때를 놓치면 후회만 남는다.

모두들 돈을 소중하게 여기면서 때론 초연한 척하는 이중성을 보이기도 한다. "가정에 돈이 없으면 행복도 없다"는 것이 탈무드의 가르침이다. 돈은 권력이면서 자유를 준다. 하느님의 뜻을 잘 실천하기 위해서도 돈이 있어야 한다고 유대인들은 강조한다. 인생의 여름, 돈벌이에 집중할 때다. 이때를 놓치면 후회하는 시간이 길어진다.

에피소드 1

그는 어렵게 학창 시절을 보내며 가난을 처절하게 경험했다. 그리고 겨우 결혼식은 했지만 부끄럽게도 방 한칸 마련할 전세금도 없었다. 그는 거의 제로에서 출발했다.

그가 직장 생활을 하면서 30대에 첫 목표로 삼은 것은 40대에 경제적 안정을 갖는 것이었다. 그 목표를 달성하기 위해 두 가지 방법을 택했다.

먼저 지출을 최소화했다. 아이들 학원비도 아끼는 등 근검 절약은 모든 가족이 지켜야 할 공동 과제였다. 부부가 맞벌이를 하는데도 돈은 잘 모이지 않았다.

그는 절약 외에도 수입의 다변화를 꾀했다. 직장 생활을 하면서 전문성을 발휘하여 방송에 출연하거나 언론에 기고하거나 책을 출간하는 등 바쁘게 움직였다. 대학 강의도 시도했다.

그는 직장뿐만 아니라 평균 두세 군데에서 꾸준히 수입이 들어오도록 뛰었다. 작은 돈을 소중히 여기며 '티끌 모아 재산 전략'으로 밀고 나갔다. 아내도 효율적인 재산관리로 힘을 보탰다.

아이들이 유학을 갈 때 그동안 절약한 돈은 큰 힘이 됐다. 어렵게 모았지만 돈의 위력은 대단했다. 소중한 아이들의 꿈을 실현할 수 있는 힘이 되어 주었다.

에피소드 2

그녀는 유명한 음식점 사장이었다. 장사가 잘 돼 전국에 체인점을 열 정도였다. 돈은 넘쳐났다. 인심이 후한 그녀의 상술, 맛난 음식, 대중적인 저가전략은 많은 사람들을 불러모았다.

주변 땅까지 사들여 장사를 확장해 나갔다. 그녀는 자신의 장사 비결을 이렇게 말한 적이 있다.

"음식이 맛있어야 하는 건 기본이지요. 저는 우리 가게에 한번 왔다간 사람도 다 기억할 수 있어요."

그녀의 타고난 상술은 대박으로 이어졌다. 이미 수백억 원대 재산가라는 소문이 나돌 정도였다.

그런데 어느 날 사업이 망했다는 소식이 들려왔다.

"그 집은 돈을 너무 잘 벌었지요. 그런데 한번 세금을 왕창 맞았어요. 그때부터 절세하는 방법을 고민하더니 전문 사기단에 걸려 90억짜리 빌딩 2개와 전 재산을 날렸어요. 그후 건강도 무너져 버렸어요."

너무 많은 돈과 절세 전략은 자연스레 전문사기꾼을 불러들였다. 인생의 수확기에 건강마저 나빠졌다고 하니 안타까웠다.

두 사건에는 어떤 메시지가 담겨 있을까?

첫째, 누군가에게는 돈벌기가 너무 어렵지만 또 누군가에게는 돈이 따라다닐 정도로 쉽다는 것이다. 그러나 돈벌기와 그 돈을 유지하는 것은 별개의 문제다.

둘째, 지나친 부는 축복이 아닌 재앙으로 변할 가능성이 높다. 돈은 벌어야 하지만 재물에 대한 과다한 욕심은 비극으로 끝날 확률이 높다. 돈벌이에 집중하라는 것이 무조건 많이 벌어들이라는 것이 아니다.

셋째, 그러나 돈은 중요하고 벌기는 어렵고 버는 데는 때가 있다. 아리스토텔레스는 "행복하기 위해서는 육체가 건강하고 재산이 있어야 한다. 현인(賢人)이라 해도 재산이 없으면 불행하다"고 했다.

불법으로 모은 재산, 재앙이 될 수 있다

원칙과 합법은 나를 행복하게 한다.

부정부패는 인류의 역사와 함께할 정도로 오랜 역사와 전통을 자랑한다. 특권과 특혜가 체질화된 권력자들은 동서양 예외없이 부패로 몰락했다. 민주주의를 일찍 정착시킨 유럽은 신용사회를 만드는 데 부정부패 척결의 중요함을 깨닫고 이중 삼중의 청렴 장치를 만들어 이를 사회문화로 정착시켰다. 2021년 공식적으로 선진국이 된 한국은 가장 취약한 분야가 여전히 권력형 부정부패 문제다. 빙산의 일각만 살짝 들여다본다.

에피소드 1

출세가도를 달린 그는 동기들보다 빠르게 승진하여 검사장이 됐다. 한때 전국 검찰청의 부패수사를 지휘하는 대검찰청 반부패부장을 맡기도 했다.

그리고 퇴직 후에는 변호사 개업을 했다. 또 검찰청의 권력가로 근무할 때 맺어 둔 정치권과의 각별한 인연은 국회의원 출마 기회로 이어졌다. 당대표가 다선 국회의원을 제치고 초선에 도전하는 그에게 공천권을 준 것이다.

하지만 그는 국회의원에 당선되지 못했다. 낙선 이후 지역구 도당위원장을 맡아 다음 기회를 노렸다. 그런데 문제는 다른 곳에서 불거졌다.

그가 모 투자회사로부터 2억2천만 원(알선수재)의 검은 돈을 받았다는 소식이 터졌다. 언론은 "검사장 출신 야당 정치인 변호사에게 수억 지급 후 ○○은행 부행장을 상대로 로비가 이루어졌다"는 뉴스를 전했다.

구속영장이 청구되자 "정상적인 법률자문 계약을 체결하고 자문료를 받은 것이고 변호사로서 정상적인 법률사무를 처리했을 뿐"이라고 주장했지만 구속을 피할 수는 없었다.

한때 검사장까지 지낸 변호사가 부정 비리 혐의로 구속될 때 심정이 어떠했을까. 이 문제로 딸이 자살소동을 벌였다는 뉴스가 검색될 정도로 가정까지 파탄지경에 이르렀음을 짐작할 수 있다.

에피소드 2

그는 '경제대통령'을 내세우며 '모두 잘살게 해 주겠다'는 허황된 공약으로 대통령에 당선됐다. 그에 대한 각종 부정 비리 혐의를 '새빨간 거짓말'이라고 비웃으며 청와대로 들어갔다.

검찰 수사, 특별검사의 수사 모두 무혐의로 그의 결백을 입증했다. 대다수 국민은 그를 부정 비리 정치인으로 잘못 본 것으로 생각했다. 하지만 그의 부정 비리 문제는 대통령 집권 이후에도 간간이 흘러나왔다.

임기말이 되자 그의 부정부패 행태는 다시 본격적으로 드러나기 시작했다. 그를 대통령으로 만드는 데 앞장섰던 권력 3인방은 구속과 함께 사법 처리되는 진풍경이 벌어졌다.

이들은 각종 부정 비리에 연루되어 뒤를 봐주며 거액을 챙겼다는 수사 결과가 나왔다. 이런 부패한 주요 참모를 가까이 둔 대통령의 행태는 더욱 기가 막힌다.

퇴임 후 감옥을 넘나드는 그는 부정부패의 상징 인물로 손가락질을 받고 있다. 교회 장로에다 전 대통령의 직을 부끄럽게 만든 그의 삶을 성공했다고 볼 수 있을까.

두 사례는 일반인의 관점에서 보면 너무 먼 남의 이야기다. 그러나 나라를 망치고 사회의 정의를 바로 세울 책임자들의 부정 비리는 용납할 수 없다는 공감대는 있지 않을까.

첫째, 부정과 부패는 권력의 꼭대기로 갈수록 거부하기 힘든 유혹으로 다가온다. 검사장, 장·차관, 대통령에게 권한만큼 이권 개입도 쉬워진다. 그래서 높은 지위일수록 고도의 윤리성이 꼭 필요하다.

둘째, 특권을 누려 온 자들은 특혜를 당연한 것으로 여기는 경향이 있다. 법은 일반 국민이나 지키고 자신들은 법 밖에 존재하는 특별한 인간으로 간주하는 식이다. 부도덕한 특권층의 몰락은 시간 문제다. 부러워하지 마라.

셋째, 부정과 비리는 한순간에 모든 것을 앗아간다. 산이 높을수록 골이 깊듯이 돈과 명예, 권력도 부정과 연루되면 치욕을 피할 수 없다. 인생의 절정기에 자신과 가족 모두의 삶을 망치게 된다.

행복의 시작은 가정이다

부부 관계를 돈독히 하고 자녀 교육에 집중할 때다.

'가화만사성'은 누구나 알고 누구나 인정한다. 하지만 생활 속에 이런 가치를 실제로 실현하는 사람은 그렇게 많지 않다는 점은 놀랍다. 가정이 소중하다면서 현실에는 이와 반대로 살아가는 사람을 주변에서 쉽게 본다. 무엇이 문제일까?

에피소드 1

90세가 넘어서도 현역으로 뛰고 있는 영원한 국민 MC 송해 이야기가 영화로 제작됐다. '송해 1927.' 많은 사람들에게 큰 사랑을 받으며 33년간 KBS 전국노래자랑 프로그램을 이끌어 온 우리 시대 영웅 송해의 이야기는 그 자체로 감동이다.

그도 한때는 자신의 삶이 너무 비참하고 보잘것없어 극단적 선택을 한 적이 있다고 고백했다.

"남산에 올라가서 깊은 낭떠러지를 찾았어요. 가족들에게 미안하고 남길 가치도 없는 사람이 오늘 사라진다 하고 눈 꼭 감고 뛰어내린 게 소나무 가지에 얹혔던 것 같아요. 정신을 차려서 집에 돌아갔던 생각이 납니다."

자신의 못난 짓을 후회하며 그는 "한참 커가는 아이들한테 또 죄를 지었구나. 그 내색을 안 하려고 마음으로만 앓고 다니면서 희망의 끈을 놓지 않고 잡아당겼던 게 오늘날까지 왔구나 싶습니다"라고 인터뷰했다.

그는 20대에 오토바이를 타다 뺑소니 사고로 숨진 아들의 이야기만 나오면 눈물을 흘리며 "가수가 되겠다는 아들의 꿈을 반대했던 것을 후회한다"고 말했다. 그리고 영화를 찍으며 아들의 자작곡 녹음 테이프를 30여 년 만에 듣고 뜨거운 눈물을 흘렸다.

그는 "세대 변화가 너무 빠르기 때문에 아이와 대화를 주고받을 시간이 없었고 아이를 파악하지 못했다. 자격 잃은 아버지로서 대단히 후회가 크다. 가족과 많이 소통하라"고 당부했다.

국민의 사랑을 받는 그였지만 먼저 보낸 자식과 충분한 대화를 나누지 못했고 자식의 꿈을 응원하지 못한 평생의 한이 남았다. 그가 당부한 '가족과 많이 소통하라'는 말은 가정의 가치를 소중히 여기고 서로 아끼고 사랑하라는 한맺힌 부탁이 아닐까.

에피소드 2

침대 밑에 6시간 동안 숨어 있다가 아내의 불륜남을 직접 살해한 사건이 인도에서 벌어졌다.

서부 벵갈루루 바야다라할리 경찰은 살인 혐의로 바랏 쿠마르를 체포했다. 그는 아내 비누타와 두 딸과 함께 평온하게 살고 있었는데, 두 사람 사이에 금이 가기 시작한 것은 고향 후배가 등장하고 나서부터였다.

후배는 일자리를 소개해 달라고 찾아와서는 아내를 따라다니며 사랑 고백을 했다는 것이다. 결국 아내는 후배를 따라 집을 나갔고, 복수심에 불탄 남편은 보복을 하기로 마음먹었다.

인터넷을 통해 흉기를 구입한 바랏은 그들이 동거하고 있는 집을 찾아가 아내가 잠시 외출한 사이에 몰래 집에 들어가 침대 밑에 숨어 기다렸다.

그때 후배가 돌아와 아내와 함께 저녁을 먹고 잠자리에 들었다. 바랏은 아내가 새벽에 일어나 화장실에 가자 흉기로 후배를 살해한 다음 친척을 통해 경찰에 자수했다고 한다.

두 사례는 내용이 다르지만 가정의 가치를 강조하는 사례라는 공통점이 있다. 정리하면 다음과 같다.

첫째, 온 국민의 사랑을 받는 국민 MC도 가족 문제에 관한 한 후회도 많고 부족한 점이 많았다는 아쉬움을 토로하고 있다. 자식의 꿈을 지원해 주지 못한 한을 평생 품고 사는 괴로움은 당사자만 알 것이다.

둘째, 배우자의 불륜은 가정 파괴로 이어지고 가족 전체의 비극이 된다. 인생의 여름 시기에는 사건사고도 많은 법. 그러나 가정 전체를 위기에 빠트리는 도박은 안 된다는 점은 분명하다.

셋째, 행복의 시작은 가정이다. 가족간의 화목, 소통이 없으면 진정한 행복은 없다. 인기도 권력도 돈도 가정의 행복이 지켜질 때 빛난다. 나의 가정만큼 타인의 가정도 존중해 줘야 하는 것은 그래서 중요하다.

지혜 11

성공도 실패도 투자한 시간에 비례한다

인생에서 가장 바쁜 시기, 낭비할 틈이 없다.

인생의 승리자는 하루가 25시간이고 인생의 실패자는 하루가 23시간이라고 한다. 똑같은 하루의 시간을 두고 이런 말을 하는 것은 시간을 어떻게 활용하는가, 얼마나 유용하게 사용하는가에 달렸다는 뜻이다. 성실성은 그래서 중요하다. 어떤 세상 어디를 가도 게으른 자가 가져갈 몫은 별로 없다.

에피소드 1

그는 고향에서 촉망받는 학생이었으나 도시 학교에서는 뛰어나지도 주목을 받지도 못했다. 그리고 대학 입학시험에 연거푸 떨어지면서 부모님의 기대는 실망으로 바뀌었다. 그는 스스로에 대해 회의감이 들었다.

취업 시험에도 바로 합격하지 못한 그는 실패를 반복하면서 마음을 다잡았다. 남들과 똑같이 노력해서는 합격도 자신의 뜻을 이룰 수도 없다는 걸 깨달았다. 하루 24시간을 어떻게 25시간으로 늘려 더 노력할 수 있을까 고민했다.

그는 일단 남들보다 적게 자는 방법을 찾았다. 그리고 깨어 있는 동안 무엇인가 읽고 시도하고 사색하는 시간으로 활용했다. 출퇴근 시간에도 책을 읽고 주요 내용을 정리했다.

그렇게 부지런히 노력한 결과 그는 조금씩 자신의 꿈을 이뤄 나가게 됐다. 그래서 시간을 아끼고 그 시간을 소중히 여기는 사람은 언젠가는 보답을 받게 된다는 것을 믿게 됐다.

에피소드 2

시간 활용의 달인으로 유명한 일본의 작가 겸 변호사 다카이 노부오의 이야기다. 그는 변호사로 일하던 30세까지는 올빼미형 인간이었다고 한다. 그러나 기업 CEO들을 만나면서 중요한 사실을 깨닫게 된다. 능력이 뛰어난 사람일수록 아침 일찍 일어나 부지런히 활동한다는 것이다.

그래서 그는 《아침형 인간으로 변신하라》는 책을 냈다. 미국의 억만장자 빌 게이츠는 새벽 3시에, 잭 웰치는 7시 30분에 업무를 시작하다는 것을 알고 그때부터 업무 효율이 높은 아침 시간을 집중적으로 활용하는 사람이 됐다. 일본에서는 그를 '시간 활용의 마술사'로 부르고 있다.

한 헤드헌팅회사를 조사해 보니, 업무 효율이 가장 높은 시간대가 오전 10~11시로 나타났다. 아침에는 창의력과 상상력을 작동하는 우뇌가 활발하게 기능하기 때문이라는 것이다. 또 아침에는 신경을 이완시켜 주는 알파파가 많이 나온다고 한다. 그래서 지하철로 출근하는 사람들에게 독서를 권하는 것이다.

두 사례는 시간 활용, 자투리 시간 아끼기 등으로 요약된다. 한정된 시간을 어떻게 활용하느냐는 인생 전체의 성패를 좌우한다. 두 사례를 통해 얻게 되는 지혜는 다음과 같다.

첫째, 무의미한 시간을 슬퍼하라. 물론 가끔 멍때리는 시간도 필요하다. 그러나 일상에서 무의미하게 시간을 흘려보내는 것은 한정된 인생의 시간을 낭비하는 것이다. 자투리 시간을 활용하면 많은 것을 할 수 있다.

둘째, 자신만을 위한 타임 스케줄을 짜라. 아침형, 저녁형, 새벽형 인간은 모두 시간이 주체가 돼 인간의 시간 소비 행태를 구분한 것이다. 어느 경우든 자신을 위한 효율적인 시간관리를 하라는 주문이다.

셋째, 시간은 배신하지 않는다. 성공도 행복도 자신이 투자한 시간에 비례한다. "당신의 성공은 무엇인가?" "당신의 행복은 무엇인가?"라는 질문에 각자 답이 다를 수 있다. 그러나 하루 중 얼마나 시간 투자를 하고 있는가에 대해 답을 할 수 있어야 한다. 자투리 시간을 모으면 긴 세월이 되는 법. 그것을 잘 활용하면 무엇이든 할 수 있다.

건강을 잘 챙겨야 한다

돌연사가 가장 많은 시기다.

여름은 덥다. 인생의 여름도 모든 면에서 뜨겁다. 가정, 직장에서의 위치, 활발한 사회생활로 바쁘고 힘든 시기다. 폭탄주가 지배하는 시기다. 특별히 건강을 챙길 시간도 여유도 없다. 그래서 돌연사가 많아 사회 문제가 될 정도다. 건강도 잘 챙겨야 할 이 시기를 어떻게 준비하느냐는 인생 전체를 결정하는 변곡점이 된다.

에피소드 1

그는 너무 바쁜 치과의사이고, 자녀도 네 명이나 있다. 일과 육아, 치과의사회 모임 등 하루 24시간이 모자란다. 그 와중에도 임플란트 시술법을 공부하는 등 매우 성실하다.

그러다 보니 운동할 시간을 내지 못했다. 40대 중반으로 접어들면서 몸에 변화가 왔다. 흰머리가 나고 나잇살이 붙기 시작했다. 그러자 좋아하는 술도 줄이고 운동을 하기로 마음먹었다.

어떤 종목을 할까 고민하다가 골프를 선택했다.

그런데 골프는 쉽지 않은 스포츠였다. 그래도 같은 치과의사인 부인과 함께할 수 있고 건강을 생각해 열심히 하고 있다.

누구나 바쁜 시기지만 무엇에 자신의 가치관을 두느냐에 따라 선택은 달라진다. 그는 바쁜 일과 속에 새로운 시도로 운동을 택했다. 그 선택은 인생의 가을, 겨울에 빛을 발휘하게 될 것이다.

에피소드 2

그녀는 건강검진 과정에서 초기 암을 발견하고 수술을 받았다. 수술은 성공적으로 끝났지만 정신적 충격은 엄청났다. 40대에 왜 이런 일이 일어났는지 받아들이기 어려웠다.

그녀는 회사에서 늘 바빴고 그런 생활을 당연하게 받아들였다. 그런데 어느 날 갑자기 병원에 누워 있는 자신의 모습이 너무 낯설었다.

한 번도 운동을 해야 한다고 생각해 본 적이 없는 그녀에게 남편이 운동을 권했다. 그러자 "이 나이에 무슨 운동을…" 하며 내켜하지 않았다. 남편은 "당신이 한때 좋아하던 테니스를 해보는 게 어떠냐"고 제의했다. 그러나 그녀는 조깅이나 하자고 했다.

남편은 포기하지 않고 말했다. "이미 테니스 코치에게 레슨비를 지불했으니 내일부터 나가든 말든 알아서 하라"고.

그래서 시작한 테니스는 10여 년이 넘어 이제 마니아가 됐다. 틈만 나면 뛰고 달린 덕분에 골다공증도 없어지고 건강도 되찾았다. 정신적으로도 활발해지고 자신감이 생겼다.

두 사례는 공통적으로 스포츠의 중요성을 일깨워 준다. 그러나 나이 들어 새롭게 시도하는 것은 쉽지 않다. 그래도 해내는 사람이 있고 하지 못하는 사람이 있다. 두 사례가 주는 교훈을 살펴볼 필요가 있다.

첫째, 인생의 겨울을 준비하려면 여름처럼 바쁠 때 운동을 시작해야 한다. 준비하는 자만이 누릴 수 있음을 인생의 가을, 겨울이 오면 알게 된다.

둘째, 성공하는 사람들은 자신을 아끼고 자신을 위해 투자한다. 현명한 부모는 자식과 함께 스포츠를 즐긴다. 그곳에 성공과 행복이 함께 있다.

셋째, 인생의 바쁜 시기에 운동을 시작하는 것은 어려운 결단이다. 갈수록 안해 본 것은 더욱 안하게 되는 경향이 있다. 나이 들면서 새로운 분야에 도전하는 사람은 대단한 사람이다.

불편한 관계를 만들지 마라

열 명에게만 잘해라.

어떤 사람을 상대로 얼마나 언제까지 잘해야 하나. 인생의 여름에는 상대를 잘못 만나면 치명상을 입을 수 있다. 자칫하면 인생의 낭비, 인생의 실패로 이어질 수도 있다. 인생의 가을, 겨울이 오면 내가 진실로 잘해 줘야 할 사람은 가족, 친구 등 열 명 안팎이다. 집중이 중요하다. 특히 적대적인 상대에게 똑같이 적대감을 보일 필요는 없고 미소로 거리를 유지하면 된다.

에피소드 1

어릴 때 가수로 데뷔해 성공가도를 달리던 연예인이 있다. 친구들도 좋아해서 주변에 베풀며 행복하게 사는 줄 알았다. 어느덧 30대 후반이 된 그녀가 방송에서 고백한 내용의 일부다.

"어느 날 (친구가) 술값을 내달라고 해서 갔는데 나중에 다른 친구한테 들으니 옆자리에서 내 욕을 하고 있더라. 그 사람한테 (직접) 듣기 전까지 나는 (남의 말을) 안 믿는다. 그래서 그 친구에게 물었더니, '걔는 네 욕 안 했대?'라고 했다. 중학교 때부터 만난 오래된 친구였는데 그게 많이 상처가 됐다."

가수 서인영의 이야기다. 가장 오래된 친구에게 배신당한 그녀는 새로운 친구를 사귀는 것이 두려워졌다고 한다. 친구들은 서인영과 만나면 그녀가 돈을 내는 것을 당연하게 생각했고, 이것이 상처가 됐다. 그녀는 이런 일도 당했다고 고백했다.

"친구들이 소개팅 갈 때 내 옷과 명품백으로 풀 장착하고 가서는 돌려주지 않는다."

주변 친구들이 그녀를 이용한 거라는 전문가의 진단이 있었다.

물론 가까운 사이니까 이런 호의를 베풀었겠지만 사람으로 인해 본인에게 상처가 되는 만남, 그런 상대를 어떻게 판단하고 정리해야 할까.

에피소드 2

A는 은퇴 후가 더 바쁘다. 그가 관리하는 크고 작은 모임은 10개가 넘고 혼자 총무일을 맡고 있다. 그는 사교적이고 순수해서 많은 사람들이 좋아하고 잘 따른다. 그도 조직 내의 갈등을 자신이 나서서 해결하는 것에 만족을 느끼고 있다.

그는 앞으로도 '놀자' 모임을 계속 유지하며 주도적으로 만남을 주선할 생각이다. 물론 모임에서 문제가 생기면 그에게 연락하고 그가 나서서 자신의 일처럼 해결하는 데 열정을 아끼지 않는다. 그는 "사람들을 만나게 하고 함께 노는 일은 나의 장점 중

하나"라고 말한다.

50대 퇴직 후 새로운 모임을 만들고 새로운 사람들과 과감하게 사귀는 그는 해외 여행도 함께 다니는 등 새로운 세상을 개척해 나가고 있다.

두 사례를 보면서 인생에서 인간관계가 중요한 만큼 각자 자신의 가치관과 철학을 되돌아볼 필요가 있다는 생각이 든다.

첫째, 모두에게 잘해 주면 좋지만 불가능할 경우 적어도 적대 관계, 불편한 관계를 만들어서는 안 된다. 그런 상대가 나타나면 무시하거나 만남 자체를 만들지 않는 것이 좋다.

둘째, 인생 전체를 두고 믿고 도움을 주고받는 사람은 열 사람 미만이다. 가족과 친구 모두 합쳐도 그렇다. 이들에게 내가 할 수 있는 정성과 마음을 다하여 좋은 관계가 형성되도록 해야 한다.

셋째, 인간관계가 넓은 사람을 부러워할 필요도 없고, 인맥과 학맥을 만들려고 노력할 필요도 없다. 내가 잘나가면 없는 인맥도 만들어지고, 내가 헤매면 있는 인맥, 학맥도 무용지물이다. 기대치를 낮추고 간단히 그저 함께 즐기는 정도로 정리하면 된다.

나보다 뛰어난 사람을 인정하라

부러움과 시샘은 자신을 초라하게 한다.

어느 분야든 천재들이 가끔 있다. 그 천재들은 노력하는 사람들이 볼 때 이해할 수 없는 성과나 뛰어난 작품을 만들어 낸다. 그들을 시샘하고 그들과 비교할 때 불행이 시작된다. 그들은 나와는 다른 인간으로 받아들여야 한다. 뛰어난 그들 때문에 왜 초라해져야 하는가. 위만 보지 말고 아래도 보며 자신을 다독여라. '이 정도면 괜찮다'고 먼저 자신에게 관대해질 필요가 있다.

에피소드 1

이 사건은 미국에서 실제로 벌어진 일이다. 남자 친구와 헤어진 A는 괴로움과 부러움, 시샘 때문에 괴로워하다가 범행을 저질렀다는 것이 미국 FBI의 결론이었다. 사건을 재구성해 보면 이렇다.

남자 친구와 갈등 끝에 헤어진 A는 하루하루 슬픔과 상실감으로 고통스러운데 남자 친구는 새 여자 친구를 만나 행복하게 잘 지내는 것 같아 더욱 괴로웠다. 시샘과 부러움, 화가 나서 일에 집중을 할 수가 없었다.

견디다 못한 A는 남자 친구를 그냥 둘 수 없어 "내 손으로 응징하고 말리라"고 결심했다. 그리고 남자 친구의 숙소에 찾아가 방화를 시도했다. 그때 자신도 그 집에 갇힐 뻔했으나 가까스로 구조되었다.

아무것도 모르고 자고 있던 남자 친구는 사망했다. 불은 위층까지 번져 무고한 희생자를 두 명 더 내는 참사로 이어졌다. A의 범행은 CCTV에 고스란히 찍혀 변명의 여지가 없었다. 한 사람의 질투, 시샘, 분노가 무고한 생명을 앗아간 끔찍한 살인극이 되고 말았다.

에피소드 2

심리학에 '살리에리 증후군(Salieri Syndrome)'이라는 말이 있다. 살리에리 증후군은 1984년에 개봉된 영화 〈아마데우스〉에서 유래되었다.

영화 속 주인공 안토니오 살리에리는 모차르트와 동시대에 활동한 음악가로 천재적 재능을 가지고 태어난 모차르트와는 달리 그는 재능보다 노력으로 정상급 음악가의 반열에 오른 것으로 유명하다.

당시에는 모차르트보다 더 세속적 명성을 누렸지만 그는 항상 모차르트의 재능을 시기하고 질투했다. 그에게는 모차르트와 같은 창조적 능력은 없었지만, 그런 능력을 파악할 수 있는 귀는 있었다. 영화 속에서 그는 "신이시여, 어찌하여 제게는 귀만 주고 손은 주지 않으셨나이까?"라고 절규했다.

모차르트는 살리에리가 경멸하는 행위를 서슴없이 행했다. 경멸하는 자가 자신이 부러워하는 능력을 갖고 있으니 살리에리는 더욱 괴로웠다.

영화에서 살리에리는 "나는 음악을 위해서라면 목숨이라도 버릴 각오가 돼 있는데, 모차르트는 놀 것 다 놀고 밤낮 여자를 희롱하며 경박하게 웃으면서 남는 시간에 작곡을 해도 항상 불후의 명작만을 쓴다. 반면에 내가 쓴 곡은 아무도 기억하지 못한다. 세상이 어쩌면 이다지도 불공평하단 말인가" 하고 울부짖었다.

살리에리도 뛰어난 음악가로 알려졌지만 그는 진실로 행복하지 못했다. 대중들은 몰랐지만 자신을 음악 천재 모차르트와 비교하면서 절망했고 분노했다. 살리에리는 음악적 유산은 남기지 못했지만 '살리에리 증후군'이라는 심리학 용어를 남기는 데는 성공했다.

두 사례에서 읽을 수 있는 메시지를 아래와 같이 정리해 본다.

첫째, 부러운 마음을 갖는다는 것은 자신에 대한 결례라고 생각한다. 마음으로 박수를 쳐주고 인정하는 것으로 충분하다. 스스로 자신을 비하, 학대하면 그만큼 괴롭고 불행한 법이다.

둘째, 보복심은 인간을 악마로 만든다. 평범한 인간이 증오로 가득 차게 되면 괴물로 변하는 것은 시간 문제다. 보복 살해는 증오심, 시기, 질투에서 나온다. 자신의 인생을 범법자로 만드는 것은 너무 무책임한 것이 아닌가.

셋째, 나보다 뛰어난 사람이라고 판단하면, 내가 도저히 함께할 수 없는 파트너라고 생각되면 그냥 외면하라. 시기심이나 분노, 질시는 자신을 초라하게 만들 뿐이다. 아직도 자신을 더 발전시킬 시간은 충분하다. 타인이 부러우면 그도 남모르게 그만한 대가를 지불했다고 생각하라.

내가 사랑할 때 내가 먼저 행복해진다

미워하면 스스로 행복을 차버리는 것이다.

인생의 여름에는 가장 활발한 활동과 함께 슬픔과 기쁨이 오가는 만남의 역사가 이루어진다. 좋아하는 사람보다 미워하게 되는 경우가 더 많다. 복수를 하고 싶을 정도로 미운 사람도 만날 수 있다. 인간을 사랑하기는 어렵고 미워하기는 쉽다. 그래서 불만도 많고 마음에 드는 것은 드물다. 세상은 불공정하고 나는 항상 불이익을 받는 것처럼 느껴질 때도 많다. 그래서 현실에서 행복하기가 어렵다. 사람이든 사물이든 내가 사랑할 때 내가 먼저 행복해진다.

에피소드 1

배구선수 김연경이 페북에 올린 글을 요약한 것이다.

김연경은 인스타그램에 "추측성 기사 쓰지 말아 주세요"라는 글과 함께 두 손을 모아 비는 이모티콘을 올렸다. 이는 전날 그가 올린 글을 두고 쌍둥이 자매 이재영·이다영(PAOK 테살로니키)

선수를 저격했다는 일부 언론의 악의적 추측성 보도에 대한 반박이었다.

그녀는 전날 인스타그램에 "우리가 하나의 세상에서 나와서 하나의 세상에서 사는데 너하고 나하고 원래는 하나다"며 "각자 마음이 다른 것은 서로 각각의 개체로 봐서 그런 건데, 결국 내가 상대를 사랑하면 그도 나를 사랑하고 내가 상대를 미워하면 그도 100% 나를 미워한다"는 글을 올렸다.

그러면서 "내가 누군가를 욕하면 그 누구도 나를 100% 욕하고 있을 거다. 내가 사람을 미워하면 나는 절대 행복할 수가 없다. 하늘이 두 쪽 나도 그런 일은 없다"고 했다.

이를 두고 일부 매체는 그녀가 한국 여자배구 프로리그 V-리그에서 같은 팀 동료로 뛰었지만 불화설이 불거졌던 이재영·이다영 자매를 가리킨 것으로 추측 보도했다.

불화설 이후 쌍둥이 자매는 과거 학교 폭력 가해자였다는 폭로가 나오며 팀과 V-리그에서 퇴출되었고, 이들은 그리스 리그에 진출해 선수 생활을 이어가고 있다.

김연경의 행복론의 핵심은 '상대를 미워하면 행복해질 수 없다', '나는 그렇게 살지 않는다'는 것이다. 일부 언론에서 추측성 보도로 선수 간 갈등과 불화를 조장하는 데 대해 경고한 것이다. 해외에서 외롭게 선수 생활을 이어가는 그들을 응원하지는 못할망정, 갈등이나 화제성 보도를 만드는 방식은 저질 언론의 전형적 수법이다.

에피소드 2

다음은 많은 대중에게 삶의 지혜를 선사하는 법륜 스님의 이야기 중 하나를 소개한다. 특히 '싫은 사람에 대해 미운 마음을 내려놓는 법'에 대한 이야기를 질의응답식으로 진행한 것이다.

"저는 유튜브를 통해 스님을 알게 되었습니다. 남편을 미워하는 마음이 컸었는데요, 스님께서 알려 주신 대로 백일기도를 시작하고 30일이 되자 '남편은 저 혼자 피고 지고 열매를 맺는 꽃이다'라는 생각이 들고 많이 편해졌습니다."

"어떤 말, 어떤 행동을 보면 그렇게 싫어져요?"

"딱히 아무런 행동을 하지 않아도 그냥 싫어져요. 마트에서 제 앞에 있는 두부를 먼저 가져가는 사람(모두 웃음), 차선 변경하는데 깜빡이 안 켜고 들어오는 사람을 봐도 그렇고요. 가장 심한 것은 남편의 술친구들이에요. 눈에 보이기만 하면 제 눈에서 불이 납니다. 그리고 시댁 식구 중에도 몇 분 계시고요."

"제일 쉬운 방법은 괴롭게 사는 거예요.(모두 웃음) '싫어하고 과보를 받는 방법'이에요. 우리 마음에는 좋고 싫음이 있습니다. 여기 있는 사람들도 다 좋고 싫은 것이 있습니다. 여기 제가 한 번 물어볼게요.

'개 좋아하는 사람 손들어 보세요.'

'개 싫어하는 사람 손들어 보세요.'

아이고, 더 많네요.(웃음)

이렇게 똑같은 걸 두고 어떤 사람은 싫어하고 어떤 사람은 좋아하는 거예요. 음식도 마찬가지예요. 그런데 그걸 내 중심으로 생각하면 '어떻게 개를 싫어할 수 있느냐', '그게 말이 되느냐' 이렇게 생각하게 됩니다. 싫어하는 것은 자연스러운 일이지만 이렇게 내 중심으로 생각하는 것을 '싫어함에 사로잡힌다'라고 해요. 그러면 상대가 나쁜 사람처럼 생각되어 '미워'집니다.

좋고 싫음이 일어나는 것은 통제할 수 없어요. 이런 좋고 싫음의 바탕을 불교 용어로 '업식', 인도어로 '카르마'라고 합니다. 일종의 습관이라는 거예요. 습관이라는 건 나도 모르게 일어납니다. 무의식에서 일어나는 거예요. 그렇기 때문에 그건 내가 어떻게 할 수가 없어요. 이걸 의지로 통제하면 스트레스를 받게 됩니다. 좋고 싫고는 나쁜 게 아니에요. 그런데 좋다고 반드시 그걸 가지려고 하거나, 싫다고 그걸 밀쳐내면 그게 곧 사로잡히는 거예요. 자기 업식에 사로잡히는 거예요. 그러면 괴로움이 생깁니다.

질문자에게 선택은 두 가지예요. 첫 번째, 이 성질 갖고 그냥 생긴 대로 사는 거예요. 그러면 손실을 감수해야 해요. 두 번째, 참지 말고 나와 다르다고 생각하세요. 그런데 질문자는 애초에 못 참는 사람이에요. 깜빡이를 안 켜는 것을 내가 싫어하는 건 맞는데, 그걸 미워한다는 것은 내가 싫어하기 때문에 상대를 나쁘다고 보는 거예요. 자기 뜻대로 안 된다고 해서 상대가 나쁜 사람은 아니에요. 나쁘다고 생각하기 때문에 짜증이 나고 화가 납니다. 그러니까 '나하고 다르다' 이렇게 생각하세요.

괴롭지 않게 살려면 어떻게 해야 할까요? 싫어하고 좋아하는 그 자체는 잘 안 바뀌어요. 괴롭지 않게 살려면 싫어하지만 싫음에 사로잡히지는 않아야 합니다. 좋아하지만 좋음에 사로잡히지는 않아야 해요. 이 정도만 되면 이게 대도(大道)를 행하는 자예요. 수행이라는 게 그겁니다. 그래서《신심명》에 '지도무난(至道無難)이요 유혐간택(唯嫌揀擇)이다'라고 했어요. 지극한 도는 어렵지가 않아요. 사랑하고 미워하지만 않으면 됩니다."

두 사례는 분명한 메시지를 전한다. 이를 실천하느냐의 여부가 관건이다.

첫째, 인간관계에서 사랑과 미움은 불가피하지만 미워하게 되면 괴롭고 불행해진다는 사실이다. 물론 사랑해도 괴로울 수 있다. 김연경은 누구도 미워하지 않으려 노력하고 그래서 많은 팬들이 좋아하는 것이다.

둘째, 인생의 여름은 사회적으로, 인격적으로 발전, 개선시키는 시기다. 이 시기에 좋은 습관을 만들고 바꿀 수 없을 때 큰 화가 닥치게 된다. 미래는 오늘의 선택과 실행이 결정한다는 점을 명심해야 한다.

셋째, 모든 세상의 중심은 나다. 내가 없으면 세상도 없는 것이다. 결국 너무 좋아할 것도 너무 싫어할 것도 없으며, 너무 좋아해도 괴롭고, 너무 미워해도 괴로울 수밖에 없다. 타인과 어떻게 관계를 형성하는가는 나의 마음과 태도에서 결정되니 항상 자신을 살펴야 한다.

❖ ──────── **지혜 16** ──────── ❖

인격이 쌓이면 예의로 나타난다

어떤 경우든 예를 지켜라. 이는 인생 성공으로 연결된다.

예의를 갖춘다는 것은 말처럼 쉽지 않다. 더구나 부당하거나 무례한 상대를 만나면 화가 날 수밖에 없고, 무례에 무례로 대응하는 것은 불가피하다. 다만 그런 결과가 좋지 않고 상황을 더 악화시켜 비극적 상황이 될 수도 있으므로 현명하게 대처해야 한다.

에피소드 1

몇 년 전 어느 카센터 사장과 수리를 부탁한 고객 사이에 벌어진 사건이다. 30대 고객은 카센터 사장에게 내비게이션 수리를 부탁했다. 주말이라 바빴던 50대 사장은 "당장은 안 된다"고 말했다.

그런데 고객의 요구는 집요하고 무례했다. '안 된다'고 하는데도 항의하듯 수리를 강요했다. 화가 난 사장은 더 이상 참지 않았다.

카센터 구석에 있던 휘발유통을 들고 와서 고객에게 뿌리고 바로 불을 붙여 버렸다. 한순간에 일어난 일이었고, 고객은 불길 속에서 숨을 거뒀다. 주변은 아수라장으로 변했다. 출동한 경찰에 사장은 자수했다. 경찰에서 사장은 이렇게 말했다.

"안 된다고 하는데도 카센터를 떠나지 않고 2시간이나 수리를 강요해 도저히 참을 수 없었다."

그의 진술을 그대로 믿어도 감정적 방화 살해사건은 쉽게 납득이 가지 않는다. 화가 난다고 사람에게 휘발유를 뿌리고 불을 붙인 것은 끔찍한 범죄행위다. 다소 무례하게 수리를 요구했던 고객은 이런 상황을 상상도 하지 못했을 것이다.

에피소드 2

한겨레신문 문화부 대중문화팀 김경욱 기자는 'BTS의 진짜 성공 비결은 위로와 희망 아닐까요'라는 제목의 글에서 BTS의 알려지지 않은 소식을 전했다.(한겨레 2020.12.11.)

김 기자는 2020년 세월호 참사 6주기를 앞두고 희생자 유족들을 인터뷰하던 중 뜻밖의 이야기를 들었다고 한다.

유족들은 2014년 세월호 참사 뒤 200일가량 지났을 때, '젊은 친구들'이 찾아왔다고 했다. 그들은 예의를 갖춰 분향하고, 유족들을 위로하고 돌아갔다는 것이다. 그리고 가족협의회 앞으로 1억 원을 기부했다고 한다.

이에 대해 김 기자는 "세월호 참사와 관련해 정권 차원의 문화계

블랙리스트가 작성되고 각종 불이익이 가해지던 상황에서 소신 있게 행동한 그들이 유족들로서는 '참으로 고마웠다'고 합니다"라고 전했다.

유족들은 그날 이후 "그들의 미래를 위해 간절히 기도하고 응원하는 이유"라며 "비통에 잠긴 자신들을 찾아와 마음을 다해 위로해 준 이들이 다른 누구보다 사랑받는 가수가 되길 바란 것은 어쩌면 당연한 일"이라고 했다.

김 기자는 BTS의 성공은 '위로와 희망'이라고 꼽았다. 미국의 유명 시사잡지 타임즈도 2020년 올해의 연예인으로 BTS를 선정하며 "그들은 고통과 냉소가 가득한 시기에 친절, 연결, 포용이라는 메시지에 충실했고, 팬덤은 이들의 긍정 메시지를 세계로 전파했다"고 전했다.

BTS의 알려지지 않은 선행은 사회에 감동을 준다. 방시혁 사장의 리더십이 자연스레 BTS의 선행으로 연결되지 않았을까.

두 사례는 상반된 경우지만 여기서 얻을 수 있는 지혜를 정리해 본다.

첫째, 예의는 언제든 필요하다는 것이다. 항의할 때도 선행을 할 때도 상대에 대한 배려가 전제된다. BTS의 경우, 당시 사회적 고립 상태에 빠져 있던 세월호 유가족들에게 단체로 가서 조의를 표하기가 쉽지 않았을 것이다. 그런 따뜻한 배려가 오늘의 성공을 가져온 밑바탕이 되지 않았을까.

둘째, 화가 난다고 무례하게 되면 그 다음은 무엇이 올지 아무도 모른다. 상상하기 싫지만 우리 사회에 가끔 괴물도 섞여 있다고 생각하면 자제하게 되지 않을까.

셋째, 인격은 예의로 나타나는 법이다. 어떤 경우든 예의를 지켜야 하는 것은 당연하다. 그러나 상황에 따라 예의는 가볍게 무시될 때가 많다. 인격을 연마하는 것이 인생 후반전을 위해 더욱 중요하다는 것을 깨닫게 된다.

절약은 어렵고 낭비는 쉽다

계약서, 영수증 등을 확인하라.

돈은 버는 것도 어렵지만 절약하기도 어렵다. 특히 신용사회를 부정하거나 자사 이익을 위해 속임수를 동원하는 상대를 만나면 대중은 쉽게 이용당할 수 있다. 몰라서 당하는 것은 어쩔 수 없더라도, 막을 수 있거나 조금 주의를 기울이면 막을 수 있는 일은 막아야 하지 않을까.

에피소드 1

동네 마트를 자주 이용하는 그녀는 어느 날 장을 보고 나서 영수증이 뭔가 다르다는 것을 확인했다. 매장에 전시된 상품은 행사용으로 30% 세일한다고 적혀 있었는데, 영수증에는 세일 가격이 아니었다. 종업원은 즉각 인정하고 30% 감한 가격을 돌려주었다.

문제는 다음에 또 벌어졌다. 역시 필요한 물품을 사고 계산을 하고 나서 다시 영수증을 확인한 후 원 플러스 원 행사 품목이

두 개로 계산되어 있어 종업원에게 물었다. 종업원은 놀랍게도 "어머, 잘못됐네요" 하고 바로 정정해 주었다.

그녀는 반복되는 계산대의 실수를 의심하기 시작했다. 이전에도 이와 유사한 일이 몇 번 더 있었지만 단순 실수로 넘겼었다. 그러나 사소한 듯하지만 이런 일이 반복되자 동네 마트에 발길을 끊었다.

몇 년 안 되어 그 마트는 문을 닫았다. 이유는 분명하지 않으나 마트는 사라져 버렸다.

매사에 꼼꼼한 그녀는 아파트를 팔려고 부동산 중개소를 찾았다. 계약을 완료하고 계약서 내용을 확인하던 그녀는 양도소득세 상세 내역을 요구했다. 부동산 중개사는 "내용을 보셔도 잘 모르실 텐데…" 하면서 서류를 건넸다.

그녀는 문제점을 포착했다. 비교적 싼 아파트인데 양도소득세가 너무 많다고 생각한 그녀가 발견한 것은 '아파트 보유기간을 잘못 대입해서 계산한 결과'임을 알았다. 중개소 측은 아파트 보유기간을 5~10년 사이로 간주, 요율을 적용했지만 실제로는 13년을 보유했기 때문에 다른 요율을 적용해야 한다는 것이었다.

중개소 측도 깜짝 놀랐다. 복잡한 서식과 요율계산법을 전문가도 찾아내기 어려운데 가정주부가 알아냈느냐는 것이다. 결과적으로 7백여만 원을 돌려받았다. 사람들은 속고도 모른 채 살아가는 경우가 얼마나 많은가.

에피소드 2

해외 여행이 일반화된 요즘은 외국에서 엉터리 계산서를 접하는 경우가 종종 있다. 외국이란 특성 때문에 즉각 바로잡지 않으면 손해는 당사자의 몫이다. 중국에서 일어난 황당한 사건이 인터넷을 통해 소개된 적이 있다.

한 누리꾼이 저장성 원저우 시에 있는 호텔 식당에서 워터우(곡물가루를 원뿔 형태로 빚어서 찐 음식)를 1개당 38위안(약 6,800원)을 받았다며, "찐빵 45개에 1,710위안(약 305,000원)을 달라고 하면 누가 납득하겠느냐"며 원저우 판 '칭다오 왕새우 사건'이라면서 영수증과 음식 사진을 웨이보 등에 올렸다.

그가 말한 '칭다오 왕새우' 사건은 산둥성 칭다오에 있는 한 해산물구이 가게가 지난 국경절 연휴에 새우 1마리를 38위안에 판매한 사실이 알려져 비난을 산 일을 말한다.

원저우의 호텔 식당 지배인은 "당시 정식 계산원이 잠시 자리를 비워 서빙하는 직원이 계산하면서 착오를 일으킨 것 같다"고 해명했으나, 누리꾼은 "당시 항의했을 때 정정했어야지 변명일 뿐이다"라고 비판했다.

두 사례는 영수증 확인의 중요성을 새삼스레 강조하고 있다. 착오인지 계산된 실수인지 중요하지 않다. 결과는 소비자의 손해로 귀결되기 때문이다. 무엇이 생활의 지혜인가?

첫째, 세계 어디를 가도 영수증과 실제 물품 확인은 기본이다. 확인 의무는 소비자의 역할이다. 습관화된 확인은 부당한 손해를 막아 준다.

둘째, 확인하는 데는 2분이면 족하지만 확인 안 하면 평생 후회할 수도 있다. 사기를 당하면 자존감이 낮아지고 인생에 회의를 느끼게 된다. 보이스피싱 피해자들은 제대로 확인하지 않아 평생 후회하거나 심지어 목숨까지 끊는다.

셋째, 영수증이나 계약서를 확인하는 사람들은 절약형으로 불필요한 낭비를 최소화한다. 평소 생활 속에서 물품 구입, 해외 여행, 매매계약 등에서 이용당하지 않도록 주의해야 한다.

말 한마디에 공든 탑이 무너질 수 있다

한번 뱉은 말 때문에 인생을 망칠 수도 있다.

말조심은 평생에 걸쳐 실천해야 할 생활 덕목이다. 인생의 여름은 한참 승진, 성취, 발전해야 할 때다. 그런데 사소한 말실수로 많은 것을 잃어버릴 수 있기 때문에 다시 한 번 경각심을 가져야 한다. 한번 뱉은 말 때문에 인생 전체를 망칠 수는 없다. 성공하는 사람은 아는 것을 실천하거나 실천하는 흉내라도 낸다.

에피소드 1

대부분의 사건은 작은 말다툼으로 시작된다. 요즘 너무나 흔해진 인터넷 방송 진행자와 시청자 사이에 벌어진 살인사건도 마찬가지다.

A씨는 방송을 통해 알게 된 B씨의 집을 찾아갔다. 늦게까지 함께 술을 마시던 중 말다툼이 벌어져 B씨의 머리와 가슴 부위를 주먹과 발로 수차례 때려 숨지게 했다고 한다.

A씨는 당시 술에 취해 제대로 대항하지 못하는 B씨에게 범행을

저지르고 B씨의 휴대전화와 체크카드를 훔쳐 밖으로 나가 담배와 김밥, 음료수 등을 산 혐의도 받았다.

재판부는 "피고인은 피해자를 20여 분간 폭행해 다발성 장기 손상으로 사망하게 했다"며 "사건 당시 피해자의 건강 상태가 심각하게 악화돼 생명이 위태로운지 알고 있었음에도 필요한 조치를 하지 않아 엄중한 처벌이 불가피하다"고 판시했다.

법원은 가해자에게 징역 12년을 선고했다. 40대 여성의 삶을 망친 그가 어떤 말다툼 때문에 격분했는지는 알 수 없으나, 그의 인생도 사실상 끝장난 셈이다.

에피소드 2

부부 사이의 말다툼은 때로 이혼으로, 때로 살인사건으로 결론나기도 한다. 제주에서 부부 싸움을 하던 남편이 부인을 살해하는 사건이 발생했다.

남편은 가정폭력을 저질러 집행유예를 선고받은 지 두 달도 안 돼 아내를 살해했다는 점에서 우리 사회에 충격을 줬다.

살인 혐의로 체포된 40대 남편은 2019년부터 3년간 가정폭력으로 여섯 번이나 경찰에 신고됐다. 심지어 숨진 부인은 계속 폭력에 시달리다 지쳐 남편을 고소했고, 상해 등의 혐의로 재판에 넘겨졌다.

하지만 당시 부인이 처벌을 원치 않아 남편은 집행유예로 풀려났다. 그리고 법원의 명령으로 접근금지 등 임시조치가 이뤄

졌지만 살인사건을 막을 수는 없었다.

조사 결과 술을 마시고 귀가한 남편은 부인과 말다툼을 하던 중 범행을 저지른 것으로 드러났다. 다시는 술을 마시지 않겠다는 각서를 쓰고도 술버릇을 못 고친 그는 살인자가 됐다.

두 사례 모두 사소한 말다툼과 술로 벌어진 끔찍한 사건이다. 인간이 얼마나 잔혹할 수 있는지, 말다툼은 어떻게 인간을 순식간에 악마로 변하게 하는지를 안다면 대응방식도 달라져야 하지 않을까.

첫째, 인간이 지켜야 할 인륜을 지킬 때 인간이라 부르고, 그것을 지키지 않을 때는 인간이 아니다. 남자도 남편도 아닌 피해야 할 대상, 무서워해야 할 괴물일 뿐이다. 그런 상대를 끌어들이고 그런 상대에게 허망한 잔소리를 하는 것은 불행을 자초하는 것이다.

둘째, 모든 폭력성에는 말다툼이 단초가 된다. 분노나 경멸, 미움, 비하의 말은 입에서 나가는 순간 어떤 흉기로 변해 되돌아올지 알 수 없다.

셋째, '부부 말다툼은 칼로 물베기'가 아니다. 말다툼에는 상호 원인 제공이 있을 수 있다. 이런 무시무시한 위험이 말다툼 안에 숨어 있음을 알고 있어야 한다. 부부가 아닌 누구와의 말다툼도 절대 과소평가해서는 안 된다.

하늘도 돕는 자가 되라

스스로 자신을 돕지 않는 자는 하늘도 버린다.

"하늘은 스스로 돕는 자를 돕는다." 이 격언을 뒤집어 보면 '하늘도 스스로 돕지 않는 자는 돕지 않는다'란 의미가 숨어 있다. 자신을 비하하고 자신의 처지를 비관할 수 있지만 그런 자신을 어떻게 보듬고 다시 한 번 노력할지를 결정하는 것은 바로 자신이다. 용기나 희망을 잃으면 안 된다. 어려운 여건에서도 자신을 돕는 자를 하늘은 반드시 찾아낸다.

에피소드 1

그는 3년 동안 매일 새벽 5시에 일어나는 등 언론고시를 열심히 준비했다. 그러나 뜻을 이루지는 못했다. 저널리스트가 되고자 했던 간절한 꿈은 현실의 높은 벽에 가로막혔다. 자포자기 심정에 빠졌다. 평범한 대학 출신인 자신이 너무나 한심하고 초라해 보였다.

그는 새로운 돌파구를 찾기 위해 무작정 해외로 떠났다. 유학이라고는 할 수 없는 이스라엘의 한 키부츠에서 하루 6시간씩 막노동을 하며 히브리어와 역사를 배웠다. 도피처가 된 이스라엘에서 그는 꿈을 위해 뛴 것이 아니라 그냥 생존 자체에 의미를 뒀다.

그렇지만 저널리스트의 꿈을 완전히 접은 것은 아니었다. 실낱같은 희망으로 영국의 저널리즘 스쿨에 도전했다. 불가능해 보였던 저널리즘 스쿨 대학원 과정에 기적처럼 합격했다. 문제는 돈이었다.

무일푼으로 떠난 그에게 유학비는 난제 중의 난제였다. 그는 이스라엘에서 단순히 막노동만 한 것이 아니라 태권도 사범도 했다. 그의 열정적인 태권도 강의에 감명받은 제자들은 그를 좋아했고, 그들의 부모도 열광했다.

그 결과 인색하기로 소문난 유대인들은 그의 도전과 용기에 박수를 보내며 돈까지 모금해 줬다. 그것을 발판으로 영국에 가서 또다시 외국인의 도움으로 가까스로 학위과정을 무사히 마쳤다.

돌아보면 하나하나가 기적 같은 일이었다. 매순간 희망의 끈을 놓지 않았고 최선을 다했다. 나머지는 주위 사람들이 도와줬다. 그는 타인의 도움을 받기 위해서라도 매순간 성실함과 믿음을 입증해야 한다고 믿고 있다.

에피소드 2

그는 뛰어난 수재였다. 지역 고등학교에서 최상위 성적을 유지하며 일찌감치 S대 입학을 점쳤다. 예상대로 무난히 합격하여 주변의 기대치를 더욱 높였다. 그가 선택한 과는 신문방송학과였다.

대학을 졸업하고 그는 특별한 시험 없이 교수 추천으로 국립 연구기관에 무난히 취업했다. 모교에서 박사학위도 받아 연구기관을 거쳐 한 대학교에 교수로 임용됐다. 그런데 그는 자타가 공인하는 술꾼이었다.

그가 임용된 대학교 신문방송학과는 그가 들어가면서 만들어진 신생 학과였다. 후임 교수를 뽑는 데 그의 역할은 지대했다. 모교 후배를 후임 교수로 선발했다.

그 후 후배 교수는 논문 대리 작성은 물론 늦은 밤 술자리 뒷바라지도 모두 그의 몫이었다. 옆에서 보기 딱할 정도였다.

어느 날 후배 교수는 다른 대학으로 떠났다. 문제는 다음이다. 교수 재임용에 필요한 기본 논문 제출도 하지 않아 대학에서는 그에게 교수 재임용 탈락을 통보했다. 그러나 법적 투쟁을 통해 몇 년 만에 다시 학교로 돌아왔으나 논문 제출을 하지 않아 결국 퇴출당했다. 뛰어난 머리를 가졌지만 스스로 자신을 구하지 못한 안타까운 사례다.

두 사례에서 볼 수 있는 지혜는 무엇일까?

첫째, 재능도 머리도 사용하지 않으면 허당이다. 한국 사회에서 S대 출신들은 인생에서 매우 유리한 게임을 한다. 하지만 그런 유리한 장점이 거꾸로 덫이 되는 경우도 종종 있다.

둘째, 인생도 스포츠처럼 역전 드라마가 재밌다. 인생 역전 드라마의 주인공들은 공통적으로 '삶은 아름답다'고 인정한다. 자신을 인정하고 자신의 드라마 주인공을 만들 수 있는 사람은 오직 자신뿐이다.

셋째, 도움을 받을 자격을 갖춰라. 세상 사람들은 아무나 돕지 않는다. 처음부터 남의 도움을 바라고 시작한다면 이는 불가능하다. 도움 받을 자격은 최선을 다해 '자신을 스스로 돕는' 데서 출발한다. 최소한 성실과 용기, 도전정신이 자격의 필요 요건이 되지 않을까.

무엇을 하며 어떻게 살지 계속 자문해 보라

자신이 꿈꾸는 삶이 구체적일수록 현실 가능성이 높아진다.

인생의 여름에는 무엇이든 가능하고 어떤 변화도 수용할 수 있는 최적의 시기이자 마지막 기회다. 인간은 미래를 체감할 수 없는 한계가 있다. 변화는 기득권의 포기 혹은 손해를 감수할 수도 있어야 한다. 현재의 안정이 어려운 도전이나 변화를 힘들게 한다. 자신의 삶은 자신이 만드는 법. 매순간 적어도 10년 뒤 나의 모습을 그려보며 판단하고 선택할 수 있어야 한다.

에피소드 1

그는 어렵게 기자가 됐다. 다른 직업은 생각조차 하지 않을 정도로 언론인에 매달렸다. 먼 길을 돌아 기자가 됐으나 현실은 녹록지 않았다. 무엇보다 작은 정의를 실현할 수 있는 보도의 자유, 언론의 자유가 기대했던 만큼 주어지지 않았다.

언론사 사주의 비리, 부패를 보도할 수 없는 현실적 한계가 너무 컸다. 이를 공론화하려는 선배 기자가 회사를 떠나는 상황은 더욱 실망스러웠다. 안정된 직장, 평화로운 가정을 꿈꿨지만 직장이 위태로워지면 가정의 행복도 사라질 듯했다.

그는 자신에게 계속 기자 생활을 할 것인지, 새로운 도전을 할 것인지 묻고 또 물었다. 결국 이대로는 안 된다는 결론에 이르렀다. 기자 경력을 바탕으로 언론학을 더 공부해 학계로 진출해 보자는 그림을 그렸다. 다시 해외에 가서 박사학위를 한다는 불확실한 계획은 많은 암초와 좌절을 예고했다.

아내의 희생과 협조로 마침내 학위를 마치고 돌아왔지만 국내에서 교수가 된다는 것은 무모해 보이는 도전이었다. 수많은 시행착오 끝에 결국 한 지방대에 임용되었다.

30대 기자 생활을 마치고 40대부터는 교수로 일하겠다던 그의 꿈은 현실이 됐다. 7년여 시행착오 끝에 교수 생활을 시작한 것은 그가 41세 되던 때다.

조직에 얽매인 기자보다 교수에게 더 많은 언론의 자유가 주어졌다. 그는 각종 미디어를 통해 기자 시절 못다 한 주장과 이상을 전파할 수 있었다.

에피소드 2

그는 한때 잘나가는 기자였다. 대통령을 동행 취재하며 세계 주요 국가를 다녔다. 성격도 소탈해서 따르는 후배들도 많았다. 국가기간 뉴스통신사에 근무하며 특별하게 현실적 어려움은 없는 듯했다.

그런 그가 돌연 캐나다 이민을 결정했다. 회사에서 잘나가던 그가 해외 이민을 결정하게 될 줄은 본인 외에는 예상하지 못했다. 그러나 그에게는 다른 플랜이 있었다. 기자 생활을 하면서 늘 자기 시간이 부족하다는 것을 느꼈다. 다양한 재능을 가진 그가 선택한 곳은 전 세계인들이 선망하는 캐나다 밴쿠버였다.

그곳에서 새로운 일을 하며 종교 공부에 심취했다. 골프도 자유롭게 칠 수 있어 좋았다. 자신에게 묻고 또 물은 결과 그런 삶을 꿈꿨고 그것을 현실로 이뤄 낸 것이다.

세월이 흘러 강산이 두 번이나 바뀌었을 때 그는 홀연히 제주도에 나타났다. 다시 한국으로 돌아온 것이다. 나이가 들면서 한국의 강점이 더 부각됐고 새로운 결정을 내렸다.

그리고 제주 감귤 농장을 인수하여 팬션을 지었다. 그는 기독교 공부로 학위를 마친 후 목사가 됐다. 기자에서 목사로, 캐나다에서 다시 한국으로, 그는 자유자재로 움직이며 인생을 변신해 나갔다.

제주도 땅값이 뛰면서 감귤 농장은 그에게 부를 안겨 주었다. 그것과는 별개로 목회 활동을 하면서 여유로운 삶을 살고 있다. 그가 처음부터 이런 계획을 세웠는지는 알 수 없으나, 적어도 큰 그림은 스스로 자문하며 구체화한 것이 아닐까. 그의 다음 도전이 어떻게 전개될지 알 수 없으나 늘 예상을 뛰어넘는다.

두 사례에서 배울 수 있는 지혜는?

첫째, 인생의 여름에는 미래를 위해 현실을 분석하고 도전할 때다. 인생의 여름은 곧 끝난다. 두 에피소드 주인공은 인생의 가을을 준비했다. 미래는 준비하고 도전하는 자의 것이다. 현실 안주는 위험하다.

둘째, 도전에는 위기와 어려움이 동반된다. 고액의 연봉을 받던 기자에서 갑작스레 무일푼의 해외 유학을 떠난다거나 미래가 보장된 회사에서 돌연 사표를 쓰고 해외 이민을 택한다는 것은 쉽지 않다. 인생은 선택의 연속이 아닐까.

셋째, 인생은 누가 만들어 주지 않고 스스로 그리는 대로 나타난다. 물론 자신이 그리는 인생의 그림이 늘 그대로 나타나지 않는다. 그런데 그리기조차 않는 인생은 엉망진창이 될 가능성이 있다. 성찰하고 가꿔라. 나무처럼 자신의 인생도 물 주고 다듬어 주고 성장, 발전시켜야 행복이 찾아온다. 무계획적인 인생은 스스로 인생을 낭비하는 것이다.

약속은 모든 인간관계의 출발점이다

늦게 나타나는 동안 상대는 그대의 결점을 헤아리고 있다.

인생의 여름에는 일을 해도 해도 끝이 없고 직장과 가정의 스트레스는 더욱 높아지는 위험한 시기다. 그래서 약속에 늦거나 제대로 지키지 못하는 경우도 발생한다. 약속은 모든 인간관계의 출발점이다. 사소한 듯 보이지만 "약속을 제대로 지키지 않을 때 그 순간 관계가 끝장나는 수도 있다"는 점을 명심해야 한다. 약속 장소에 늦게 나타날 때 "상대는 그대의 결점을 헤아리고 있다"는 말이 있다.

에피소드 1

그는 어느 지역 교육청 초청으로 공무원과 학부모 대상 특강이 예정되어 있었다. 오후 3시 강의였는데 한 시간 여유 있게 떠났다. 오후 2시 교육청 주차장으로 들어서는데 담당자로부터 전화가 왔다. "지금 어디냐"는 다급한 목소리였다. 주차장이라고 하자 그는 안도의 한숨을 쉬었다.

대강당으로 달려간 그는 강의시간이 오후 3시에서 2시로 변경된 사실을 알게 됐다. 담당자와 커뮤니케이션이 되지 않았던 것이다. 강당에는 수백 명이 모여 있었다. 청중들은 이런 작은 소동이 있었는 줄 몰랐고, 그는 강의를 잘 마쳤다.

하마터면 수백 명으로부터 원성을 들을 뻔했다는 사실, 주요 특강 행사를 망칠 뻔했다는 사실을 깨닫고 그 다음부터는 두 번, 세 번 날짜와 시간을 확인하고 있다. 또한 장거리 약속은 미리 가서 주변에서 기다리는 편이다.

에피소드 2

그는 한 사립대 총장으로 초빙됐다. 경쟁자도 없이 이사회에서 단독으로 초빙할 정도로 훌륭한 실력과 업적을 갖춘 석학으로 소개됐다. 교수와 교직원들은 그에 대한 기대가 컸다.

그는 공개적으로 "삼성, 엘지 등 대기업으로부터 100억씩 받아오겠다"는 공약을 내세웠다. 일부에서는 회의적인 반응도 있었지만 어려운 대학 살림에 보탬이 되겠다는 그의 약속을 믿어보기로 했다.

한 해 두 해가 가도 그가 가져온다는 돈은 오지 않았고, 내세웠던 약속들도 제대로 지켜지지 않았다. 오히려 편가르기가 시작됐고 구성원들의 의구심과 실망은 커져 갔다. 그를 선택한 이사회가 책임지라는 성토가 나올 정도였다.

마침내 구성원들은 말만 앞세우는 그를 몰아내야 한다고 뜻을 모았다. 교수, 교직원들이 촛불 시위에 나섰다. 그의 알려지지 않은 도덕적 해이와 낭비 행태가 드러나기 시작했다. 그는 결국 임기를 채우지 못하고 중간에 불명예 퇴진했다.

두 사례가 주는 교훈을 세 가지로 정리한다.

첫째, 시간 약속은 모든 약속의 출발선이다. 시간 약속을 잘 지키기 위해선 미리 가는 습관을 들여야 한다. 유대인들은 '계약의 민족'이라고 하듯이 약속 지키기를 신용의 척도로 삼고 있다. 유대인들은 약속을 지키지 않는 사람은 존중은커녕 상대조차 하지 않는다.

둘째, 지키지 못할 약속을 함부로 하지 마라. 자신의 희망사항을 약속으로 내세우면 곤란하다. 탈무드는 "성공하는 사람은 자신의 말을 행동으로 입증하고 실패하는 사람은 자신의 행동을 말로 변명한다"면서 약속 이행의 중요성을 강조한다.

셋째, 작은 약속을 소홀히 하는 사람과 큰일을 도모해서는 안 된다. 모든 약속을 다 잘 지킬 수는 없다. 때로 약속을 지키지 못할 수도 있다. 미리 양해를 구하거나 납득할 만한 이유가 있을 때는 예외다. 그런데 자신의 약속을 스스로 뒤집거나 작은 약속이라고 무시하거나 사과조차하지 않을 때는 다르다.

자녀 교육은 시간과 정성이 필요하다

때를 놓치면 평생 후회하는 것이 자식 농사다.

자녀 교육이 중요하다는 건 다 알지만 그에 맞는 시간 투자와 노력은 하는지 의문이다. 부모가 훈육을 할 수 있는 실질적 기한은 중학교까지다. 그 후에는 친구나 선후배 말은 들어도 부모 말은 잘 듣지 않으려 한다. 자녀 교육은 가정의 행복과 노후의 삶과 직결된 문제여서 많은 시간과 정성이 필요하다. 맞벌이란 이유로 자녀 교육을 학원이나 교사에게 의존하는 것은 어리석다. 적어도 좋은 관계라도 유지할 수 있도록 서로 신뢰 관계를 훼손하지 않도록 해야 한다.

에피소드 1

그는 어렵다는 고시 세 개를 모두 패스한 수재 중의 수재였다. 주식투자를 해서 '돈도 많이 벌었다'며 방송에 나와 주식투자법 강의를 할 정도였다. 그의 대중 인기는 하늘 높은 줄 모르고 치솟았다.

그는 대중적 지명도와 인기를 바탕으로 국회의원에도 당선됐다. 그런 과정에서 사생활은 알 수 없었으나 훗날 이혼한 것으로 알려졌다. 딸도 하나 있었지만 아내가 맡기로 한 것으로 역시 나중에 알려졌다.

딸은 미국에서 로스쿨을 다닐 정도로 머리가 좋았다. 부부 문제는 언론에서도 알 수 없었으나 나중에 그가 또 다른 선거에 출마하면서 조금씩 공개되기 시작했다. 그가 훗날 서울시 교육감 선거에서 당선이 거의 확실시 될 무렵 갑자기 SNS에 딸의 이름으로 충격적인 내용이 올라왔다.

"아버지가 국회의원에 출마하는 것은 그렇다 치더라도 학생들을 지도, 관리하는 교육감에 출마하는 것은 곤란하다. 자기 자식을 돌보지 않는 사람이 어떻게 남의 자식을 돌볼 수 있느냐"는 내용이었다.

언론 보도를 보면 그는 이혼 후 딸의 교육 지원을 하지 않은 것으로 보인다. 딸의 충격적인 주장은 삼시간에 퍼졌다. 나중에 그가 "미안하다"고 소리치는 장면은 다양하게 패러디될 정도였다. 똑똑한 딸은 아버지의 부당한 처사에 공개적으로 문제를 제기했고, 이는 그의 낙선으로 귀결됐다.

에피소드 2

그 부부는 자녀 교육에 열을 올렸다. 거금을 들여 아들을 미국에 유학보냈다. 문제는 아들이 결혼하는 과정에서 불거졌다.

아들이 데려온 여자가 마음에 들지 않아 반대했지만 아들은 그 여자와 '꼭 결혼하겠다'는 뜻을 굽히지 않았다. 그리고 그들은 결혼식을 올렸다.

이 부부는 결국 아들이 재직 중인 대학의 총장과 이사장에게 징계를 요청하는 탄원서를 보냈다. 부부는 아들 이름으로 가입한 종신보험을 중도 해지해 아들이 보험금 2억7천여 원을 받자 이를 돌려 달라고 소송을 내기도 했다.

이에 맞서 아들도 "부모의 접근을 막아 달라"며 접근금지가처분신청을 냈다. 물론 부부를 고소하기도 했다. 결국 부부는 '부모 자식 관계를 끊도록 해 달라'며 소송을 냈다. 또한 앞으로 상속 등 권리 주장을 하지 못하게 해 달라는 내용도 포함시켰다.

그러나 법원은 "천륜을 끊을 수 있게 하는 법률 규정은 존재하지 않는다"는 이유로 '각하' 판결을 내렸다. 부부가 패소한 것이다.

정도의 차이만 있을 뿐 자녀 교육 과정과 결혼 과정 그리고 채무 관계에서 수시로 마찰과 갈등이 존재하는 것이 부모 자식 간이다.

두 사례는 극단적인 경우지만 이와 유사한 사례는 얼마든지 있다. 남의 이야기가 아니다. 여기서 얻어야 할 지혜를 세 가지로 요약한다.

첫째, 자녀 교육의 핵심은 그들의 적성을 살려 홀로서기를 돕는 것이다. 그들이 독립적인 성인이 되도록 적성과 능력에 맞는 교육을 받게 하는 것은 부모의 의무이자 책임이다. 해외 유학까지 보내느냐 마느냐는 선택의 문제다. 이혼을 하더라도 자식에 대한 교육 책임이 면제되는 것이 아니다. 부부가 이혼했다고 해서 자식마저 등을 돌리게 하는 것은 어른의 책임이다.

둘째, 자녀 교육의 궁극적 목표는 독립적인 성인으로 성장한 후에도 부모와 좋은 관계를 유지하는 것이다. 자녀를 변호사, 교수, 의사 등 전문가로 만드는 것도 어렵지만 그것이 궁극적 교육 목표가 돼서는 안 된다. 그가 어디서 무슨 일을 하든 부모와 좋은 관계를 유지할 수 없다면 헛농사가 되는 것이다.

성인이 된 자식과 좋은 관계를 유지하려면 ① 기대치를 낮춰라. ② 그들의 뜻을 존중하라. ③ 간섭하지 마라. 이제 성장한 자녀에게 교육은 끝났다고 생각하라. 부모 하기에 따라 가깝고도 위험한 타인일 수도 있고 고마운 동반자가 될 수도 있다.

셋째, 부모의 성공 공식을 자녀에게 강요하지 마라. 많이 배웠다는 부모, 남과 비교하며 부러워하는 부모, 자기 자녀를 비하하는 어리석은 부모는 위험하다. 자녀의 자존감을 앗아갈 위험성이 높기 때문이다. 자녀를 부모의 액세서리로 여기면 불행이 온다.

인생의 가을은 대략 40대 후반, 50대, 60대 초반에 해당되지 않을까. 가을이 수확의 계절이듯 인생도 승진, 성취를 지나 퇴직의 시기다. 일부 직장인들은 임원이 되는 등 절정의 시기를 맞지만, 한편으로는 직장을 떠나 자유인이 되기도 한다. 건강도 마지막 힘을 내고 사회적으로 인간적으로도 어른 대접을 받는 황금 시기다.

자녀들이 독립해 분가하는 등 새로운 인생의 변화를 맞기도 한다. 실직과 은퇴, 이혼과 죽음 등 인생의 어둠과 빛을 체험하는 이 시기에는 어떤 지혜가 필요할까. 인생의 겨울로 가는 길목에서 준비해야 할 것이 한두 개가 아니다. 바빠진 만큼 할 일도 많지만 시간이 별로 없다는 외통수에 몰려 있다. 이 스산한 시기, 혹독한 추위를 견딜 어떤 준비가 필요한가.

인생의 가을

부부 관계, 생각을 바꿔야 길이 보인다

갱년기, 쇠퇴기는 인생과 가정의 위기로 직결된다.

자녀는 사춘기, 부인은 폐경기, 남편은 갱년기… 이 시기에 가정의 위기는 다양한 형태로 찾아온다. 서로에 대한 불만과 미움, 분노가 무절제하게 쏟아져 나오는 시기이기도 하다. 영어에서는 이 시기를 '인생 중반기의 위기(Mid-life Crisis)'로 표현한다. 가정이 무너지면 인생도 망가지는 법이다. 이 시기에 어떤 지혜가 절실한가?

에피소드 1

그는 대중에게 꽤 알려진 중년 배우였다. 탄탄한 연기력을 바탕으로 주로 사극이나 연속극에 출연했다. 그러나 연기보다 사업 쪽에 관심이 많았다.

애석하게도 그에게는 팔랑귀라는 별명이 따라다녔다. 벌써 사업으로 망한 것이 한두 번이 아니기 때문이다. 그리고 인기 가수와 재혼을 하고 한동안 잠잠하더니 또다시 사기사건에 연루됐다는 뉴스가 전해졌다. 아내의 돈은 물론 친척 돈까지 끌어다 사업을 벌였으나 또 망했다는 것이다.

두 연예인이 어렵게 가정을 이루었으나 사기사건에 휘말리며 결국 이혼이라는 비극을 맞았다. 인기가 돈이던 시절은 젊고 잘나갈 때일 뿐이다. 세월은 인기도 돈도 멀쩡한 가정도 쓰나미처럼 휩쓸어 간다. 그는 단순히 이혼한 것이 아니라 잘 살아가던 여자까지 알거지로 만들었다.

법원은 그에게 집행유예를 선고했지만 그의 인생은 실패로 점철됐고 더 이상 회복하기 힘들 정도로 됐다. 큰 사업으로 일확천금을 꿈꿨던 그에게 남은 것은 후회와 아직 갚지 못한 빚, 떠나 버린 아내, 뭇사람들의 손가락질뿐이다. 그의 욕심과 무지는 끝내 아내도 가정도 지키지 못하는 결과로 이어졌다.

에피소드 2

그는 한때 황혼 이혼을 꿈꿨다. 변덕이 잦은 아내와 다툼이 잦았고, 친구들 앞에서도 아내 흉을 봤다.

그러자 주변 친구들이 걱정하기 시작했다. 이미 이혼한 친구는 더 잘해 주라고 충고했다. 또 다른 친구는 더 이해해 주라고 조언을 했다.

잠시 이혼을 생각했던 그가 마음을 바꿔 먹었다. 퇴근 후 설거지를 해 주고 함께 여행을 떠나는 등 구체적인 행동을 보여 주었다. 그러자 아내는 남편을 신뢰하게 되었고, 그도 아내에게

타박하는 말을 하지 않고 자랑하는 쪽으로 바뀌었다.

그의 변신은 아내를 신나게 했고 가정의 안정을 가져왔다. 중년의 변화는 쉽지 않지만 그도 아내도 협력하여 잘 해냈기에 인생의 겨울이 와도 걱정 없을 것이다.

두 에피소드는 이런 메시지를 준다.

첫째, 인생의 수확기에 찾아온 위기를 슬기롭게 해결한 것은 스스로 생각을 바꿨기 때문이다. 생각이 바뀌어야 행동이 바뀌는 것이다.

둘째, 가정의 해체는 남성에게 더 큰 위기로 다가온다. 수확기에 어려움을 극복하고 부부가 함께 인생의 겨울을 준비하는 모습이 아름답고 따뜻하다.

셋째, 행복도 인생도 그렇게 큰돈이 필요 없다는 사실이다. 평생 한 번 만져보기 힘든 돈을 갚지 못해 법정에 불려다니는 신세는 그 자체가 불행한 삶이다. 누구나 한때 이혼을 생각해 볼 수 있지만 그런 생각에서 벗어나려는 생각의 전환이 중요하다. 생각을 바꿔야 길이 보인다.

친절도 연습이 필요하다

지위, 명예, 돈을 따지는 꼰대가 되기 쉬운 시기, 더욱 자세를 낮추자.

나이가 들고 사회적 지위가 올라가면 친절하기보다 친절 대우를 받는 데 익숙해진다. 인생의 가을에 대접을 받는 데 익숙해지면 행동조차 갑으로 나타날 수 있다. 친절은 누구에게나 요구되지만 그것이 말처럼 쉽지 않다. 인생의 수확기에 왜 친절 연습이 필요한가?

에피소드 1

원로 교수인 그는 정부 주요 정책 심의연구반에서 활동했다. 연구반은 교수, 변호사, 전직 국회의원으로 구성되어 있는데, 작은 자리 배치 등에도 보이지 않는 신경전이 벌어지곤 했다.

연구반을 실질적으로 이끌어 가는 전직 국회의원의 행동은 다소 자기중심적이었다. 자리 배치, 발언 횟수, 회의 진행방식 등도 마찬가지였다. 원로 교수는 불만이 있었지만 내색하지 않고 묵묵히 자기 연구과제에 충실했다.

어느 날 그 의원이 원로 교수에게 나이를 묻자, 나이를 왜 묻느냐고 되물었다. 의원은 멋쩍게 웃으며 "교수님이 저보다 연배가 아래인 줄 알았는데…" 하며 답변을 흐렸다.

그 의원은 뒤늦게 원로 교수의 나이를 알고는 자신의 다소 무례한 행동을 깨닫게 됐다. 훗날 그는 앞장서서 원로 교수를 정부의 주요 업무를 수행하는 후보자 명단에 추천했다.

물론 추천에는 능력의 문제도 있지만 이런 태도나 행동도 변수로 작용한다는 점을 감안한다면, 원로 교수의 현명한 대응이 기회를 가져왔다고 할 수 있지 않을까.

에피소드 2

그는 전직 국회의원이었다. 국회에서도 출입기자들 사이에 비호감도가 꽤 높다는 소문이 돌 정도였다. 대중의 지지와 호응을 생명으로 하는 정치인이 언론인들 사이에 비호감이라는 평가는 치명적이다.

그러나 전직 국회의원들이 공천에 탈락해도 자리를 챙겨 주는 한국 정치문화에 따라 그는 또 다른 주요 자리에 가게 됐다. 그곳에서도 논란과 마찰음을 내는 등 평이 좋지 않았다.

그의 냉랭하고 권위주의적인 태도는 처음 만나는 사람들을 당혹스럽게 했다. 그의 가정이 오래전에 해체됐다는 뒷말이 나왔다. 사실 여부를 떠나 누가 그런 사람의 행동을 지속적으로 견뎌 낼 수 있을까 하는 반응이 대부분이었다.

자리가 사람을 만들기도 하지만 한번 몸에 밴 습관은 쉽게 바뀌지도 고쳐지지도 않는다는 것을 그는 행동으로 보여 주었다. 운좋게 요직에 한두 번 추천받을 수는 있지만 그 운은 오래가기 힘들다. 스스로 개과천선하지 않는 한.

두 사례에서 보여 주는 메시지는 무엇일까?

첫째, 자리가 올라가고 나이가 들면 친절한 자세를 유지하기가 쉽지 않다. 두 전직 국회의원은 타인을 존중하지도 않았고, 습관화된 권위주의적 태도는 상대를 불편하게 했다. 높은 지위는 훌륭한 인격을 갖춘 사람은 돋보이게 만들고, 그렇지 못한 사람은 졸렬하게 보이게 한다는 말을 기억할 필요가 있다.

둘째, 정치를 무시하면 자신보다 못난 사람 아래서 일하게 된다는 사실이다. 한국처럼 인사시스템이 투명하지 못한 곳에 학맥, 인맥을 동원한 전직 국회의원들이 인사에 개입하는 경우는 여전하다. 검증이 안 된 부적격자가 조직의 장이나 요직에 오는 경우, 요란한 파열음이 나오는 것은 필연이다.

셋째, 친절도 연습하면 얻을 수 있는 습관이다. 지위와 권력, 돈은 사람을 변화시킨다. 친절은 멀어지고 대접받는 데 익숙해지면 자신도 모르게 부정적으로 변하게 된다. 지위와 권력은 오래 갈 수 없다. 인생의 겨울이 오기 전에 이를 개선하지 못하면 기회가 없다. 인생의 가을은 자신을 변화시킬 수 있는 마지막 기회다.

자기 주장과 고집을 꺾고 유연해져라

남의 말을 안 듣고 고집 불통이 되는 시기임을 유념하자.

인생의 가을이 오면 대부분 자기 주장, 자기 철학이 확고해진다. 특히 남의 말, 충고를 잘 듣지 않고 자기 고집이 강해진다. 고집이 세질수록 사고의 유연성은 약화되고 타인에 대한 이해와 배려도 사라진다. 이것이 고독과 왕따, 불행을 키우게 된다. 인생의 겨울이 오기 전에 마음에 낀 찌꺼기, 고집을 제거해야 할 이유가 여기에 있다. 아름다운 단풍이 찬사를 받듯이 중년에 유연한 사고를 가진 사람들은 존중과 대우를 받게 된다.

에피소드 1

그는 평범한 직장인이었다. 그러나 정치적 신념이 확고해 관련 집회에도 참석하고 후원을 하기도 했다. 이런 행동은 대학 동창 모임에서도 드러났다.

그러자 친구들 사이에서 그를 부르지 말자는 말이 나왔다. 정치적 견해가 다르거나 아예 관심 없는 친구들을 불편하게 했기 때문이다.

한번은 대전에서 서울로 오는 동안 차 안에서 정치적 논쟁이 벌어졌다. '친노와 친박' 편에 선 두 사람은 두 시간여 동안 논쟁을 벌이며 감정 다툼으로 비화됐다. 결과는 우정의 끝장이었다.

그 사건 이후 두 사람은 서로 보기를 원치 않았다. 이렇듯 중년에 말다툼이 일어나면 화해가 잘 안 된다. 서로 고집을 꺾으려 하지 않기 때문이다.

두 사람은 따로 만나면 멋진 친구지만 함께하기에는 너무 먼 사이가 됐다. 친구들 모임에서도 두 사람 중 한 사람을 택해야 하는 묘한 상황이 벌어졌다.

에피소드 2

교사로 있다가 뒤늦게 교장이 된 그는 열린 자세로 학생들을 자상하게 대하는 등 모범적인 교장이 되기 위해 노력했다. 교사들 사이에서도 꽤 평가가 좋은 교장이었다.

다만 중학생들은 민감한 시기이니 친절이 지나쳐 오해의 소지가 있는 접촉은 삼가야 한다는 것이 교사들의 중론이었다. 교장의 평소 자상한 제스처가 학생에 따라 다르게 반응할 수 있으니 조심해야 한다고 교사들은 충심으로 조언했다.

그러나 교장은 공개적인 장소에서 사심 없이 행하는 친절한 태도조차 문제 삼는 것은 교육적으로도 있을 수 없는 일이라고 주장했다. 그는 자신의 선의와 열린 자세를 한 번도 의심해 본

적이 없었기 때문에 문제될 것이 없다고 말했다.

그런데 어느 날 문제가 터졌다. 한 여학생이 집에 가서 교장이 자신을 성추행한 것 같다고 말한 것이다. "공부 열심히 해" 하면서 엉덩이 부분을 건드렸다는 것이다. 그러자 학부모는 즉각 문제를 삼았다. 이 일이 언론에 보도되고 사건으로 확대되었으며, 교장은 즉각 구속됐다.

교사들은 교장의 진의를 몰라준다며 집단 진정서를 냈지만 대법원 판결에 도움이 되지 못하고 1년 6개월 실형이 선고됐다. 교사들이 그렇게 '조심하라'고 조언했지만 교장은 이를 받아들이지 않았던 것이다. 그 결과 명예도 잃고 직위도 잃는 등 너무 많은 것을 한순간에 잃었다.

두 에피소드는 주변에서 흔히 일어나는 사례다. 남의 이야기로 넘기기에는 새겨야 할 교훈이 한두 개가 아니다.

첫째, 인생의 수확기에는 더 신중하고 더 조심해야 한다. 인생의 가을에는 성과를 거두고 열매를 따는 시기인 만큼 보다 너그러워지고 고집을 죽여야 할 때다. 이 시기에 자신을 변화시킬 수 없는 사람에게 행운보다 불운이 더 가까이 다가오는 법이다.

둘째, 고착된 신념과 고집은 스스로 만든 것이지만 유연성을 발휘할 수 있어야 한다. 가을철 수확을 앞두고 자신에게 다시 묻고 수정하고 변경할 수 있어야 한다. 마지막 기회를 살리면 친구도 잃지 않고 법적 단죄에도 해방될 수 있다.

셋째, '나의 생각이 늘 옳다'는 확신에 빠지지 마라. 이제 내 판단이 옳고 그름의 기준이 될 수 없다는 것을 깨달을 때다. 내가 보다 유연해질 때 타인과 공감대를 형성할 수 있다. 굳이 동의까지 할 필요는 없지만 이해할 수는 있다. 고집은 정신의 굳은살로 백해무익하다.

작은 것에 만족할 줄 알면 모든 것이 즐겁다

감동이 사라지고 불만이 많아지는 시기다.

나이가 들면서 감동은 사라지고 한탄은 늘어난다. 자녀 문제, 건강 문제 등 맘에 드는 것은 없고 걱정거리밖에 없어 보인다. 하루가 걱정으로 시작해서 걱정으로 마감되는 식이다. 남들은 돈도 잘 벌고, 출세도 쉽게 하는데, 나는 왜 이런지 한숨만 나온다. 그러나 당연하게 여겼던 것들을 되돌아보게 되는 위기를 맞으면 생각이 달라진다.

에피소드 1

그녀는 재래시장에서 남편과 함께 장사를 하며 많이 다투고 부딪혔다. 그래도 자식들은 모두 대학에 보내는 등 악착같이 살았다. 일은 힘들고 바쁜데, 남편은 시장 사람들과 어울려 노느라 불러도 오지 않았다. 또 외상값을 제때 받지 못해 애가 타는데 남편은 나몰라라 하니 당장 장사를 그만두고 싶었다.

그런데 어느 날 남편이 몸이 불편하다고 했다. 몇 달 전 건강

검진을 받았는데 이상했다. 남편은 병원에 가서 다시 정밀검사를 받았다.

대장암 3기 판정을 받았다. 청천벽력이었다. 당장 수술을 받아야 한다고 했지만 큰 병원은 몇 달씩 기다려야 했다.

입원 대기실에 앉아 있던 남편의 눈에서 굵은 눈물이 쏟아졌다. 그 시각 홀로 장사를 하고 있던 그녀에게도 온갖 회한이 밀려왔다.

"왜 그렇게 다투고 왜 그렇게 미워했을까. 좀 더 잘해 줄 걸."

우여곡절 끝에 남편은 대수술을 받았다. 거짓말처럼 암덩어리를 떼어내고 방사선 치료도 무사히 끝냈다. 부인은 남편의 기적적인 생환에 안도하며 "작은 일에도 감사하는 법을 배웠다"고 말했다.

에피소드 2

그는 경제적 문제로 가족과 떨어져 홀로 유학을 하고 있었다. 그때 우연히 영국의 한 국제언론재단 이사장을 만나게 되었는데, 영국문화원에서 실시한 장학생 선발에서 왜 탈락했는지가 화제가 됐다. 이사장은 "당신같이 유능하고 적극적인 언론인이 선발 대상에서 빠졌다니 이해할 수 없다"고 했다.

칭찬이었지만 이미 지나간 일이고 더 이상 언급하는 건 무의미했다. 그런데 이사장은 뜻밖에 한국에 있는 영국문화원에 추천 레터를 보내도 되겠느냐고 물었다. 그는 이미 시간이 지났고 한번 탈락했는데 다시 뽑아줄 리 없다고 생각했지만 시도해 보는 것도 나쁠 것 없다는 생각이 들었다.

어느 날 이사장이 그를 불렀다.

"돈 받을 계좌는 있겠지요? 나에게 알려 주세요."

영국문화원에서 정말 보냈는지 이사장이 보냈는지 확인하지 못했지만 2백여만 원이 입금되었다. 이사장은 열정은 있으나 늘 불안해하는 그를 향해 웃으며 한마디했다.

"돈은 중요하지 않아요. 얼굴에 언제나 스마일을 만드세요."

이사장은 친절했고 따뜻하게 격려해 주었다.

두 사례에서 각자 느끼는 바가 다를 수 있다. 그러나 공감대를 형성할 수 있는 메시지를 세 가지로 정리하면 이렇다.

첫째, 작은 것에 만족할 줄 알면 모든 것이 즐겁다. 우리는 위기 상황이 오면 그때 후회하곤 한다. 평범한 일상에서 느끼는 것들이 얼마나 소중한지 빼앗겨 본 사람은 안다.

둘째, 미소와 친절은 습관으로 만들기 쉽지 않지만 만들면 노년이 멋지게 변한다. 인생의 가을에 미소와 친절은 아름답게 인생을 물들이는 마법의 힘을 발휘한다. 인생의 겨울에 앞서 머리도 희끗해지고 얼굴에 주름이 늘면서 볼품없어지는데, 여전히 미소를 만들지 못하면 괴물로 비쳐질 수 있다.

셋째, 미소와 친절은 돈이 들지 않지만 위력은 막강하다. 에피소드 2에서는 외국 학생을 형식적으로 그냥 만날 수도 있지만,

그가 진정으로 무엇이 필요한지를 떠나 미소로 그의 마음을 먼저 녹였다. 그의 부족함을 파악한 이사장은 그 다음 수순으로 도움을 주고자 했다. 그와 함께 '스마일의 위력'은 큰 울림으로 다가왔다.

나이 드는 법을 공부하고 실천하라

진정한 자기계발이 필요한 시기, 그냥 나이 먹으면 불행해진다.

나이 드는 법도 공부해야 하나? 누구나 세월이 가면 나이를 먹는데 군이 그런 공부를 할 필요가 있을까? 자신과 가족의 성공이나 행복을 고민해 본 사람은 반드시 그런 공부를 해야 한다고 믿는다. 지혜를 얻지 못하고 또한 실천하지 못하면 인생의 겨울은 상상 이상으로 혹독해지는 법이다. 그 준비를 할 수 있는 마지막 기회가 인생의 가을, 이때부터라도 나이 드는 법 정도는 꼭 공부해야 한다.

에피소드 1

그는 전역한 지 한참 지났는데도 육사 출신이라는 프라이드가 대단했다. 그리고 군에서도 테니스를 즐겼다며 지역 테니스 동호회에 가입했다.

그와 테니스를 친 사람들은 모두 특이한 경험을 했다. 자기 가까이에 떨어진 공은 주워서 상대에게 전해 주는 것이 예의인데,

그는 테니스 공을 줍는 법이 없었다.

처음에는 그러려니 했다. 그러나 여성들로부터 불만이 터져 나왔고, 동호인들은 다른 방법을 택했다. 그가 테니스장에 나타나면 슬금슬금 피했다. 그가 함께 게임을 하자고 해도 못 들은 체했다.

말투도 명령조로 연하의 사람들에게 함부로 했다. 테니스장에서 나이보다 중요한 것은 실력이고 매너다. 그도 외면당하고 있다는 것을 느꼈는지 어느 날부터 테니스장에서 사라졌다.

에피소드 2

그는 젊은 시절 배움의 기회를 놓쳤다. 일찍 사업에 뛰어들어 성공은 했지만 배움에 대한 미련을 버리지 못한 그는 50대 나이에 대학교에 입학하는 용기를 냈다.

사업을 하면서 몇 차례 위기를 겪으며 진솔하게 사는 길만이 살 길이라는 걸 터득했다. 뒤늦은 대학 생활에서도 그는 겸손의 가치를 더욱 실감했다.

그는 나이 드는 법을 배우고 실천하며 젊은이들과 어울리는 법을 배웠다. 그리고 큰 재산가였지만 자랑하지 않았다. 검소하게 생활하며 남몰래 고향 후배나 대학 후배들을 위해 장학금을 내는 식이었다.

지역사회에서도 봉사에 앞장섰다. 주변 사람들은 그의 인간됨과 겸손을 칭송했다. 지금 70대를 살아가지만 겸손과 친절함은 그의 존재감을 더욱 돋보이게 한다.

두 사례는 흔치 않은 경우다. 그러나 전하는 메시지는 분명하다.

첫째, 나이가 벼슬이라는 인식은 위험하다. 나이 들수록 더 겸손하고 친절해야 대우받는다.

둘째, 과거의 지위, 권위의식 등에서 벗어나야 한다. 과거는 이제 무효다. 인생의 가을에 이런 준비를 하지 않으면 겨울을 이겨내기 힘들다. 친절과 미소로 무장해야 할 시기다.

셋째, 나이 들어도 공부하는 자와 공부하지 않는 자의 다른 점을 주목해야 한다. 배움은 지식, 지혜로 나타나 나를 보호하고 지켜준다. 무식, 무지, 무모함은 나를 초라하고 외롭게 만들 것이다. 무슨 공부든 포기하면 안 된다. 오직 자신을 위해 책을 들어라.

현명한 사람을 가까이하라

인생의 수확기에 어리석은 자, 교활한 자를 가까이하면 인생을 망친다.

현명한 사람과 사악한 사람을 구분할 줄 알아야 하는데 대부분 이를 잘 구분하지 못한다. 사기꾼은 작은 도움이나 현란한 말로 환심을 산 다음 정교한 공략법을 가동한다. 혼자서 때로는 집단으로 먹잇감을 냉혹하게 요리한다. 인생의 수확기에 뭘 조심해야 할까.

에피소드 1

그가 자신의 빌딩에 부동산 중개소를 개업하자, 옛날 커피숍 사업을 할 때 아르바이트를 하던 대학생들도 찾아와 인사를 했다. 그는 그중 한 명에게 같이 일하자고 제의했다. 그와 잘 알고 있던 터라 신뢰 관계가 형성된 것으로 믿었다.

실제로 그는 부동산 거래 건수를 잘 찾아왔고 실적도 좋은 편이었다. 그들은 형제 같은 관계로 발전했다. 그 후 서류에 필요한 사장의 도장은 이미 그의 손에 있었다.

어느 날 그가 기획 부동산 프로젝트에 대해 얘기했다. 위치도 좋아 건물을 지어 되팔면 꽤 남을 거라는 말에 사장은 혹했다.

투자자들을 모았다. 그 지역에서 오래 영업을 해 온 터라 누가 돈이 있는지는 알고 있었다. 더구나 우선권을 주겠다며 친구 몇을 먼저 끌어들었다. 나중에는 수십 명이 돈을 들고 와서 참여하게 해 달라고 사정했다. 투자자들은 남의 건축 현장에 가서 화려한 거짓말에 간단히 넘어갔다.

그런데 어느 날 모든 것을 믿고 맡겼던 그가 갑자기 사라졌다. 은행에 넣어 둔 투자금도 모두 사라져 버렸다. 사장에게 청천벽력 같은 비보가 날아왔다. 기획 부동산은 가짜였고, 땅도 건물도 모두 사기였다.

졸지에 수십 억의 빚더미를 안게 된 사장은 그를 경찰에 신고하고 지명수배부터 내렸다. 투자자들의 아우성은 매일같이 반복됐다. 그에게 뒤늦은 후회가 밀려왔다. 믿고 인감 등을 맡겼던 자신의 불찰을 탓했지만 늦어 버렸다.

몇 년 뒤 그를 검거했다는 연락이 와서 뛰어갔지만 돈은 찾을 수 없었다. 수갑을 찬 채 형사처벌을 기다리는 그를 향해 그는 아무 말도 못하고 돌아서야 했다.

에피소드 2

그는 붙임성이 좋은 교수였다. 학교에서 안해 본 직책이 없을 정도로 총장의 신임을 받았다. 논문도 많이 발표하여 한 번도 중도 탈락한 적 없이 승진에 승진을 거듭, 최연소 기록을 갈아 치울 정도였다.

총장의 신임을 받던 그가 사익을 위해 학교 행정을 전횡한다는 비판도 있었다. 그러나 누구 하나 드러내 놓고 말을 하지는 못했다. 심지어 연구년으로 학교를 떠나 학사업무에 관여할 수 없을 때도 총장의 이름을 내세워 해외 출장비를 신청하는 식이었다. 규정상 불법이었지만 '총장이 허락했다'면서 직원들을 압박했다.

시간이 지나 그를 신임하던 총장이 세상을 떠났다. 갑자기 공석이 된 총장직을 두고 교수들 사이에 내부 경쟁이 시작됐다. 그는 특유의 친화력과 요직을 지낸 경험을 내세워 높은 점수를 얻어 총장직을 차지했다.

총장 선거 과정에서 여러 논란이 있었지만 그는 결국 당선되고 말았다. 그를 반대했던 또 다른 교수들은 논문 허위 사실을 공개적으로 제기했다.

그가 차지한 총장직이 위태로워지기 시작했다. 그는 동료 교수들에게 사정도 하고 양해를 구했지만 소명되지도 이해되지도 않았다. 그는 몇 개월 지나지 않아 총장직을 그만두게 되었다.

총장직에서 물러났다고 모든 문제가 해결되지 않았다. 교수들은 그의 학과 복귀를 반대했다. 결국 그는 병원에 입원했고 얼마 뒤 우울증으로 스스로 생을 마감했다는 충격적인 뉴스가 전해졌다.

두 이야기는 충격적인 만큼 우리에게 주는 메시지도 강렬하다. 적어도 세 가지 정도로 요약할 수 있지 않을까.

첫째, 책임자가 된다는 것은 더욱 치밀하고 더욱 신중해야 한다. 부동산 중개소 사장도 총장도 주변이나 본인의 거짓말, 자만은 곧 위기로 직결된다는 사실이다. 책임자는 믿을 사람, 믿을 수 없는 사람, 함부로 맡겨서는 안 될 사람을 구분해 낼 수 있는 혜안을 갖추는 것이 가장 중요하다.

둘째, 인생의 수확기는 지위도 권한도 높아지지만, 그와 함께 과욕, 과신, 과시욕도 높아진다. 자신이 감당할 수 없는 권력과 돈, 명예가 재앙으로 변하는 것은 시간 문제다. 자신이나 주변을 과신하지 말고 더욱 절제, 검증, 통제하라.

셋째, 위기 대처 능력은 언제나 필요하다. 어렵게 얻은 돈도 명예도 권력도 인생의 가을에 한순간 물거품이 될 수도 있다. 재기의 기회가 사라지고 암담한 현실에 절망할 수도 있다.

분노하기는 쉽고 통제는 어렵다

한순간의 분노 조절 실패는 그동안 성취한 인생을 송두리째 앗아갈 수 있다.

인생에서 가장 어렵다는 것이 분노 조절이다. 인생의 사계절에 꼭 필요한 사항이라면, 바로 모든 것을 한순간에 망칠 수 있는 노여움에 대한 통제력이다. 이런 능력은 하루 아침에 갖춰지지 않는다. 꾸준히 훈련하여 마음의 근육을 만들어 낼 때 가능하다. 특히 성격이 급하거나 분노를 잘 터뜨리는 사람은 이 부분을 집중적으로 연마해야 인생의 성공, 행복을 논할 수 있다.

에피소드 1

그는 평소 성격이 급하다는 말을 듣곤 했다. 성격을 바꿔 보려고 참는 훈련은 물론, 참지 못했을 때는 기록을 해 두었다가 점검해 보기도 했다. 왜 그런 상황에서 참지 못했는지, 무엇이 잘못됐는지 기록해 놓고 보니 일정한 패턴이 있었다.

그는 또 다른 훈련으로 분노 극복력을 키웠다. 갱년기를 맞이한 아내의 건강을 위해 운동을 권했던 것이다. 아내는 큰 수술을 하고도 운동을 해야겠다는 생각은 하지 않았다.

그는 아내에게 테니스를 권했고, 테니스 코치에게 레슨비부터 먼저 지불했다. 그제서야 아내는 라켓을 들고 코트에 나갔다. 어느 정도 시간이 지난 후 아내의 요청으로 테니스를 가르쳐 주게 되었다.

그런데 아내를 가르치면서 순간순간 화가 치밀어오르는 것을 느꼈다. 함께 테니스장에 갔다가 따로 오는 경우도 있고, 테니스장에 가다가 중간에 포기하는 경우도 있었다.

그는 '아내에게 테니스 가르치기'를 자신의 분노 조절 훈련용으로 생각했다. 테니스장에서 분노가 치밀 때마다 어떻게 참고 극복하는지 연습했다. 그 훈련은 효과가 있었다.

그가 어느 날 고향 해변가에서 버스킹을 할 때다. 갑자기 한 노래방 주인이 와서 행패를 부렸다. 공연은 중단됐고, 주변 사람들이 말려 노래방 주인은 물러났지만 주먹을 휘두르며 곧 폭행이 이뤄질 것 같은 급박한 상황에서도 그는 화를 내지 않았다. 상황이 악화되지 않게 침착하게 대응했다. 그에게는 놀라운 일이었다. 화를 참아내는 자신을 대견하게 생각하게 됐다.

에피소드 2

그는 술을 좋아했다. 술은 종종 불필요한 마찰로 이어져 부부 싸움의 단골 소재가 됐다.

술만 깨면 착실했기에 미워할 수도 없었다. 수 차례 각서도 썼지만 술버릇이 바뀌지 않았다.

그날도 술을 많이 마셨다. 아내와의 약속을 잊고 2차, 3차로 이어졌다. 문제는 택시 안에서 시작됐다. 택시에는 이미 다른 손님이 타고 있었고 그가 합석한 것이었다. 그런데 운전기사에게 고함을 지르며 그의 어깨를 세게 때렸다.

그러자 동승한 손님이 내려 달라고 했고, 그때 그는 소변이 마렵다며 생떼를 썼다. 운전기사는 골목길로 차를 꺾었다.

그가 바지를 내리고 볼일을 보자 운전기사가 재빨리 내려 그에게 달려가 뒤에서 발로 걷어찼다. 그리고 넘어진 그를 향해 발길질을 해댔다.

잠시 후 운전기사는 아무 말 없이 다시 운전대를 잡았다. 손님도 기사도 아무 말이 없었다.

두 이야기는 실제로 있었던 일이다. 여기서 어떤 지혜를 얻을 수 있을까?

첫째, 분노 통제는 쉽지 않지만 노력하면 개선할 수 있다. 화는 상대를 향해 내지만 그 화의 결과가 나에게 되돌아온다는 것을 잊지 마라. 분노 통제도 교육과 노력으로 좋아질 수 있다는 것은 희망적이다.

둘째, 분노하기는 쉽고 통제는 어렵다는 평범한 진리의 확인이다. 분노에 분노로 되받아칠 수 있지만 참아낸 결과 상황이 악화되지 않았고, 평정심을 되찾은 건 노력의 결과다.

셋째, 인생의 수확기에 술은 한순간에 모든 것을 앗아가는 치명적인 악마가 될 수 있다. 인생의 가을을 맞아 하나둘 성과를 확인하고 열매를 챙겨야 할 소중한 시기다. 신이 바쁠 때 악마 대신 술을 보낸다는 말이 있다. 자신이 술을 통제하지 못하면 술이 당신을 통제하며 위험에 빠트릴 것이다.

반드시 좋은 취미를 가져라

인생의 겨울을 준비하는 데 최고는
다양하고 좋은 자기만의 취미를 개발하는 것이다.

인생의 가을은 진정으로 내가 하고 싶은 것을 해 보는 마지막 시기다. 아직도 늦지 않았다. 뒤늦게 자신의 꿈, 재능을 찾아 멋진 인생 2막으로 인생의 겨울을 따뜻하게 보내는 사람이 많다. 먹고 살기 위해 바빴던 지난 세월을 되돌아보고 마지막 기회를 잘 살리는 것이 바로 월동 준비를 잘하는 것이다.

에피소드 1

퇴직 후가 더 바쁜 그는 은퇴하기 전에 다양한 문화 활동을 준비했다. 만능 스포츠맨으로 체육교사까지 한 그가 새롭게 도전한 것은 노래와 기타, 하모니카 배우기였다.

그뿐 아니라 오토바이도 배워 동호인들과 함께 국내 유명 산이나 명소를 찾아 떠나기도 한다. 또 카메라, 드론 등을 익혀 멋진 사진을 찍으며 여가시간을 알차게 활용하고, 병원이나 요양원 등에서 재능 기부도 하고 있다.

최근에는 캠핑카까지 구해 부부가 인생의 가을에 그 모든 것을 누린다. 그의 성실함과 실행력은 인생의 겨울을 더욱 따뜻하게 풍요롭게 할 것이다. 물론 아내의 이해와 도움 없이는 불가능한 일이다.

똑같은 인생을 살아도 보다 풍요롭고 보다 다양한 경험을 쌓는다는 것은 권장할 만한 일이다. 더 나이 들어 인생의 겨울이 오면 많은 것을 포기해야 할 것이기 때문이다.

에피소드 2

그는 인생의 가을을 맞아 뭔가 새롭게 도전하기로 결심했다. 쉬운 것보다는 어렵거나 색다른 것을 시도해 보고 싶어 오랜 꿈이었던 기타를 배워 노래 부르기를 하기로 했다.

일단 백화점 문화교실 기타반에 등록했다. 학창 시절에 해 본 경험이 있어 중급반에 들어갔다. 그런데 기타 선생님의 판정은 "초급반에 가서 시작하라"는 것이었다.

노래 교실에는 주부들이 대부분이었지만 팝송반에 등록했다. 50대 중년에 하고 싶은 것을 못하면 평생 후회할 것 같아 용기를 냈지만 현실의 벽은 너무 높았다.

다행히 요즘 좋은 반주기가 있어 초보자들이 입문하는 데 크게 도움이 된다. 노래 부르기에 도전한 지 5년이 지났다. 아직도 초보 수준이지만 노래를 부르면 생활이 활기차고 마음이 즐거워진다는 점, 컨디션이 안 좋으면 목소리가 잘 안 나온다는 점, 노래 한 곡 부르는 3분 동안 집중하다 보니 집중력이 길러진다는 점, 기타를 치며 손가락 동작을 많이 하니 관절이 좋아지고 뇌활동도 활발해지는 등 장점이 많다. 그는 노래 실력을 다른 사람과 비교하지 말고 자신의 어제와 비교하며 개선하는 데 의미를 두라고 한다.

다양하고 좋은 취미를 갖는다는 것은 인간의 품격과 직결된다. 모두가 꿈꾸지만 이를 해내는 사람은 소수에 불과하다.

두 에피소드가 주는 교훈은 무엇인가?

첫째, 자신을 사랑하는 사람은 다양한 활동으로 자신을 살찌운다. 자신에게 충실한 사람이 타인에게도 충실한 법이다. 다양한 활동은 인생의 폭과 깊이를 더해 줄 것이다.

둘째, 무엇이든 배우고 도전하기 위해서는 성실해야 한다. 새로운 것에 도전해 보면 처음에는 어려워 포기하는 경우가 대부분이다. 천재는 잘 참는 사람들이라는 말이 있듯이 뒤늦게 배우면서 조급증을 가지면 도중하차하게 된다.

셋째, 새로운 분야에 도전할 때 인간을 보다 겸손하게 만든다. 전문직에 오래 있다 보면 다른 분야를 존중하지 않는 경향이 있다. 인간을 겸손하게 만드는 데 생소한 분야에 도전해 보는 것이 최고라고 생각한다. 내가 얼마나 무력하고 무지한가를 알게 되기 때문이다.

고질적인 음주 습관을 되돌아보라

음주 관련 실수는 치명적일 수 있다.

음주운전은 모두 안 된다고 하지만 이로 인한 사고는 그치지 않는다. 관련 처벌법이 강화됐는데도 줄지 않고 있다. 음주 관련 사건은 단순히 운전에만 그치지 않는다. 그동안 쌓아 온 인생의 황금탑을 한순간에 무너뜨리기도 한다. 좋아서 마신 술이라면 인생에 도움이 돼야 하지 않을까. 누가 나를 망치게 하나. 술인가, 나 자신인가.

에피소드 1

그는 뛰어난 야구선수였다. 국내에서 강타자로 인정받던 그는 야구 인생 절정기에 미국 메이저리그에 진출하여 성공가도를 달리고 있었다.

그런데 어느 날부터 그의 음주운전 이야기가 들려오더니 급기야 세 번째 음주운전이 전국적인 뉴스가 됐다. 한때 야구팬들의 열광적인 사랑을 받았던 강정호 선수 이야기다. 그의 모습이

야구장, 훈련장이 아닌 음주운전으로 법정에 드나드는 모습으로 소개됐다.

　한참 잘나가던 그에게 음준운전 습관이 결정적 치명타가 되고 말았다. 법의 선처와 구단의 배려로 몇 차례 미국 메이저리그 복귀와 재기 시도가 있었지만, 한번 하락세를 타기 시작한 그의 경기력은 살아나지 않았다.

　강정호는 타고난 야구 천재였다. 명예와 돈을 한꺼번에 잡을 수 있는 계약조건을 스스로 차버렸다. 가볍게 생각했던 음주운전 습관은 그런 천재성을 무용지물로 만들었다. 이제 그는 잊혀진 야구선수가 됐다. 그에게 따라다니는 음주운전은 자신의 천재성을 비웃는 조롱거리가 됐다.

　프로선수는 상대와 싸우기 전에 자기 관리가 최우선이라는 사실을 깨달았을까? 너무 늦은 강정호의 후회를 보면서도 음주운전을 반복하는 이들의 행렬은 그치지 않는다.

에피소드 2

　그는 40대 중반의 가장이자 잘나가는 직장인으로 벤츠를 몰고 다녔다. 술을 좋아하는 그는 가급적 음주운전은 하지 않으려 했지만, 종종 음주 측정이 없는 코스에서는 운전대를 잡았다.

　그날도 취할 정도로 마셨지만 운전하는 데 별 문제가 없다고 생각한 그는 큰 도로에 차가 없어 과속으로 달렸다. 그리고 추돌사고를 내고 말았다. 경찰 조사 결과 시속 229km를 달렸고,

앞차 운전자를 사망케 한 장본인이 되고 말았다. 그의 혈중 알코올 농도는 면허 취소 수준이었다.

그는 바로 구속됐다. 1심에서 4년형을 선고받았다. 항소했지만 2심에서는 오히려 6년형이 선고됐다. 피해 운전자 어머니가 "가해자가 어린 자녀가 둘 있는 가장을 죽여 한 가정을 파괴했다. 죄의 대가를 반드시 치르도록 엄벌해 달라"고 법원에 탄원서를 냈다.

그의 잘못된 음주운전 습관으로 한 가정을 불행에 빠트렸고, 자신은 인생 수확기에 6년형을 살고 50대가 되어 세상에 나오게 된다. 한 가정을 망가뜨린 사회적·윤리적 책임도 가볍지 않다. 6년의 수형 생활로 큰 타격을 입게 되겠지만, 타인의 행복추구권을 박살낸 책임은 평생 따라다닐 것이다.

두 사례는 모두 안타까운 일로 되돌릴 수만 있다면 되돌리고 싶다. 인생은 그럴 수 없다. 이런 사건사고가 남의 일인가. 무엇을 깨닫고 느끼는가?

첫째, 음주운전의 첫 번째 희생자는 자신이다. 그동안 자신이 쌓아올린 공든 탑을 한순간에 잿더미로 만든다. 자멸이란 단어는 이런 때 사용한다. 스포츠든 사업이든 음주운전은 대상을 가리지 않고 파괴하는 괴력이 있다.

둘째, 음주운전 사고는 회복이 어려운 치명적 실수를 불러온다. 인생의 가을에도 회복 가능한 실수를 가려서 해야 한다. 이

시기에 회복이 불가능한 치명타를 맞으면 그것으로 아웃이다. 잔인한 것이 인생의 게임이다. 재기도 때가 있는 법이다. 야구 천재 강정호도 재기에 실패했다. 타인에게 죽음이라는 절망을 안기고 자신이 지킬 것은 무엇인가. 회복 불가능한 실수는 실수가 아니고 살아도 사망이다.

셋째, 음주운전은 오만한 자를 심판하는 법이다. 특히 음주운전은 대부분 상대에게 치명적 손실을 입히기 때문에 상대에 대한 배려, 존중을 보기 힘들다는 점에서 역시 인간에 대해 오만하다고 볼 수 있다.

시간을 두려워하고 죽음을 준비하라

오늘 내 입지가 괜찮다면 과거 시간을 잘 보낸 것이고
그렇지 않다면 잘못 보낸 시간에 보복을 당하는 것이다.

인생의 사계절에 죽음은 누구에게나 예고 없이 찾아온다. 적어도 인생의 가을에는 죽음에 대해 진지하게 고민해 볼 때다. 인생의 봄, 여름에는 살기에 바빠 죽음을 생각할 겨를이 없다. 그러나 죽음의 준비는 이를수록 좋다. 수확의 계절은 인생의 끝을 생각하고 대비하는 것이 필요하다. 그것이 인생을 더욱 충실하게 만든다.

에피소드 1

그는 착실한 공무원이었다. 승진을 두고 상급자와 마찰을 빚었지만 그는 내색하지 않았다. 때가 되면 될 것으로 믿었다. 그러나 공석인데도 그에게 승진 기회를 주지 않았다. 너무나 답답해 가끔 독한 술로 속을 달래곤 했다.

어느 날부터 배가 아파오기 시작했다. 가까운 작은 병원에서 진찰을 받았지만 소화제 정도 처방을 받았다. 그러나 통증이

가시지 않아 큰 병원에 가서 정밀진단을 받았다.

뜻밖에도 암이었다. 의사는 가족들을 불러 일 년 넘기기 힘들 거라고 통보했다. 청천벽력 같은 얘기였다. 이런 내용을 전혀 몰랐던 그는 의사에게 이렇게 말했다.

"저는 자존심이 강한 사람이라 오래 병실에 누워 있을 수 없으니 아픈 부위는 싹 도려내 주세요."

통증은 날로 심해졌다. 대학 친구들과 고향에 돌아가 집을 지어 같이 살자고 했던 약속도 지킬 수 없게 됐다. 처음에는 분노했고 받아들이지 못했다. 그 다음 단계는 하염없이 눈물만 흘러내렸다.

아내와 자식들에게 큰소리쳤던 자신을 돌아보았다. 죽기 전에 마지막으로 가족 여행을 하고 싶었다. 그는 마음을 정리한 후 병원의 반대에도 불구하고 해외 여행 티켓을 준비했다. 암환자가 비행기를 타는 것이 좋지 않다는 의사의 권고도 있었지만, 죽음을 각오한 그에게는 아무것도 방해가 되지 않았다.

다행히 유럽 여행을 무사히 마치고, 불안했던 그의 모습이 안정을 찾을 무렵 죽음이 찾아왔다. 인생의 수확기 50대에 그는 홀연히 떠났다.

에피소드 2

그는 호방한 성격에 술도 좋아하고 운동도 잘해 회사에서 인기가 높았다. 아들 결혼을 앞두고 코로나 때문에 결혼식을 미뤘다.

그 무렵 운동을 하다가 허리가 아파 정밀진단을 받았는데 암으로 판명났다. 수술 후 고통스런 방사능 치료도 마쳤다.

모임에도 잘 나오지 못하던 그가 어느 날 민머리에 모자를 쓰고 나타났다. 모두들 살아 돌아온 것처럼 그를 반겼다.

"여러분, 환대해 줘서 고맙습니다. 이 자리에 오고 싶어 병원에서 몸살날 뻔했고요. 오니까 정말 좋네요. 반가운 얼굴들 보니까 더 좋네요…. 내년 봄에는 여러분과 함께 운동을 할 수 있도록 노력해 보겠습니다."

모두 큰 박수로 화답했다. 그러나 암은 정말 끈질기고 예측하기 힘들다. 얼마 지나지 않아 암세포가 온몸으로 퍼지기 시작했고, 늦춰진 자녀 결혼식을 한 달 앞두고 죽음을 맞이했다. 동료들도 무척 안타까워했다.

그가 단 한 번도 생각해 보지 않았던 죽음은 갑자기 그를 덮쳤다. 그는 그렇게 떠났고 나머지는 모두 아내의 몫이 됐다. 인생이 그렇게 왔다 그렇게 소리 없이 가는 것인지, 모두들 애통해했다.

두 에피소드가 주는 생활의 지혜는 무엇인가?

첫째, 죽음은 누구에게나 예고가 없다. 인생의 계절에는 가을, 겨울 구분이 없다. 인생의 가을에 끝장날 수도 있으니 미리 준비해야 한다. 내일을 믿지 마라.

둘째, 인생의 수확기에 역설적으로 인생의 마무리를 준비해

야 한다. 급한 일, 중요한 일은 미리미리 결론내고 서류화해야
한다. 내일이 먼저 올지 죽음이 먼저 올지 아무도 모른다.

셋째, 인생은 허망하다. 한순간에 형체도 없이 사라진다. 잘
난 사람, 못난 사람, 있는 사람, 없는 사람 가릴 것이 없다. 목에
힘 빼고 좀 더 겸손해져야 하지 않을까.

자녀와 이별할 준비를 하라

성장한 자녀의 삶은 그들의 것, 집착도 사랑도 놓고
정신적 · 물질적 상호 독립을 존중하자.

자녀에 대한 부모의 사랑은 종종 집착과 간섭으로 나타난다. 그러나 장성한 자녀는 물질적 지원은 기대하지만 간섭이나 잔소리, 조언은 사양한다. 여유가 있다면 도와줄 수 있고 그렇지 않다면 굳이 도와주지 않아도 된다. 그만큼 키워 주고 교육시켰으면 부모의 역할은 다했다. 이제부터 부모는 자신의 앞일을 준비하는 것이 더 현명하다. 자녀에 대한 기대도 접고 만남도 절제하는 것이 좋지 않을까. 서로가 서로로부터 독립하는 것이 좋다.

에피소드 1

그 어머니는 딸에 대한 기대가·너무 컸다. 딸은 고교 시절 전교 1등을 놓치지 않을 정도로 공부를 잘했고 엄마에 대한 사랑과 믿음도 특별했다. 그 모녀는 친구처럼 다정했다.

딸은 서울에 있는 대학교 법학과에 무난히 입학했으나 사법고시 대신 취업의 길을 택했다. 그리고 직장 생활을 하던 중 영어

학원에서 교포 2세를 만나 결혼을 하게 됐다. 어머니는 딸이 부잣집 교포와 결혼하는 데 반대하지 않았다.

하지만 딸을 멀리 시집 보낸 것을 후회하는 시간이 많아졌다. 마음처럼 쉽게 다녀올 수 있는 거리도 아니고 비용도 부담스러웠다.

그러던 어느 날 우울증과 함께 치매 초기 판정을 받았다. 이 소식에 놀란 딸이 미국에서 날아와 어머니와 잠시 지냈지만 다시 돌아가야 했다. 딸은 엄마 곁에 오래 있고 싶어도 그럴 수 없는 상황이었다.

어머니의 갑작스런 치매 진단에는 여러 가지 이유가 있을 수 있다. 자식에 대한 지나친 관심과 사랑, 그리고 집착이 원인이 되지 않았을까. 오직 자식만 생각한 것이 부정적인 영향을 미치지 않았을까.

아무리 부모 자식 간이라도 서로 심리적 거리를 유지하는 것이 좋다. 부모의 건강 적신호는 자녀에게 우환이다. 그러니 자식보다 자신을 먼저 돌보는 것이 현명한 선택이다. 어차피 인생은 혼자 살아가는 것이니까.

에피소드 2

시골에 사는 노부부가 어렵게 뒷바라지한 외아들이 큰 회사 과장으로 승진하여 강남에 있는 아파트에 명문대를 나온 며느리와 살고 있었다. 아들은 효자여서 명절 때마다 고향에 와서 노부부에게 "서울로 가시면 잘 모시겠다"고 말했다.

얼마 후 할머니가 먼저 세상을 뜨자 할아버지는 논밭을 정리하여 아들 집으로 갔다. 할아버지의 돈으로 큰 아파트로 이사를 해 처음에는 그런대로 지낼 만했다.

부장으로 승진한 아들은 새벽에 출근해 밤 늦게 돌아왔다. 어느 날 아들이 모처럼 일찍 퇴근해서 보니 식탁 위에 '여보, 우리 외식하러 가니 알아서 식사하세요'라는 아내의 메모가 있었다.

한참 뒤 돌아온 아내에게 "아버님은?" 하고 물었다. "모른다"는 답변을 듣고 아버지 방에 가 보니 벽에 볼펜으로 꾹꾹 눌러 쓴 '잘 있거라 3번아, 6번은 간다'는 글씨가 보였다.

이것이 무슨 뜻일까? 방 한쪽에 옷장 하나, 그 위엔 돌아가신 어머니 사진, 그 옆엔 작은 소반에 반찬 그릇 몇 개, 마시다 남은 소주병 하나…. 아버지는 이 골방에서 혼자 식사하고 혼자 잠자며 외롭게 시간을 보냈던 것이다.

이튿날 경비원을 만난 아들은 벽에 남긴 암호 같은 수수께끼를 풀게 된다. 경비원은 가끔 만난 어르신이 "우리 집은 며느리가 1번, 손녀딸이 2번, 아들이 3번, 강아지가 4번, 가정부가 5번, 아무짝에도 쓸모없는 자신이 6번"이라고 푸념했다고 한다. 돌아서는 아들에게 경비원은 이렇게 말했다.

"고향엔 창피해서 안 가셨을 거고, 집 근처에도 없을 테고, 서울역 지하도부터 찾아보구려."

이 이야기에 공감하는 노인들이 많아지고 있다. 가정을 갖게 된 자식들에게 옛날처럼 효도를 기대하면 실망만 커질 뿐이다.

두 에피소드에서 깨닫는 지혜는 무엇인가?

첫째, 성장한 자식, 독립된 가정을 꾸린 자식과의 관계 재정립이 필요하다. 내 품을 떠난 자식은 더 이상 자식이 아니다. 더구나 가정을 꾸린 자식은 그 가정에 집중할 수 있도록 배려해야 한다. 말은 맞지만 관습이나 사고방식은 쉽게 바뀌지 않는다.

둘째, '내리사랑에 변함은 없다'는 진리의 확인이다. 자식이 부모 생각의 10분의 1만이라도 해 주면 효자가 된다는 말이 있다. 그만큼 자식과 부모의 입장과 생각이 다르다는 것이다.

이를 안다면 어른이 먼저 자기 준비를 해야 한다. 효도를 바라지 말고 그렇다고 냉정해서도 안 된다. 오면 환영하고 가면 잡지 말고…. 부모가 자발적으로 거리를 유지하는 노력이 필요하지 않을까.

셋째, 가까워질수록 상처받기 쉽다. 부모 자식 간의 애틋한 관계, 모든 것을 줘도 아깝지 않은 관계지만 그럴수록 쉽게 상처받는다. 인간관계의 원리는 부모 자식 간에도 변함없이 적용된다. 뭐든 주면 좋아하고 달라고 하면 싫어한다. 그래서 서로 독립하게 되면 거리도 멀수록 좋다. 자주 만나면 금이 가기 쉽다.

누구와도 다투지 마라

다툼의 시작은 둑에 물이 새는 것과 같아
초기에 잡지 못하면 재앙으로 변한다.

다툼도 미움도 습관이다. 상대에 따라 쉽게 짜증내고 쉽게 다투는가 하면, 다른 상대에게는 또 친절하게 대하는 것이 인간의 마음이다. 그러니 마음속의 짜증, 미움, 원망, 오만, 분노를 제거해야 한다. 작은 다툼이 큰 싸움으로 비극으로 발전하는 것은 순간이다. 사소한 다툼이 모든 것을 앗아가는 원인이 될 수 있다. 다툼은 초기 진압이 최고다.

에피소드 1

한국 복싱의 전설로 불리던 '돌주먹' 문성길이 강제추행 혐의로 실형을 받고 구속됐다. 비슷한 시기에 장정구 선수도 만취한 채 택시기사를 폭행한 혐의로 검찰에 넘겨진 사건이 있었다.

문성길은 서울 강남에 있는 한 음식점에서 지인들과 식사를 하던 중 옆자리에 앉은 여성을 추행한 혐의로 재판에 넘겨졌다. 재판부는 그가 피해자를 회유하고 압박하는 등 2차 피해도 가했다고 봤다. 아울러 "피고인은 공개된 장소에서 거리낌 없이 범행을 저질러 죄질이 나쁘고, 피해 여성이 모멸감과 수치심, 정신적 고통을 호소하며 피고인을 엄벌해 달라고 탄원했다"고 밝혔다.

문성길은 실형 선고를 받고 법정 구속됐다. 장정구도 법적 처벌이 불가피했다. 인생의 수확기에 두 사람에게 너무 큰 시련이 아닐 수 없다. 누가 이런 불행을 초래했는가?

에피소드 2

40대 중반인 그는 술자리가 잦아 집에 늦게 오는 편이었다. 기다림에 지친 아내는 어느 날부터 동창들을 만나기 시작했다. 친구들은 외로운 그녀를 즐겁게 해 주고 따뜻하게 대해 주었다.

그중 한 명과 가까워진 그녀는 점점 귀가 시간이 늦어졌다. 이런 사실을 눈치채지 못한 남편은 어느 날 달라진 아내의 태도를 보고 이상하게 생각했다. 그의 의심에는 이유가 있었고, 이를 확인하는 데 오랜 시간이 걸리지 않았다.

그는 아내의 외도 사실을 확인한 후 분노했다. 화가 난 그는 인형에 불을 붙여 집 안에 던졌고, 불이 옮겨붙어 큰 화재가 일어났다. 그는 방화범으로 구속됐으며, 2년 6개월의 실형이 선고됐다.

이유가 무엇이든 이제 그는 아내도 가정도 잃어버렸다. 방화범이 된 자신의 신세를 한탄하면서 누구도 탓할 수 없었다.

두 사건은 공통적으로 비극적이다. 다툼의 형태는 다르지만 결과는 불행이라는 단 하나다. 좀 더 구체적으로 메시지를 정리하면 다음과 같다.

첫째, 인생의 가을에 다툼은 치명적 손실로 이어진다. 자신과 이웃을 망치고 가정을 해체시킨다. 이 이상 어리석은 일이 어디 있는가. 다툼은 방지하고 다툼이 벌어지더라도 악화시키지 않겠다는 의지가 있어야 한다.

둘째, 다툼은 초기에 빨리 진화하는 것이 최선이다. 요즘처럼 많아진 CCTV는 일거수일투족을 기록하고 고발한다. 어리석은 대응이 상황을 더 악화시켰다. 그리고 아내가 외도했다면 절반의 책임은 남편에게 있다. 방화하는 식으로 분노를 표현한 것은 제2의 비극을 스스로 키운 셈이다.

셋째, 인간관계는 언제든 갈등, 다툼, 불화가 일어나는 법이고 이에 대한 대비가 있어야 한다. 위기는 누구에게나 언제든 있을 수 있다. 그런 상황이 오지 않도록 노력하고, 이에 대해 준비된 모습을 보여야 한다. 인생의 수확기에 한순간의 위기로 모든 것을 잃을 수는 없는 것 아닌가.

불평불만을 드러낼 때 신중해야 한다

세상이 불공평하고 뜻대로 안 된다는 것을 배웠으면 자신을 적응시키라.

나이가 이쯤 되면 세상은 불공정하고 불공평하다는 것을 알
게 된다. 원망도 후회도 인생에 도움이 되지 않는다는 것을 느
낀다. 그래도 원망거리와 후회거리는 계속 생겨난다. 어떻게 해
야 할까?

에피소드 1

그는 층간소음으로 괴로움을 겪고 있었다. 60대인 그는 웬만
하면 참고 넘어가려 했다. 그런데 위층 30대 남자는 아랑곳하지
않고 음악을 크게 틀곤 했다.

몇 번 충돌하는 과정에 서로 연락처도 주고받는 등 문제가 잘
해결되는 듯했다. 그러나 잊을 만하면 한 번씩 그의 속을 뒤집어
놨다. 특히 밤에는 소리에 더욱 예민해 밤잠을 설치곤 했다.

사건이 터진 시각은 새벽 2시 반경. 요란한 음악 소리에 놀라
서 깬 그는 결국 폭발하고 말았다. '오늘은 결단을 내리라' 마음

먹고 위층 남자를 불러내렸다.

그가 나타나자 그는 바로 분노의 총격을 가했다. 신고를 받은 경찰이 현장에 도착했을 때 그는 범행을 시인하고 자수했다. 무례한 이웃을 만나 분노한 그는 한순간에 살인범이 되고 말았다.

에피소드 2

그는 50대의 낚시광이었다. 주말이면 밤낚시를 떠나는 그를 사람들은 부러워했다.

그날도 밤낚시를 가기로 한 날이었다. 선장이 운영하는 음식점에서 저녁을 먹으며 그는 유독 음식 불평을 늘어놨다.

그렇게 식사를 하고 배를 타고 바다로 나갔다. 입질이 좋은 곳에 자리를 잡고 모두 낚시 삼매경에 빠졌을 때 갑자기 배 후미에서 '첨벙' 소리가 났다. 바로 음식을 먹을 때 불평하던 그 사람이었다. 그는 실수로 물에 빠진 것이 아니라 누군가가 밀쳤다며 분노했다.

그 사건은 결국 형사고소로 이어졌다. 수사 결과 놀라운 사실이 드러났다. 음식 불평을 하던 그를 선장이 혼내주려고 물에 밀었다는 것이다. 선장은 결국 '살인미수' 혐의로 검찰에 송치됐다. 선장은 실형을 선고받았지만 집행유예를 받았다.

두 사건에서 우리가 얻어야 할 교훈은 무엇인가?

첫째, 그동안 쌓아 온 삶과 명예를 날리는 것은 한순간이다.

뿐만 아니라 자신을 범죄자로 만들 수도 있다.

둘째, 층간소음은 너무도 흔한 불만 사례다. 이를 어떻게 극복하고 대처하느냐는 지혜에 속한다. 무작정 참다가는 언제 어떻게 폭발할지 자신도 모르게 된다.

셋째, 불평불만을 드러내는 것은 신중해야 한다. 언제 어떤 형태로 보복을 당할지 알 수 없다. 세상은 자신과 전혀 다른 사람들과 함께 살아간다. 그중에는 상상을 초월하는 사람도 섞여 있는 법이다.

후회도 미련도 소용없다, 응어리를 풀어라

과거에 쿨해지면 용서도 사과도 가능하다.

인생의 겨울이 오기 전에 가을에 모든 것을 정산해야 한다. 감사든 용서든 더 늦기 전에 하는 것이 최선이다. 나중에는 상대를 만날 수 없거나 내가 움직일 수 없을지도 모른다. 이제 더 이상의 경쟁도, 시기도, 미움도 마음에 둘 필요가 없는 때가 온 것이다. 계절의 순환 속에 인간도 때를 맞춰 사는 것이 현명하지 않을까.

에피소드 1

그녀는 가난한 집에서 태어나 힘들게 대학을 다녔다. 그리고 한 남자를 만나 결혼을 하게 되었는데 문제가 생겼다. 그녀는 최소한의 예물이나 예단 비용을 마련할 수 없는 형편이었다. 남자 쪽에서 지원을 해 주겠다고 했지만 내키지 않았다. 더구나 홀시어머니의 반대가 심했다.

어찌어찌 결혼식을 하고 신혼여행을 다녀와서 더 큰 문제가 터졌다. 처음 시댁을 방문할 때 그 지역 풍습에 걸맞는 준비를 하지 못한 것이다. 시어머니의 실망과 노여움은 노골적이었다.

"아무리 없이 살아도 그렇지, 이게 도대체 뭐하자는 거냐?"

그 자리에 많은 시댁 어른들이 있었지만 누구도 도와주지 않았다. 오히려 시어머니의 성화에 동조하는 모습이었다. 그녀는 그날의 수모와 어른들에 대한 실망감을 평생 잊을 수가 없다고 했다.

세월이 흘러 그날의 아픔이 희미해질 때쯤 그녀는 새로운 시도를 했다. 가족 간의 화해와 만남을 주선했던 것이다. 시어머니를 생각하면 도저히 용서가 안 되었지만 시댁 식구들에게 잘해 주려고 노력했다. 그러자 과거 구박하던 시어머니 모습은 사라졌다.

그녀는 과거의 아픔을 생각하면 꼭 복수를 하고 싶었지만 그시어머니에게 더 잘하기로 한 것은 자기 마음에 미련이나 또 다른 아픔을 남기지 않기 위해서라고 했다.

에피소드 2

그는 어려운 유학 생활을 했다. 경제적 지원이 넉넉해도 성공하기 쉽지 않은 유학 생활에 가난과 학업은 큰 장벽이었다. 매일 고통처럼 다가오는 의식주 문제 중 끼니 때우기가 가장 힘들었다.

그런데 어느 날 대학 후배 A가 나타났다. 런던 자취방을 찾아온 A는 선배의 궁핍한 생활을 보고 그 다음부터 그의 집에 올 때마다 쌀과 닭고기 등을 들고 왔다.

넉넉한 환경에서 자란 A는 어느 날 그에게 봉투를 내밀었다. 그는 봉투를 열어 보지도 않고 "이걸 받을 수는 없어. 더구나 올 때마다 식량을 가져오는데…" 하며 돌려주었다.

그러자 몇 주 후 A는 다시 봉투를 내밀었다.

"형, 아무리 생각해도 이 돈은 형에게 필요한 것 같아" 하며 "받기 싫으면 쓰레기통에 버리든 형 마음대로 해"라고 말했다. 봉투에는 5백 불(당시 60만원 정도)이 들어 있었다.

세월이 흘러 어려운 유학 생활을 했던 그는 대학교수가 되었고, 후배 A는 어버지의 긴 병환에 아무것도 할 수 없었다. A는 그에게 연락을 했다. 취업을 부탁했다. 그가 나서 보았지만 잘되지 않았다. 그 후 A의 소식을 들을 수 없었다.

정년 퇴임을 앞둔 어느 날 그는 다시 A를 수소문했다. 그의 소식을 아는 사람은 드물었다. 하지만 수십 년 만에 A를 다시 만났다. A는 대학생이 된 아들을 데리고 나왔다.

그는 A에게 당시 고마웠던 추억을 이야기하며 5백만 원이 든 봉투를 내밀었다. A는 예상치 못한 상황에 기뻐했다.

두 에피소드가 주는 지혜는 무엇일까?

첫째, 사람들은 은혜는 잘 잊고 원수는 잘 기억해서 기어이 갚는다. 그 반대로 행해야 한다. 에피소드 1은 한때의 수모와 고통을 은혜로 갚아 본인도 즐겁고 시어머니도 행복하게 해 주었다. 에피소드 2는 한때의 은혜를 잊지 않고 끝내 찾아내 그 은혜를 갚았다. 은혜도 빚이다. 꼭 같은 대상이 아니더라도 돌려주는 것이 지혜가 아닐까.

둘째, 왜 사람들은 은혜는 잘 잊고 원수는 잘 기억하고 보복하는가. 은혜를 갚는 데는 부담이 따르고 원수를 갚는 데는 쾌감이 따르기 때문이다. 마음의 빚은 오래가는 법이다.

셋째, 타인에게 굳이 잘 보일 필요는 없지만 적대감을 남기면 안 된다. 사람은 누구나 좋아하고 싫어하는 사람이 있다. 욕도 하고 결별도 하고 싸우기도 한다. 누구도 피하기 어려운 현실이다. 이런 것들이 인생의 겨울에 가면 후회로 남게 된다. 갚고 싶어도, 화해하고 용서하고 싶어도 물리적으로 불가능해진다. 인생의 가을에 이런 숙제를 해결하면 세상과 이별할 때 보다 홀가분하게 갈 수 있지 않을까.

나누는 연습을 하라

재능과 물질을 나누고 봉사하는 법도 배우면 노후 준비가 된다.

그동안은 나눌 여유가 없었다. 모든 것이 부족했고 시간조차 없었다. 그러나 인생의 가을에 과거처럼 살면 반드시 불행해진다. 인생의 겨울은 훨씬 더 춥고 외롭기 때문에 더욱 철저한 준비가 필요하다. 나누기는 필수과목이다. 특히 나누는 것에 인색한 사람일수록 연습이 필요하다. 자신을 위한 연습이니 꼭 해야 한다. 물질만 생각하면 안 된다. 웃음도, 말도, 행동도 얼마든지 나눌 수 있다.

에피소드 1

그의 별명은 '근엄'이었다. 말이 별로 없고 무뚝뚝해서 붙여진 이름이다. 그가 원했던 별명은 아니지만 가까운 사람들이 그렇게 부르는 것에 대해 크게 불편해하지 않았다. 특히 부인이 그렇게 부를 때는 한 번쯤 '내가 그렇게 무게를 잡나'라는 의식을 하곤 했다.

50대가 되면서 그는 자기 삶을 되돌아보았다. 무관심하게 살아온 가정 생활, 부부 관계 등을 살펴보며 반성했다. 그래서 가장 먼저 시도한 것이 '근엄'이라는 별명을 바꾸는 것이었다.

가급적 밝은 표정을 짓기로 했다. 그 다음은 가족들에게 먼저 친절하게 다가갔다. 그러자 집안 분위기가 조금 나아지는 듯했다. 물론 처음에는 잘 되지 않았다. 시행착오도 있었지만 꾸준히 노력했다.

결과는 대성공이었다. 노력한 만큼 결과가 달콤했다. 그리고 '근엄'이라는 별명은 사라졌다. 아이들의 입에서 "우리 엄마 아빠같이 좋은 관계를 유지하는 부모는 드물다"는 말을 들었다.

다음 단계로 친인척들에게 명절이나 특별한 날에 작은 선물을 보내며 나눔을 실천하고 있다. 큰돈이 들지 않으면서 효과는 대박이다. 특히 연세 든 친인척들에게 선물 이상의 큰 칭찬이 돌아왔다.

에피소드 2

그녀는 교사로 정년 퇴임을 했다. 그동안 개인 시간을 내기 어려웠던 그녀는 하고 싶은 것을 하나씩 실천하기 시작했다. 가장 먼저 실행한 것은 자신을 칭찬하고 격려하는 것이었다.

그리고 해외 여행을 시작했다. 하와이, 알래스카, 산티아고 순례길 등 숨가쁘게 다녔다. 퇴직 후가 더 바쁘고 행복하다는 말이 입에서 나왔다.

코로나 상황이 닥치면서 여행 대신 '심리학' 온라인 강의를 신청했다. 그리고 자연스레 봉사로 이어졌다.

가까운 병원에 가서 호스피스 환자들을 돌보는 일은 특별한 경험이었다. 그녀는 돌아가신 어머니를 생각하며 인생의 마지막 가는 길에 누군가에게 도움을 주고 싶다는 생각을 갖고 있었다. 지역 환경보호단체에도 가입해 봉사하는 등 퇴직 후 바쁘고 보람 있는 일들로 주변의 찬사를 듣고 있다.

두 사례는 봉사 혹은 나눔으로 정리된다. 사람들이 이런 생각을 하게 되는 공통점은 무엇일까?

첫째, 나누는 일도 연습해야 가능해진다는 것이다. 안해 본 사람들은 평생 안하고 살아도 불편하지 않다. 그러나 용기를 내어 연습을 하면 새로운 세계가 열린다.

둘째, 나눔은 타인을 위한 것이지만 가장 큰 혜택은 먼저 본인이 확인하게 된다. 그래서 행복하고 싶다면 나누는 삶을 실천하라고 권하는 것이 아닐까.

셋째, 나눔은 타인의 배려에서 출발하고 이는 자칫 메마른 삶을 윤택하게 한다. 나눔은 종류도 방법도 대상도 다양해서 먼저 가까운 사람에게 쉬운 방법으로 연습하는 것이 순서다.

— 지혜 16 —

기대치를 낮추면 만족할 수 있다

자기 기준과 가치를 고집하지 마라.

불만을 갖는 것이 나쁜 것은 아니다. 때로는 더 분발하는 동기 부여가 될 수도 있다. 그러나 이 시점에 여전히 불만을 갖는 것은 곤란하다. 제대로 성취하지 못했거나 기대치가 너무 높거나 둘 중 하나다. 노력을 멈추라는 말은 아니지만 이제 인생 승부의 채점 시기에 자신을 자학하거나 비관하지 말자는 말이다. "지혜로운 사람은 타인을 비난하지 않는다"는 말은 자신에게서 모든 원인과 결과가 나온다는 말이다.

에피소드 1

그는 대학교수공제회에 가입해 적금을 넣었다. 시중 금리보다 더 높았고, 1~2년은 고금리로 쏠쏠한 재미를 봤다. 아내도 시중 은행보다 안전한 것 같다며 다른 통장에 있는 돈까지 교수공제회로 옮겼다.

그런데 어느 날 교수공제회가 불법으로 영업을 했다는 사실이 드러났다. 한순간에 교수공제회가 파산을 하고 수많은 교수들이 피해자가 됐다.

피해자 중에는 퇴직금을 몽땅 넣었거나 남의 돈까지 빌려다 넣은 사람도 있었다. 그도 적립금을 늘여 피해 금액이 수억 원에 달했다. 피해 교수들이 모여 대책을 논의했지만 서로 아픔만 확인하는 식이었다.

큰돈을 한꺼번에 날려 버린 그는 '제2의 화살은 맞지 않겠다'는 생각으로 잊으려 노력했다. 물론 기본적인 피해 구제 방안을 위한 변호사 선임에는 참여했다. 시중 금리보다 높다는 유혹에 빠져 제대로 확인하지 못한 자신을 탓할 수밖에 없었다.

일찍 포기하니 아픔은 덜했다. 그런데 뜻밖에도 교수공제회가 소유하고 있던 부동산 등을 처분하여 피해자들에게 일부 돌려주었다. 마치 새롭게 보너스를 탄 것같이 기뻤다. 기대치를 낮춘 결과 그는 원금을 크게 잃고도 즐거울 수 있었다.

에피소드 2

그녀는 장남보다 둘째 아들을 먼저 장가보내기로 결정했다. 첫째는 뚜렷한 이유도 없이 결혼 얘기를 하지 않아 더 이상 미룰 수가 없었다.

둘째는 얼마 안 되어 해외에 가서 살겠다며 떠나 버렸다. 한번 떠난 자식은 소식도 없었다. 잊을 만하면 며느리가 한 번 찾아오긴 했지만 그때마다 뭉돈 모아주기 바빴다. 외국에서 어떻게 사는지, 그리고 손주 소식도 없어 답답했다.

장남은 함께 살아 좋지만 결혼에 영 뜻이 없어 보였다. 주변에서 손주 자랑하는 모습이 예사로 보이지 않았다. 멀리 있는 아들도 가까이 있는 아들도 소중하지만 그녀의 기대와는 다르게 살아갔다.

그녀는 "처음에는 답답했고 그 다음은 우울했다"고 말했다. 남편도 별로 위안이 되지 않았다.

그러던 어느 날 친구들과 노래방에 갔다가 모처럼 즐거움을 느꼈다. 그 후 시간이 나면 혼자서도 노래방에 가서 노래를 부르는 동안 모든 걱정과 외로움을 잊어버리고 위안을 받았다.

자신의 유일한 낙인 노래 부르기는 생활에 활력소가 되었다. 무엇보다 자신의 삶에 좀 더 여유를 갖게 되었다. 자식들이 건강하게 독립적으로 살아가는 것에 대해 긍정적으로 생각하게 됐다. 자식들이 내가 바라는 대로 살지 않는다고 해서 내 스스로 실망할 이유는 없다고 마음먹게 됐다.

두 에피소드가 주는 공통점을 이렇게 정리해 본다.

첫째, 상황은 가변적이지만 그 상황에서 무엇을 선택할지는 자기 자신이다. 기대치를 낮추면 실망보다 희망을, 부정보다 긍정적으로 생각할 수 있다. 자신의 기준과 가치를 고집하면 불행해진다.

둘째, 행복한 일보다 그렇지 않은 일이 주변에 훨씬 많을 것 같지만 실상은 그렇지 않다. 현실에 주어진 여건에 만족하고 기뻐할 줄 알아야 한다.

셋째, 더 큰 불행이 닥치면 현재가 얼마나 괜찮은 상황이었는지 알 수 있다. 이보다 더 큰 고민을 갖고 사는 사람들은 두 에피소드가 하찮게 느껴질 수도 있다. 그래서 성경에서 강조하는 "범사에 감사하라"는 말을 더욱 새겨들어야 한다.

포기하는 것도 하나의 선택이다

이룰 수 없는 일은 하지 말고 얻을 수 없는 것은 구하지 마라. 시간이 없다.

인생의 가을이 오면 많은 것을 되돌아보게 된다. 이루지 못한 것에 대한 미련, 구하지 못한 것에 대한 아쉬움 등 다시 한 번 도전할지 그대로 포기해야 할지 마지막 선택의 기로에 놓이게 된다. "인생은 도전하는 자가 가져가는 것"이라고 믿지만, 이 시기에는 좀 다른 것 같다. 어떻게?

에피소드 1

어느 유명 가수의 이야기다. 그는 한때 인기 가수로 대중의 큰 사랑을 받다가 홀연히 사라졌다. 가족을 두고 미국으로 떠난 것으로 알려졌다. 가정사를 자세히 알 수는 없지만, 그는 미국에 가서 새 가정을 꾸렸다고 한다.

그가 미국에서 사는 동안 한국에 있는 자식들이 성장하여 사회적으로 두각을 나타내고 있다는 소식을 들었다. 그 후 그는 느닷없이 미국 가정을 버리고 한국행을 결정했다.

수많은 사연이 있겠지만 적어도 알려진 사실은 그랬다. 그가 옛 가정을 찾아 서로 이해하고 양보하며 사는 줄 알았는데 또다시 놀라운 소식이 전해졌다. 그가 다시 미국으로 돌아갔다는 것이다. 알려진 이유는 "자식들에게 사사건건 간섭하자 불협화음이 커졌다"는 것이었다.

인생의 가을에 그가 선택한 삶이 그의 미래를 결정하게 된다. 재결합도 재이별도 그의 선택이고 그 결과도 그가 감당해야 할 몫이다.

에피소드 2

육남매의 맏형인 그는 성장 과정에서도 성인이 되고 나서도 가족들에게 짐덩어리였다. 늘 돈을 빌리거나 빌린 후에 갚지 않는 방식으로 살았다.

뒤치다꺼리는 형제들의 몫이었다. 그는 50대, 60대가 되어도 달라지지 않았다. 가족들은 하나둘 포기를 선택했다. 전화도 받지 않고 단절해 버렸다.

그는 또 오래전에 이혼을 했고, 자식도 아버지를 외면할 정도였다. 가족은 포기를 선택하여 평화를 얻었고, 형은 같은 삶의 방식으로 고독과 외면, 냉대에 직면했다. 그가 앞으로 어떻게 살아갈지 눈에 훤하지 않는가.

두 사례에서 어떤 메시지를 끌어낼 수 있을까?

첫째, 선택이 운명을 결정한다. 인생은 매사가 선택이고 그 선택은 삶을 결정하게 된다.

둘째, 인내를 강요하는 선택은 어리석다. 한두 번은 속아 주지만 그 대가는 관계 단절로 가혹하다. 정말 어려울 때 도움을 받을 수 없다는 것은 비극이다. 평소에 잘하는 선택은 그만큼 현명한 것이다.

셋째, 반복되는 좌절이나 실패는 사람을 초라하게 하지만 동정심마저 꺾지는 않는다. 그러나 의도적인 속임수, 기만, 사기 행각은 실망과 함께 분노를 유발한다. 잦은 분노와 실망은 마음속에 오래 남으며 어떤 형태로든 좋지 않은 선택을 하게 만든다. 기대와 희망이 사라진 곳에서 무엇을 바라겠는가.

새로운 분야를 찾아 재미있게 도전하라

다가오는 인생의 겨울을 위해 준비하는 최고의 선택이 될 것이다.

인생의 겨울에도 낙은 있다. 그 즐거움은 내가 만들고 내가 주체가 돼야 한다. 그 낙을 만드는 마지막 기회가 왔다. 평소에 시간이 없거나 관심이 없어 등한시했던 스포츠나 미술, 노래 등 새로운 놀이영역에 도전할 것을 강력히 권한다. 물론 뒤늦게 배우는 것이 쉬울 리 없고 빨리 늘지도 않는다. 타인과 비교도 하지 마라. 오직 자신을 다독이며 노력할 만한 가치가 있다. 지금도 늦지 않았다. 무엇을 택할까?

에피소드 1

바쁘게 살아온 그가 노년을 생각하며 새롭게 도전한 것은 평소에 가장 자신 없는 노래 배우기였다. 노래 교실에 가서 열심히 배워도 박자와 음정이 불안했다. 고음 처리는 더 안 되었다.

그럼에도 노래를 계속할 수 있었던 건 반주기의 도움이 컸다. 초보자가 박자를 맞추는 데 훌륭한 기계였다.

또 노래를 부르면서 스트레스 해소에 도움이 된다는 것을 느꼈다. 4~5년 꾸준히 연습하면서 자신감이 붙자 무대에도 도전했다. 나아가 양로원 노래 봉사도 시도하게 됐다. 더 용기를 내 고향 바닷가 야외무대에서 버스킹도 하면서 장학금 모금도 했다. 그래서 고향 군청에 수백만 원을 기부했다.

에피소드 2

60대인 그는 여전히 회사 중역으로 일하고 있지만 노년을 위해 새로운 도전에 나섰다. 그는 먼저 피아노에 도전했다가 그만두고 주변의 권유로 기타를 배워 봤지만 재미가 없어 포기하고 말았다.

음악적 재능이 없는 걸 확인한 그는 당구로 눈을 돌렸다. 당구 채널이 늘면서 당구 인구도 많아 주변에서 쉽게 당구장을 찾을 수 있었다. 골프도 치지만 시간이나 공간 제약을 받는 운동과 달리 당구는 장점이 많았다. 경비도 저렴하고 게임 후에 식사도 함께하는 등 비즈니스 차원에서도 좋았다.

그는 기타를 던진 대신 당구를 선택했다. 당구를 통해 만난 새 친구, 선후배들과의 이야기로 더 활력이 넘쳤다. 어느 분야든 새롭게 시도하기가 쉽지 않은데 그는 시작한 지 얼마 되지 않아 벌써 재미에 푹 빠졌다.

두 사례에서 확인할 수 있는 것은 무엇일까?

첫째, 즐길 수 있는 영역이 많을수록 보다 인생을 풍요롭게 살 수 있다. 노래든 당구든 자기 취향에 맞는 것을 택해서 노력하는 것은 즐거운 일이다.

둘째, 나이 들어 배우는 데는 일정한 시간 투자와 노력이라는 요소가 필수적이다. 조급하게 마음먹으면 도중에 포기하게 된다. 젊은 사람들보다 더 노력해도 발전은 기대만큼 빠르지 않을 수 있다. 조급해하지 말고 기대치를 낮추면 배울 수 있다.

셋째, 남들이 추천하는 건 참고만 하고 스스로 영역을 찾아야 한다. 과욕, 과식, 과음은 노인의 삶에 적이다. 노년의 준비는 지금 해야 한다.

건강처럼 재산을 체크해 보라

돈은 명품 가방 그 이상의 자유를 준다.

인생의 가을에 내가 모은 재산도 평가받는다. 충분하면 일단 잘 살아온 것이고 겨울 준비도 훨씬 쉽다. 부족하여 더 일을 해야 한다면 고달픈 겨울이 시작될 것으로 예상된다. 이 시기에 돈을 더 벌겠다고 무모한 사업에 뛰어들어 망하는 이유도 겨울 준비 때문이다. 재산을 체크해 보라는 것이 부족한 부분을 더 벌어들이라는 것이 아니다. 그렇게 할 수 있다면 왜 지금까지 하지 않았겠는가. 안 되는 것은 안 되는 것이다. 기대치를 낮추고 생활비를 줄이면 큰돈이 필요 없다. 현실을 적극적으로 받아들이고 욕심과 욕망을 버려야 할 때다.

에피소드 1

그는 술을 좋아하는 경찰관이었다. 대도시에서 경찰 생활을 하던 그에게 유혹의 기회도 많고 공짜술은 도처에 널려 있었다. 맺고 끊음이 분명하지 않은 그에게 경찰이라는 신분은 별로 어울리지 않았다.

그런 그가 불미스런 사건에 연루돼 결국 경찰 옷을 벗었다. 그를 아는 사람들은 '올 것이 왔다'는 식으로 자연스레 받아들였다. 그 후에도 술버릇과 경찰에서 몸에 밴 공짜술 의식에는 변함이 없었다.

술버릇 때문에 부부 사이도 좋을 리 없었다. 자식들과도 뒤틀렸다. 막판에는 마음잡고 버스 운전을 해서 먹고사는 듯했다. 하지만 개문발차(문을 연 채로 버스를 달리는 것) 사고로 할머니가 사망하는 일이 있어 구속됐다.

우여곡절 끝에 집행유예로 풀려나기는 했지만 그의 인생은 시련의 연속이었다. 아내도 자식도 모두 떠났다. 사람 좋아하는 그는 그러나 친인척 행사에는 빠지지 않고 얼굴을 내미는 식이었다. 그가 어떤 대접, 대우를 받았을까, 상상에 맡긴다.

에피소드 2

그는 공기업 전기기술직으로 일하다 50대 후반에 정년 퇴임했다. 퇴직 후에도 오라는 곳이 많아 재취업은 어렵지 않았다.

그는 자녀들을 모두 결혼시킨 다음 노후를 위해 재산을 점검했다. 국민연금이 약 150만 원, 재취업을 하면 250~300만 원 정도 받게 된다면 당분간은 괜찮겠다는 생각이 들었다. 그러나 좀 더 안정된 수입을 늘일 수 있는 방도를 궁리했다.

그는 전문가의 도움을 받아 퇴직금으로 역세권에 오피스텔을 분양받았다. 거기서 월 40만 원이 들어왔다. 60대 그의 수입은 모두 합쳐 월 5백만 원 정도 된다.

그는 더 많은 것을 바라지도 않고 새로운 욕심을 부리지도 않는다. 오히려 친구들과 만나면 밥값을 먼저 내려고 한다. 시골에서 어렵게 공부해 대도시에 나와 이 정도 노후 준비를 한 것은 인생 성공이다.

두 사례는 인생의 가을을 보내는 이들에게 많은 것을 시사하고 있다.

첫째, 인생의 가을에 모아둔 재산이 없거나 수입을 다변화해 놓지 않으면 예상 이상으로 비참해진다.

둘째, 인생의 가을에는 건강만큼 돈의 중요성이 돋보이는 때다. 가을걷이를 하면서 자신 앞에 쌓인 것이 없거나 부족하다면, 지금부터라도 치열하게 준비해야 한다. 하루 벌어 하루 먹고 사는 인생은 곧 끝난다. 인생의 겨울이 오면 하루 벌 힘도, 건강도 없다. 빌어먹는 신세가 따로 있는 것이 아니다.

셋째, 시간은 반드시 보상을 하거나 보복을 한다. 성실하게 시간을 보낸 사람에게는 물질로 보상하고, 낭비한 사람에게는 물질로 보복한다. 그 평가의 시기는 인생의 가을이다. 평가가 끝난 보상이나 응징은 여생 내내 잔인할 정도로 냉정하게 진행될 것이다. 시간의 보상에 기뻐할지 그 보복에 눈물을 흘리게 될지, 선택과 판단은 본인 스스로 해야 한다.

덕을 두텁게 쌓아 겨울을 대비하라

없는 복 더 이상 찾지 말고 나의 덕으로 복을 만들어라.

우리는 불행을 당하면 하늘이 무심하다고 혹은 내 팔자가 사납다고 탓한다. 그래서 불운을 막기 위해 사주팔자도 보고 부적도 산다. 그런 것으로 위안이 되고 심리적 안정을 찾을 수 있다면 그것도 다행이다. 하지만 결국은 하늘도 점쟁이도 불행을 막을 수는 없다. 미리 대비하고 미리 절약하고 미리 관리하는 최고, 최후의 책임자는 본인이다. 설혹 하늘이 누군가에게 박복한 운명을 점지했더라도 그것을 막고 대비하는 것은 본인의 의지요 노력이요 지혜다.

에피소드 1

50대인 그는 해외 건설현장에서 일을 하고, 자녀 교육과 집안일은 부인이 맡았다. 그런데 그들에게는 남모르는 고민이 있었다. 딸이 지체2급 장애인이어서 휠체어가 없으면 이동이 어려울 정도였다. 대학 인문학부를 졸업한 딸은 취업을 원하지만 현실적으로 너무 어려웠다.

외출이 자유롭지 못한 딸은 혼자 집에 있는 시간이 많았다. 부부의 고민과 걱정도 깊었지만 할 수 있는 것이 없었다. 그러나 부부는 하늘도 무심하다고 한탄하거나 원망해 본 적이 없다. 적어도 공개적으로 그런 말을 하는 것을 본 적이 없다.

아버지는 주변 사람들에게 귀감이 될 정도로 성실했다. 그의 근면 성실함은 한 지인의 마음을 움직여 마침내 딸의 취업을 도와주었다. 가족에게 큰 기쁨이 된 딸의 웃음은 멀리 있는 아버지에게 큰 힘이 됐다. 부부의 성실함과 사람됨을 잘 아는 지인은 백방으로 노력하여 장애인 딸에게 취업의 기회를 선사한 셈이다.

에피소드 2

그는 젊은 시절 술꾼으로 통했다. 가정 폭력을 수시로 행사하여 아내와 어린 아들을 극심한 고통으로 몰아넣었다. 견디다 못한 아내는 결국 집을 떠나기로 결심했다. 네 살 아이는 대구의 번화가 동성로에 버려졌다. 아이 주머니에는 '이 아이를 부탁한다'는 간단한 쪽지만 있었다.

아이는 미국으로 입양됐다. 그리고 세월이 한참 흐른 후 미국인 앤드류가 돼 한국에 다시 왔다. 20대 대학생 앤드류는 인제대학교 입양 프로그램을 통해 부모를 찾고자 했다.

그는 어머니는 찾지 못했지만 아버지를 찾는 데 성공했다.

아버지는 아내와 자식이 떠난 후 뒤늦게 식당을 하며 새살림을 차렸다. 하지만 그들에게 자식은 더 생기지 않았다.

아버지는 자식이 없어 무척 서운했지만 자신과 꼭 닮은 아들이 나타나니 꿈만 같았다. 아들도 친아버지를 찾아 기뻐했다. 그들의 재회를 주위 사람들도 축하해 주었지만, 이 만남은 오래가지 못했다.

아들 앤드류는 친아버지를 확인하고 '이젠 됐다'며 미국으로 돌아가려 했다. 친아버지는 아들에게 '함께 한국에서 살자'며 인제대학교 기숙사를 찾아와 아들을 붙잡고 울었다.

미국인 앤드류는 당황했다. 왜 아버지는 자신을 만나면 돈을 주고 자꾸 우는지 이유를 몰랐다. 말이 통하지 않는 아버지는 왜 아들이 아버지 집을 싫어하고 미국으로 돌아가려고 하는지 궁금해했다.

아들의 대답은 간단했다. 자신에게는 양부모가 진짜 부모이고, 미국인이 되기도 어려웠지만 다시 한국인으로 한국에서 살기는 더 어려울 것 같다고 했다. 그리고 우는 아버지를 뒤로하고 아무 일도 없었다는 듯 한국을 떠났다.

두 사례는 50대 가장의 상반된 현실을 볼 수 있다. 오직 성실함으로 직장에서 인정받고 주위에서도 높이 평가받은 가장은 자식에게도 혜택이 돌아갔다. 그러나 인생의 여름을 잘못 보낸 한 가장은 50대에 자식을 찾았지만 똑같은 자식이 아니었다.

인생은 "뿌린 대로 거둔다"고 하지 않는가. 하늘이 나를 버렸다고 변명하지 마라. 내가 만든 운명이 나를 좌우할 뿐이다.

첫째, 인생을 만만하게 보지 마라. 운도 덕도 내가 만드는 것이다. 일반 사람들도 취업하기 어려운 대기업에 장애인이 취업할 수 있었던 건 여러 가지 조건이 맞았기 때문이다. 내 스스로 도움을 받을 만한 조건을 만드는 노력을 게을리하지 마라. 하늘도 스스로 돕는 자만 도울 뿐이다.

둘째, 인생의 가을은 인생의 봄, 여름을 어떻게 보냈는가 심판받는 때이기도 하다. 인과응보(因果應報), 사필귀정(事必歸正)은 나이 들수록 어떤 형태로든 나타나는 법이다. 에피소드 2는 젊은 날 부인과 자식을 버린 것에 대한 비극적 결과가 아닌가. 인생의 가을은 자연스레 인생의 겨울로 이어지는 법. 잊을 것은 잊고 이제라도 덕을 쌓아 겨울을 대비해야 하지 않을까.

셋째, 인생의 겨울은 가을이 결정한다. 스스로 만든 운과 덕은 나와 가족 모두의 인생을 바꾼다. 인생의 가을에 자신의 '덕' 창고를 만들어 보라. 덕 창고를 친절, 베풂, 봉사, 공유로 채우면 겨울 준비는 끝난다.

공개 비판은 절대 금지다

어렵게 거둔 수확이 한순간에 잿더미가 될 수 있다.

누구나 칭찬은 좋아하고 비판은 싫어한다. 그것이 옳든 그르든 중요하지 않다. 인생의 가을에는 특히 공개적으로 입바른 소리, 비판하는 말을 조심해야 한다. 옳은 말일수록 더욱 신중하고 조심해야 한다. 남의 약점이나 잘못은 더 잘 보인다. SNS에 감정적으로 글을 올렸다가 후회한 사람도 많다. 수확의 계절에 스스로 폭망을 부르는 공개 비판, 비난, 욕설은 절대 금지다.

에피소드 1

40대인 그녀는 혼자 아이 둘을 키우며 힘겨운 나날을 보냈다. 특히 경제적 어려움은 현실적으로 극복하기 어려운 문제였다. 결국 시누이에게 돈을 빌려 달라고 했다. 아파트를 팔면 갚겠다는 약속과 함께.

시누이는 두말 않고 돈을 빌려 줬다. 그런데 한참 지나도 돈을 빌려간 그녀에게 아무 소식이 없었다. 약속을 지키지 못하는 이유도, 아파트를 팔았는지도 알 수 없었다. '미안하다'는 말조차 없었다. 처음에는 꼭 받아야겠다는 생각을 하지 않았기에 크게 실망하지 않았지만 그 후 연락을 끊어 버린 것이 좀 야속했다.

그렇게 수년이 흐른 어느 날 돈을 빌려 준 사실을 모르는 오빠에게 전화가 왔다. "어려운 일이 있으니 자기 집으로 와 달라"고 했다. 그전에도 부부 싸움을 하거나 곤란한 일이 있을 때 오빠는 자기 집으로 오라는 연락을 했었다.

화가 난 여동생은 돌연 돈 이야기를 하며 막말에 가까운 소리를 질렀다. 영문도 모르는 오빠는 당황했다. 일방적인 욕설과 막말은 오빠의 입을 막았다. 더 이상의 대화는 의미가 없었다. 사적인 대화였지만 사실 주변 사람들이 알 정도의 사건이었다. 그렇게 그들의 관계는 끝장났다. 늘 의지하고 도움을 주던 오빠와의 관계를 스스로 망쳐 버린 어리석은 감정 표출이었다.

에피소드 2

그녀는 사립대 이사장 딸로 부이사장 직함을 갖고 있었다. 대학교 주요 의사결정기구인 학처장회의에 매주 공식적으로 참석했다. 그러던 어느 날 회의석상에서 공개적으로 한 교수를 거칠게 비난했다. 그 교수가 한 언론사에 기고한 칼럼에 환경부장관의 친자거부소동에 대해 비판한 글을 문제 삼은 것이다. 목소리는 격앙되어 있었다.

"처장직을 맡고 있으면서 왜 이런 글을 신문에 기고합니까?

학교 입장도 생각해야 되는 것 아닙니까?"

회의에 참석한 다른 사람들도 크게 당황했다. 교수들의 자유로운 칼럼 기고에 대해 공개적으로 이렇게 문책을 당한 적은 없었기 때문이다. 학교 홍보와 대외 교류 업무를 맡고 있던 그 교수는 누구보다 이사장의 신임을 받고 있던 터였다.

모두들 그 교수의 대응에 집중했다. 하지만 그는 아무 말도 하지 않았다. 차마 존경하는 이사장 앞에서 딸을 궁지로 모는 논란을 일으키고 싶지 않았기 때문이다. 그는 가까스로 침묵을 지키며 수모와 고통을 감내했다.

회의가 끝난 후 딸은 이사장실로 불려갔다. 그리고 그 교수에게 사과했다. 하지만 공개적인 자리에서 교수에게 면박을 준 그녀의 경솔한 행동은 쉽게 용납되지 않았다.

학교를 경영하는 노련한 이사장은 함부로 감정을 드러내지 않는다. 특히 공개적인 자리에서는 늘 절제된 모습을 보인다. 조직을 어떻게 운영해야 하고 사람을 어떻게 관리해야 하는지 알기 때문이다. 결국 부이사장은 리더십 발휘도 제대로 못해 보고 자리에서 물러났다.

두 사례는 공적인 자리든 사적인 자리든 타인에 대한 공격, 비난이 얼마나 위험한 일인가를 보여 준다. 세 가지 지혜를 정리해 본다.

첫째, 가깝다고 생각할수록 감정 표현을 조심해야 한다. 가까운 사람의 무절제한 발언은 상처를 더 키우는 법이다. 특히 공개적인 자리에서 이런 일이 벌어질 때는 상처 봉합이 쉽지 않다. 리더 이전에 한 자연인으로서 자격 미달인 셈이다.

둘째, 자리가 주는 권한, 친인척이라는 막연한 기대를 착각해서는 안 된다. 지위나 관계가 도움은커녕 오히려 걸림돌이 될 수 있다. 가까운 사이일수록 비판은 조용히 부드럽게 전달돼야 한다. 적어도 사람을 잃지 않기 위해서는.

셋째, 감정 조절 여부는 인간의 평가 주요 지표다. 우리는 전통적으로 사람의 판단 기준을 신언서판(身言書判 : 능력, 말, 독서, 판단력)에 두었다. 이스라엘은 탈무드에서 인간의 판단 기준을 '키소(지갑), 코소(술), 카소(분노)'로 삼았다. 분노 조절, 감정 조절을 인간 판단의 주요 항목으로 꼽을 정도로 자기 관리를 중시한다. 현재 우리나라도 자기 감정 조절이 점점 더 중요해지고 있다.

관계 개선에 나서라

가족과 주변 사람들과 직장과 이별하기 전에 마지막 기회를 살려라.

인생의 가을이 오면 경쟁도 성장도 어느 정도 정리된다. 그동안 주변을 살피지 못하고 달려온 삶에 대해 되돌아볼 마지막 기회다. 곧 직장을 떠나거나 자식도 출가하는 등 모든 것이 나로부터 멀어져 간다. 동창 모임도 잠시뿐이다. 월동 준비는 바로 외로움에 대한 준비다. 그나마 관계가 좋았던 사람들과는 몇 차례 더 인연을 이어가기도 한다. 막상 겨울에 이별 준비를 하면 너무 늦다. 인생의 가을걷이에 관계 개선에 나서는 것이 최고다.

에피소드 1

그는 한때 자신을 곤경에 빠트렸던 직장 상사 A국장을 우연히 만났다. 수백 명의 조직을 이끌었던 그가 자신의 아픔을 기억할지는 알 수 없지만 이미 지난 일이었다. 다시 만난 A국장은 한 연구재단의 본부장으로 근무하고 있었다.

A국장은 그를 보자 바로 "요즘 어떻게 지내느냐. 당신 같은

사람이 이런 연구재단에 와서 근무해야지" 하며 뜻밖의 제안을 했다. 그가 이미 시도했지만 떨어졌다고 대답하자 "당장 이력서를 가져오라"고 했다.

그가 이력서를 가져가자 바로 호통을 쳤다. 이력서 작성 요령에 문제가 있음을 지적하며 거꾸로 써오라고 퇴짜를 놨다. 이유는 이력서를 길게 써봐야 모두 보지 않기 때문에 돋보이는 경력, 학력을 앞에 내세워야 한다는 것이다. 그의 요구대로 거꾸로 이력서를 제출한 그는 가볍게 합격했다.

그가 연구재단에서 2년여 근무한 경력은 훗날 학계 진출에 큰 도움이 됐다. 시간이 지나고 나서야 그의 도움이 얼마나 컸던가를 깨닫게 됐다. 그는 대학교수를 하다가 정부부처 차관으로 자리를 옮기면서 다시 A국장을 생각했다. 그리고 그에게 고마움을 표현하고 싶었다.

A국장은 크게 기뻐하며 "자신을 기억해 줘서 고맙다"고 했다. 70대 후반인 A국장은 여전히 건강한 편이었다.

이제 감사하다는 말을 하고 싶어도 상대방은 나를 기다리지 않는다는 것을 깨달은 그는 조금이라도 도움을 준 사람들, 그리고 노인이 된 그들을 찾아다니며 따뜻한 마음을 전하고 있다.

에피소드 2

그도 다른 부모들처럼 자식 교육에 관심이 많았다. 같은 자식이라도 말을 잘 듣는 A는 키우기가 쉬웠다. 알아서 공부하고 알아서 스스로 성과를 입증해 냈기 때문이다. A의 일탈이나 잘못에는 보다 너그러울 수 있었다.

그러나 또 다른 자식 B는 달랐다. 스스로 알아서 하기는커녕 하지 말라는 것만 골라서 했다. 당연히 혼내는 일이 많았다. 거짓말, 책 안 읽기, 시간 약속 안 지키기 등 부모의 골칫거리였다. 학원도 바꿔 보고 개인지도도 시켜 봤지만 백약이 무효였다.

부모의 고민은 컸다. B를 위해 마지막으로 선택한 것이 교육 환경을 바꿔 주는 것이었다. 맹자 어머니가 자식 교육을 위해 시도한 방법을 적용해 본 것이었다. 고집과 자기 주장이 강하고 적응력이 뛰어난 B의 해외 유학은 그렇게 이루어졌다.

유학을 간다고 부모 보는 데서도 하지 않던 공부를 열심히 하리라 착각하면 안 된다. 그동안 수많은 각서를 쓰고도 제대로 지키지 않았기 때문이다. 다만 부모는 자식을 포기하지 않고 다양한 방법을 동원해 본 최후 수단이었다.

다행히 B는 해외에서 자기 적성을 살리는 데 성공했다. B의 성공은 물론 본인의 노력이 가장 컸지만 부모의 지원과 협조가 절대적이었다. 그러나 B는 성인이 되고 난 뒤 부모에게 섭섭했던 일들을 잊지 않고 말했다. 심각한 정도는 아니었지만 그의 마음속에 남아 있는 아픔, 응어리를 풀어 주기 위해 부모는 새로운 노력을 하고 있다. 그것이 장성한 자녀와 좋은 관계를 유지하는 비결이기 때문이다.

두 에피소드는 한때 관계가 좋지 않았지만 좋아진 사례에 해당한다. 인간관계가 늘 좋을 수는 없다. 다시 안 보는 일이 있더라도 원망이나 응어리를 남기는 것은 좋지 않다. 사과나 치유는 빠를수록 좋지 않을까.

첫째, 누구와도 관계 개선은 행복과 직결된다. 행복과 성공을 원한다면 관계 개선은 필수다. 특히 가까운 가족, 친구, 직장 관계를 어떻게든 좋게 만들어야 한다. 답은 각자가 알 수 있다. 사과를 하든, 보상을 하든, 칭찬을 하든 시도하는 것이 중요하다. 더 늦어지면 끝이다.

둘째, 노력해도 소용없다고 해도 자신을 위해 해야 할 만큼은 하라. 관계 개선은 상대가 있는 만큼 신중하고 조심스럽다. 모두에게 할 필요는 없다. 다만 내 가슴속에 미련이나 아쉬움을 남기지 않으면 된다. 그럴 만한 가치조차 없는 사람까지 찾아가서 관계 개선을 하라는 말은 아니다.

셋째, 관계 개선에는 인내심과 진정성이 필요하다. 자식과의 관계 악화는 자식에게 상처로 남는다. 뒤늦게 자식이 문제를 제기하면 진지하게 받아들이고 진심으로 '미안한 뜻'을 전달하면 된다. 부모 자식 간에 굳이 그렇게 해야 하느냐고 반문할 수 있다. 알아서 판단할 문제지만 해결책을 원한다면 응어리가 풀릴 때까지 하는 것이다.

겨울은 춥고 힘든 계절이다. 인생의 겨울도 마찬가지다. 오직 버티기로 죽음이 올 때까지 견뎌 내야 한다. 그러나 인생의 봄, 여름, 가을을 어떻게 보냈느냐는 보다 안락한 겨울을 맞느냐 혹은 더욱 혹독한 시련의 계절을 맞느냐를 가름할 것이다. 인생의 봄, 여름, 가을에 필요한 지혜를 쌓고 노력한 이유도 바로 여기에 있다.

"끝이 좋아야 모든 것이 좋다"는 말이 있듯이 인생도 전반부보다 후반부가 좋아야 좋은 평가를 받는다. 잘못 보낸 인생의 계절은 겨울철이 오면 반드시 그 대가를 치르게 한다. 시간의 보복을 두려워하라. 누구나 피할 수 없는 인생의 겨울에는 어떤 지혜가 필요할까?

인생의 겨울

더 너그러워져라

얼굴에 미소를 짓고 무조건 받아들여라.

나이가 든다고 다 너그러워지는 것은 아니다. 그런데 인생의 겨울에는 더 여유가 없어 인색해지기 쉽다. 안 짓던 미소, 양보하지 않던 삶을 어느 날 갑자기 바꾸려면 현실적으로 불가능하다. 문제는 이런 팍팍한 삶은 인생의 겨울에 고독을 자초하게 된다는 점이다. 더 이상 선택의 여지가 없다.

에피소드 1

80대 후반인 할아버지는 자식들에게 여전히 인기 있는 아버지다. 사위와 며느리에게도 너그럽고, 말로만이 아니라 실행력이 뛰어난 할아버지다.

언젠가 어버이날에 가족들이 모였는데, 갑자기 할아버지가 할 말이 있다면서 자리에서 일어나 주머니에서 쇠사슬 같은 것을 '촤르릉' 꺼냈다.

"내가 오늘 한마디하겠다. 내가 사위를 만나기 전에는 비행기도 몰랐고 외국이란 것도 몰랐다. 사위 덕분에 사이판, 중국, 터키, 말레이시아, 유럽 등 안 가본 곳이 없을 정도다. 정말 고맙다. 그런데 그런 고마운 사위 환갑에 내가 아무것도 해 준 것이 없다."

그가 손에 들고 있는 것은 금은방에서 손가락 치수를 재는 쇠가락지 꾸러미였다. 그것을 통째로 빌려와 아들딸을 제쳐두고 사위만 불러내 손가락을 끼워 보라는 것이었다. 모두 놀랐지만 즐거워했다.

감동을 받은 사위는 손가락을 끼워 보고 16호라고 큰 소리로 말했다. 반전은 그날 이후에 일어났다. 약속한 반지가 수개월이 지나도 소식이 없었다. 혹시 부도가 난 것인지 잊어버린 것인지 다시 가족들이 모인 추석에 확인했더니, 할아버지의 재치있는 답변에 또 한번 크게 웃었다.

"요즘 금값이 많이 올라서… 좀 기다리는 중인데… 내가 언제 준다는 말은 안했잖아…."

그러자 딸이 나섰다.

"사위가 구십 가까운 할아버지에게 반지 선물을 받게 되었다고 주변에 자랑했는데, 금방 해 주실 것 같더니…."

할아버지는 "그래 알았어. 내가 언제 해 줄 거라고는 말 안 했지만 바로 해 줄게. 걱정 마"라고 말했다.

할아버지는 평소에도 유머가 많고 너그럽다. 지금도 주민자치센터 노인일자리반에 나가 반장을 할 정도로 활발하다. 다른 노인들에게 직접 식사 대접도 하고 베푸는 데 앞장선다.

이를 알고 사위가 경로당을 찾아가 노인들에게 식사 대접을 하면 그렇게 좋아한다. 너그러운 할아버지는 가족은 물론 주위 사람들에게 여전히 인기가 높다.

에피소드 2

사업으로 돈을 많이 모은 할아버지와 할머니는 기부를 하고 싶어했다. 그런데 어느 대학에 수백억 원을 기부한 뒤에 일이 터졌다. 그 대학 총장은 겉으로는 고마워하는 것 같은데 진정성이 느껴지지 않았다.

그러자 할아버지는 이미 준 돈이니 더 이상 따지지도 묻지도 말자고 했다. 그러나 할머니는 기부 용도에 맞게 사용했는지 기부자는 알 권리가 있다고 주장했다.

결국 그 문제로 지리한 법적 공방이 시작됐다. 거액을 주고 변호사를 고용했지만 소송을 준비하고 1, 2심 판결이 나오는 동안 할머니는 점점 피폐해져 갔다. 대학 측에서도 더욱 노골적으로 적대시하는 태도로 나와 더욱 화가 났다.

법원의 판결은 할머니의 패소로 결론이 났다. 그리고 "약정한 나머지 기부금도 그대로 지불하라"는 결정이 났다. 할머니의 실망과 상심은 더욱 깊어졌다.

소송에 휘말린 할아버지는 몇 년 후 돌아가셨다. 수백억 원을 기부하고도 여전히 돈이 많은 할머니에게 또 다른 근심거리가 생겼다. 전국의 대학 총장, 부총장, 대외교류처장 등이 할머니를 만나기 위해 줄을 섰다. 이제 할머니에게 돈은 우환이고 재앙으로 변했다.

두 사례가 주는 지혜는 무엇인가?

첫째, 나이 들어 너그럽게 베풀기는 쉽지 않지만, 80대에도 감사 표현은 또 다른 너그러움의 표현이다.

둘째, 노인에게 지나친 부는 축복이 아니다. 기부를 하고도 소송까지 가야 했던 노인. 거액의 변호사 수임료를 지불하고도 패소해야 했던 현실은 노인을 더 힘들게 했다. 잘못된 판단에 따른 아까운 시간 낭비가 아닌가.

셋째, 사랑은 또 다른 사랑을 부른다는 사실이다. 노인은 사위로부터 사랑을 받았고 그 사랑에 대한 보답으로 금반지를 준비했던 것이다. 훈훈한 사랑 릴레이는 가족들에게 따뜻한 미소와 즐거움을 선사했다.

선행을 베풀 마지막 시기다

선행을 실행할 때 본인이 행복해지는 법이다.

"지갑은 열고 입은 닫아라." 하지만 노인들은 거꾸로 한다. 베풀 만한 여유도 없고 베풀 이유도 없다고 한다. 베푸는 것이 꼭 물질이나 금품일 필요는 없다. 선행에는 여러 가지 방식이 있다. 어떤 형태로든 인생의 겨울에 베풀게 되면 주변이 따뜻해지고 본인도 그 온기를 즐길 수 있다. 작은 것부터 시작해 보자.

에피소드 1

그는 70대 후반이지만 매일 테니스를 친다. 아침 먹고 테니스장에 가서 운동하고 오후에는 성당에 다니는 할머니와 봉사를 하기도 한다.

손재주가 좋은 할아버지는 테니스장 사무실이나 주변에 고장난 것을 일일이 찾아서 고친다. 손에는 테니스 라켓 대신 수리용 연장이 들려 있는 경우가 종종 있다.

할아버지는 한때 초보자들, 여성 동호인들에게 인기 강사였다.

공을 던져 달라면 던져 주고 함께 치자고 하면 거절하지 않았다. 할아버지에게 배워 실력이 향상된 어머니 선수들이 외면해도 겉으로는 섭섭해하지 않았다.

또 같이 식사하자는 제의도 했다. 부담스러워 사양하면, 연금을 많이 받아 여유가 있다며 웃으셨다.

사람들이 할아버지를 어떻게 생각하는지 알 수 없지만, 일을 마다하지 않고 주변 사람들에게 관심과 호의를 보이는 너그러운 태도는 귀감이 되고 남는다. 꼭 물질로 베풀기보다 몸과 기술, 정성으로 베푸는 것도 값지다.

에피소드 2

그는 시골에서 일부자로 소문이 났지만 '인색하다'는 평을 듣고 있다. 자수성가를 했기에 돈을 쉽게 쓸 수 없었던 것이다.

그에게는 말 못할 고민거리가 있었다. 나이 많은 아들이 취업을 못하고 있었다. 아버지는 아들이 꼭 공무원이 되기를 강요하다시피 했다. 돈은 충분히 있으니까 안정된 직장만 잡으면 아무 걱정이 없겠다고 믿었다. 아들은 공무원 시험에 번번이 떨어졌다.

아버지의 강요로 시험 준비를 하던 아들의 몸과 정신은 황폐해져 갔다. 아버지의 고집을 꺾을 수 없었던 아들은 급기야 정신병원에 입원하는 사태까지 벌어졌고, 아버지와 대화하기를 거부했다.

그러자 아버지는 대기업 취업으로 방향을 바꿨다.

"원서만 제출하면 다 되게 돼 있어. 내 말만 들어."

아버지의 성화에 아들은 내키지 않는 원서를 제출했다. 그러나 인사담당자가 서류 보완을 요구했고 그 요구를 충족시킬 수 없었다. 아버지와 아들의 대립은 다시 시작됐다. 그는 아들을 어떻게 설득시킬 수 있을지 무료 상담소를 찾아다녔다. 상담비조차 아까워서.

두 에피소드는 주변에서 흔히 볼 수 있는 노인들 모습이다. 여기서 무슨 메시지를 얻을 수 있을까?

첫째, 베푸는 데 꼭 돈이나 물질만이 아이라 기술과 재능으로 얼마든지 가능하다. 돈이 있어도 마음이 없으면 못 베푸는 것이고, 마음만 있으면 내가 가진 것으로 할 수 있는 선행은 널려 있다.

둘째, 죽어서 남는 것은 선행뿐이다. 재물을 안고 아들을 내 뜻대로 움직이려 하는 것은 어리석은 사람의 전형이다.

셋째, 자식에 대한 기대가 높으면 비참해진다. 나이 들수록 자신의 일과 건강, 자신의 행복에 집중해야 한다. 돈으로 문제를 해결하려는 과욕은 불행을 초래한다.

남의 눈치를 볼 이유도 시간도 없다

자신을 위해서든 타인을 위해서든 여생을 아끼지 마라.

인생의 겨울에는 자신의 몸 하나 건사하기 힘들다. 그러나 자신을 잘 관리하고 철저하게 준비해 온 사람들은 가끔 세상을 놀라게 하는 업적을 내곤 한다. 이제 남의 눈치를 볼 이유도 시간도 없다. 자신과 공익을 위해서라면 마지막 투혼을 불사르는 도전을 못 할 것도 없다. 멋진 삶은 마지막에 빛나는 법이다.

에피소드 1

"美 97세 할아버지 시장 재선… 임기 마치면 101세"라는 놀라운 뉴스가 전해졌다. 미국 워싱턴포스트(WP)는 "공식 기록은 없지만 미국 역대 최고령 시장일 것"이라고 전했다.

미국 뉴저지 주 틴턴폴스 시 비토 페릴로 시장(97·무소속)은 2021년 11월 2일 실시된 지방선거에서 재선에 성공했다. 틴턴폴스는 주민 1만8,000여 명이 거주하는 작은 도시다. 연임에 성공한 페릴로 시장이 앞으로 4년 임기를 무사히 마친다면 퇴임

할 땐 101세가 된다.

그는 고교 졸업 후 미국 국방부에서 전기 엔지니어로 38년간 복무했고, 2차 세계대전에도 참전했다. 1980년 국방부에서 은퇴한 그는 2017년 93세 때 시장 선거에 도전했다. '정치 문외한'이었던 그는 당시 선거에서 '정치 경력 20년'의 시장을 물리치고 당선돼 주변을 깜짝 놀라게 했다.

100세를 바라보는 그는 매일 아침 정장 차림으로 직접 운전해 시청으로 출근한다. 그의 건강관리, 도전정신은 전 세계를 놀라게 했다.

에피소드 2

부산 해운대 백병원은 부산과 경남 지역 사람들의 오랜 바람이 현실이 된 것이다. 해마다 수많은 환자와 가족들이 서울의 대형 병원을 찾는 것을 보며 한 노인은 고민을 했다.

그는 한국전쟁 때 부산으로 피란 와 그곳 사람들이 따뜻하게 대해 준 기억을 간직하고 있었다. 그래서 부산 사람들에게 마지막으로 선물을 주고 싶었다.

당시 81세였던 그는 해운대에 백병원을 짓기로 결심했다. 그리고 84세 때 완공하면서 이렇게 말했다.

"병원은 건물만 잘 짓는다고 되는 게 아니에요. 병원은 최고 시설과 최고의 의료진이 갖추어질 때 비로소 성공 조건을 갖추는 것입니다. 그런데 누가 신생 병원에 더구나 지방으로 오려고 하겠어요."

그는 전국의 유명 의사들을 일일이 찾아다녔다. 그리고 이렇게 하소연했다고 한다.

"정년까지는 지금 병원에서 근무하고 정년을 마치면 우리 병원에 와서 봉사해 주세요. 그에 상응한 대우를 해 드리리다."

그는 80대 연세에 서울과 지방을 오가며, 대학교와 병원을 오가며 그의 마지막 작품을 완성해 냈다. 가까이서 그를 모시며 지켜본 그의 헌신과 열정은 눈부셨다.

그는 고 백낙환 박사다. 그는 떠나도 그가 남긴 선물로 지방의 많은 환자들이 큰 혜택을 받고 있다.

미국과 한국의 두 사례는 초인적인 사람이 만들어 낸 기적 같은 업적이다. 나이가 많다는 이유로 스스로 포기할 일은 아니다. 두 에피소드가 주는 지혜를 정리해 본다.

첫째, 위대한 사람은 꿈을 갖는다. 나이를 떠나 의식주를 걱정하는 노인과 우리 사회를 위해 마지막 열정을 불사르는 노인의 삶은 완전히 다르다.

둘째, 평가란 세월이 흘러야 제대로 나온다. 노인의 열정, 꿈, 헌신에 대해 제3자는 박수를 치지만 측근이나 가족들은 달리 생각할 수 있다. 사회 환원이라고 모두 좋아하지 않는다. 한 개인에 대한 평가는 세월이 흘러야 제대로 나오는 법이다.

셋째, 나이가 많다는 이유로 천대하는 문화는 개선돼야 한다. 한때 한국의 노인 경로사상은 세계의 모범이었다. 그런데 지금은 그렇지 않다. 오히려 노인 경멸 시대가 되었다. 먼저 노인 스스로 품격을 갖춰야겠지만 미디어의 부정적 보도도 한몫했다. 문화와 전통은 변하는 것이지만, 약해져 가는 노인을 존중하고 보호하는 멋진 전통은 이어져 나가기를 기대한다.

품격은 노인에게 더욱 중요하다

예의는 지위가 높아도 나이가 많아도 지켜야 하는 필수 덕목이다.

"인간은 의식이 족해야 예절을 알고 곳간이 차야 영욕을 안다"(관자)라는 말이 있다. 의식주가 위협받는 인생의 겨울에 인간의 품격을 논하는 것은 한가로운 얘기일 수 있다. 그러나 인간의 품격은 나이 들면서 훼손되기 쉽기에 더욱 유의할 필요가 있다. 노인의 품격은 왜 중요하며 어디서 오는가?

에피소드 1

고 백낙환 박사 이야기를 조금 더 하겠다. 그는 의사 생활을 하는 동안 큰 병원 원장이 됐다. 그리고 두 번째 병원을 지을 때 의과대학을 설립하고, 세 번째 병원이 건립될 무렵 의과대학은 종합대학으로 발전했다.

그는 병원과 학교를 오가며 70대 노익장을 과시했다. 80대 노인이 되면서 대학 총장직은 물러났지만 병원 이사장직은 유지했다.

80대에도 젊은 교수, 의사들과 토론을 즐겨했다. 늘 검소한 생활을 실천해 온 그는 존중과 배려를 강조했고 몸소 실천하는 데 앞장섰다.

그는 자신의 모든 것을 바친 병원과 대학교를 우리나라 최초로 민립 공익재단으로 만들어 사회에 환원했다. 그의 공과에 대한 평가는 각자 다를 수 있지만, 마지막까지 예의와 품격을 지키려 했던 모습은 아무나 흉내낼 수 있는 것이 아니다.

노인에게 품격은 더욱 중요하다. 최선을 다하고 타인에게 예를 갖추는 것은 그의 실천행동철학이자 가르침의 핵심이었다.

에피소드 2

그는 검사 출신 정치인이다. 두주불사형 술꾼으로 유명하지만 6선의 관록을 자랑하는 국회의원이었다. 나중에 국회의장까지 지낸 그는 70대에 정계를 은퇴한 뒤 언론에 더 크게 보도되는 사건에 연루됐다.

골프를 치다가 캐디에게 성추행한 사실이 알려진 것이다. 전직 국회의장의 캐디 성추행은 전 국민의 분노와 지탄거리가 됐다. 해명이 더 가관이었다.

"딸 같고 자식 같아서 그랬다."

이 해명은 더 큰 분노를 불렀다. 성추행 혐의로 기소된 그는 결국 법정에서 "깊이 반성하고 있으니 부디 관용을 베풀어 주시길 바란다"면서 혐의를 인정했다.

재판부는 전 국회의장에게 징역 6개월에 집행유예 1년과 신상

등록, 성폭력 치료 프로그램 40시간 이수 명령도 내렸다. 판결에 불복해 항소했으나 기각당했고 대법원 상고도 기각됐다.

나이 들어 예의나 품격을 지키지 않으면 과거의 화려한 이력은 더욱 웃음거리가 되고 만다. 국회의장, 장관, 국회의원을 지낸 정치인이 은퇴 후 골프장에서 캐디 성희롱이나 하다니…. 예의도 품격도 없는 그의 인생 말년은 더 이상 말이 필요 없다.

두 에피소드는 상반된 노인의 모습을 보여 준다. 핵심적 메시지는 무엇인가.

첫째, 노년의 평가가 그 사람 인생 전체의 최종 평가가 된다. 그래서 인생의 겨울에 품격과 기본 예의를 더욱 잘 지켜야 한다. 아무리 과거가 대단했더라도 스스로 품격을 망치면 순식간에 조롱거리가 된다.

둘째, 노인에게는 더 이상 실수를 만회할 기회가 없다. 장관, 국회의원, 국회의장을 지냈지만 조금만 검색해 보면 그의 성추행 뉴스는 지워지지 않는다. 그가 사망하게 되면 그의 성추행 사건은 또다시 언급될 것이다.

셋째, 예의는 지위가 높아도, 나이가 많아도 반드시 지켜야 하는 필수덕목이다. 예의 없는 노인은 추할 뿐이고 기피 대상이 된다.

무엇이든 한 가지 이상에 빠져보라

할 일 없는 시간이 많으면 우울증이 온다.

'병고(病苦), 무위고(無爲苦), 빈고(貧苦)'를 노인의 3대 고통이라 일컫는다. 누구에게나 다가오는 세 가지 고통을 극복하는 방편으로 자신이 좋아하는 음악, 미술, 스포츠를 택하라는 것은 설득력이 있다. 뒤늦게 배우는 것이 쉽지 않다. 빨리 늘지도 않고 재미를 느끼는 데도 한계가 있다. 그러나 꼭 필요한 도전이다.

에피소드 1

그는 테니스 마니아였다. 일주일 내내 테니스만 쳐도 모자랄 정도로 재미있었다.

그런데 50대 후반이 되자 무릎과 어깨에 무리가 왔다. 몇 번 주사를 맞고 버텼지만 결국 테니스를 포기했다.

60대 초반에 사업도 아내가 맡게 되면서 할 일이 없어진 그는 오후에 테니스장에 가서 다른 사람 운동하는 걸 구경했다. 재미가 없었다.

경로당에 가기엔 너무 젊고 가기도 싫었다. 새로운 시도는 하고 싶지 않았고, 다른 것에 별 취미도 없었다.

시간은 남아도는데 할 일이 없는 현실. 그는 매일 우울하고 답답했다. 얼마 후 아내와도 결별한 그는 우울한 날들을 보내며 인생 말년을 외롭게 보내고 있다.

에피소드 2

그는 한때 직장 생활을 하면서도 시합을 대비해 합숙을 할 정도로 테니스에 푹 빠져 있었다. 그의 인생엔 테니스뿐이었다.

퇴직 후에도 동네 테니스장에서 뛰어난 실력을 발휘했고 존재감도 돋보였다. 60대 후반에도 체력관리를 잘해 여전히 테니스장을 누볐다.

그런 그가 생각을 바꿔 실내 스포츠 사교댄스를 배우게 됐다. 운동신경이 뛰어난 그는 금방 배웠다.

70대가 된 그는 여전히 운동도 하고 콜라텍에 가서 춤도 춘다. 그러면서 주변 사람들에게 꼭 춤을 배우라고 권하고 있다.

두 사례에서 배우게 되는 교훈은 무엇인가?

첫째, 세월은 노인에게 스포츠를 언제까지 즐기게 하지 않는다. 상황에 따라 자신을 변화시키는 선택을 해야 우울증에 걸리지 않는다.

둘째, 나이에 맞는 예체능을 찾아 배우고 또 배우는 시간은 인생을 풍요롭게 만든다. 동시에 새로운 것에 도전하는 건 인간을 겸손하게 만든다.

　셋째, 노인이 되면 시간은 많고 할 일은 없다. 지속적으로 집중할 수 있는 흥밋거리를 찾아야 할 이유가 여기에 있다. 늦었다 하더라도 안하는 것보다는 낫다. 자신을 위해 언제든 시작할 자유가 있다.

지금 하고 싶은 일을 포기하지 마라

하고 싶다고 가고 싶다고 할 수 있는 여건은 순식간에 사라진다.

젊은 나이에는 늙는다는 것을 상상하기 어렵다. 노인의 나이는 죽음을 가까이 두고 산다. 눈이 흐릿해지고, 건강 악화를 체험하는 고통의 시간과 함께 산다. 얼마 남지 않은 인생의 시간을 약과 함께 버틴다. 그런 상황에서도 하고 싶은 일을 하면 즐겁다. 주변에서 말리더라도 하고 싶은 것을 할 수 있는 마지막 기회를 놓치지 마라.

에피소드 1

80대 중반인 그는 울릉도에 꼭 가 보고 싶었다. 그래서 사위에게 말했더니 옆에 있던 딸이 단호하게 반대했다.

"배멀미 때문에 노인들이 가기엔 멀고 힘든 곳이에요."

그는 딸의 완강한 반대에 아무 말도 못했다. 몇 달이 지난 후 사위는 아내 몰래 장인어른에게 확인했다.

"아버님, 정말 울릉도에 가 보고 싶으세요?"

"응, 가 보고 싶어…."

연세가 많아지면 대부분 자식의 뜻에 따른다. 그런데 그는 자신이 하고 싶은 것은 하고 싶다고 정확하게 표현하는 편이었다.

"알겠습니다. 제가 작전을 짤 테니 아버님은 건강만 잘 챙기세요. 이번 여름에 모실게요."

여름방학 때마다 울릉도에서 학생들에게 논술을 가르치고 있는 사위는 친한 친구에게 부탁했다.

친구는 인천에서 할아버지를 모시고 강릉에 가서 배를 탔다. 그리고 3박4일 동안 할아버지를 극진히 모셨다.

할아버지는 행복한 모험 같던 울릉도 여행에 대만족했다. 그후 친구는 '그 사람'이 아니고 '박서방'으로 승격됐다. 훗날 사위는 친구와 함께 할아버지댁을 찾아 즐겁게 해단식을 했다.

에피소드 2

80대 중반에도 병원 경영에 참여하고 있던 그는 어느 날 한 참모에게 '울릉도에 가 보고 싶다'고 말했다. 울릉도가 고향인 참모는 반색하며 준비하겠다고 답변했다.

그러자 자식들과 주변 사람들이 반대하고 나섰다.

"몸도 편치 않으신데 그 연세에 어딜 가시느냐. 장시간 배를 탔다가 무슨 급박한 상황이 발생하면 어떻게 할 것이냐?"

그리하여 울릉도 여행 계획은 없던 일이 되었다.

그 후 4~5년이 지나 구십에 가까워진 그가 노환으로 입원했다는 소식을 듣고 병문안을 갔더니 이렇게 말했다.

"그때 울릉도를 다녀왔어야 했는데…. 이제 울릉도 여행은 가슴에 묻읍시다."

그의 마음속에 울릉도 여행은 여전히 남아 있었고 결국 평생 가 보지 못한 곳이 되고 말았다. 얼마 지나지 않아 그의 부음을 듣고 병원 영안실을 찾았다. 그의 영정은 인자한 미소를 머금은 채 엎드린 참모를 내려다보고 있었다.

참모는 흐르는 눈물을 닦으며 회한에 잠겼다. 평생 일만 하다 여행 기회를 놓치고 뒤늦게 마음먹은 여행은 자녀들에게 제지당한 그였다.

80대 두 할아버지의 이야기가 전하는 메시지는 간단하다. 누구나 살아 있다면 80대 세월을 맞게 된다. 그런 상황을 미리 예상해서 대비하는 것도 지혜로운 일이 아닐까.

첫째, 80대가 되면 내 뜻대로 마음먹은 대로 되지 않는다. 건강 문제도 있지만 주변에서 말리고 간섭한다. 노인이 단독으로 할 수 있는 것은 별로 없다. 그래서 60,70대에 '내일이 없다'고 생각하고 지금 하고 싶은 것은 마음껏 하라는 것이다.

둘째, 건강 관리만 잘하면 100세 시대 인생 설계를 다시 해야 한다. 병원은 언제나 환자로 넘쳐나지만 현대 의학은 나날이 발전하고 있다. 자기 중심의 삶과 여유가 있는 인생 설계를 미리미리 해 둬야 한다.

셋째, 젊은 사람들을 사귀고 잘해 주라는 것이다. 두 노인은 80대가 되니 선배도 없고 친구도 없다고 한탄했다. 젊은 사람들을 사귀고 잘해 주라는 의미가 여기에 있다.

젊은 사람들과 어울리도록 노력해라

바쁘고 힘든 나날을 보내는 젊은 사람들을 도와주면 내 편이 된다.

인생의 겨울에 TV는 유용한 친구다. 그러나 전적으로 의존하면 부작용도 많다. 걸어야 할 때 앉아 있고 누워 있는 것은 건강관리의 적이다. 부지런히 움직이고 밖에 나가야 사람들과 어울릴 수 있다. 80이 넘어가면 돈도 소용없다고 한다. 그래서 더 늦기 전에 젊은 사람들과 자주 어울리고 그들을 도와주라는 것이 아닐까.

에피소드 1

그는 한때 한국의 100대 명산을 모두 오르겠다며 열심히 산을 찾아다녔다. 퇴직 후에도 계속 이어져 90여 개를 올랐다고 자랑했다. 부지런한 그는 인생의 가을에 이미 겨울을 준비하고 있었다.

그는 후배들과 함께 '4인방' 모임을 만들었다. 같은 대학에서 기숙사 생활을 함께한 후배들과의 모임이었다.

나이 들면서 점점 산에 오르는 것이 벅차게 느껴진 그에게 후배들과의 모임은 빠트릴 수 없는 귀한 시간이 되었다. 모임도 전국을 돌면서 이루어지니 자연스럽게 즐거운 여행으로 이어졌다.

이제 선후배가 아닌 서로 오랜 친구가 되었지만 여전히 머리가 허연 후배가 선배를 깍듯이 대우한다. 그래서 모임은 여전히 지속되고 있으며, 노후에 멋진 선물이 되고 있다.

에피소드 2

70대 중반인 그는 모든 사업을 자식들에게 물려주고 아픈 아내를 돌보는 데 집중하고 있지만 힘든 내색은 전혀 하지 않는다. 자식들과도 정기적으로 식사를 하고, 단체여행도 간다.

그리고 친구들도 자주 만난다. 후배 되는 사람들과도 격의없이 어울린다. 그가 주로 식사 자리를 주도하고 계산도 한다.

그의 후배 관리 방법은 따로 있다. 명절에는 자신이 아끼는 후배, 만나고 싶은 후배들에게 선물을 보낸다.

한 번은 후배가 "이제 그만 보내라"고 부탁 아닌 부탁을 했지만 계속하고 있다.

물질이 가는 곳에 마음이 간다는 말이 있듯이, 선물은 따뜻한 마음과 정성을 보내는 효율적인 수단이다. 여든을 바라보는 노인의 선물 보내기는 후배들을 가까이 사귀는 데 힘을 발휘하는 셈이다.

첫째, 모든 것에 때가 있듯이 인생의 겨울에는 새로운 사귐도 만남도 어렵다. 봄, 여름, 가을 시즌에 준비한 것으로 살아가는 것이다.

둘째, 인생의 겨울에는 과거를 어떻게 보냈는지에 따라 보상이나 응징으로 나타난다. 베풀 줄도 모르고 혼자만 알 때 돈이 많아도 인생은 고독해지는 법이다. 먼저 간 선배들의 충고를 새겨 미리미리 준비하는 것이 좋다.

셋째, 나이가 들면 젊은 사람들과의 만남이 더욱 절실해진다. 젊은 사람들은 창의적이고 생산적이고 역동적이다. 삶의 자극을 받을 수 있기에 더욱 필요하다.

죽음을 생각해야 삶이 충실해진다

매일 죽음을 생각하면 우울해지지만,
가까워진 죽음을 받아들일 마음의 준비는 필요하다.

매일 죽음을 생각하면 살아갈 수가 없다. 죽음은 유쾌한 소재가 아니다. 그러나 인생의 겨울은 죽음으로 가는 마지막 관문이니 대비하지 않을 수 없다. 위축되고 두려워하기보다 그 죽음이 언젠가 오더라도 미련 없이 떠날 수 있는 마음의 준비를 갖춰야 하는 것이 아닐까. 말처럼 쉬운 것이 없지만 그래도 순리대로 인생의 겨울을 준비할 수 있다면 다행이다.

에피소드 1

80대 후반에 암투병을 하던 유명한 학자의 이야기다. 그는 죽음에 대해 색다른 주장을 했다. 이 책을 준비하는 동안 그는 더 이상의 암치료를 중단한 상태여서 삶을 계속 이어갈 수 없을 수도 있다. 그는 수많은 저서를 남기고 장관도 지낸 우리 시대의 석학 이어령 이화여대 석좌교수다.

이 교수는 죽음을 앞두고 2021년 한 신문사 기자와 이야기를 나눴다. 그 이야기는 《이어령의 마지막 수업》이라는 책으로 출간됐는데, 죽음에 대해 그는 이렇게 말했다.

"죽음이라는 게 거창한 것 같지. 아니야. 내가 신나게 글 쓰고 있는데, 신나게 애들이랑 놀고 있는데 불쑥 부르는 소리를 듣는 거야. '그만 놀고 들어와 밥 먹어!' 이쪽으로, 엄마의 세계로 건너오라는 명령이지. 어릴 때 엄마는 밥이고 품이고 생명이잖아. 그렇게 보면 또 하나의 생명이지. 어머니 곁, 원래 있던 모태로의 귀환이니까."

그에게 죽음은 무서운 것, 피하고 싶은 것이 아니었다.

"어머니에게로 돌아가는 거라네. 죽으면 '돌아가셨다'고 하잖아. 탄생의 그 자리로 가는 거라네. 그래서 내가 일관되게 얘기하는 것은 죽음은 어둠의 골짜기가 아니라는 거야. 5월에 핀 장미처럼 가장 아름답고 찬란한 대낮이지. 장미밭 한복판에 죽음이 있어. 세계의 한복판에. 생의 가장 화려한 한가운데. 죽음의 자리는 낭떠러지가 아니야. 고향이지."

죽음에 대한 그의 색다른 주장은 각자 다르게 평가할 수도 있다. 죽음을 긍정적으로 해석한 그도 "(죽음에) 무언가 있다고 생각하면 삶이 이렇게 절실할까? 끝이라고 생각하니 절실한 거야"라고 말했다. 그는 '삶의 끝'을 생각했기에 더욱 열심히 살았던 것이 아닐까.

자식을 먼저 보내는 아픔을 겪고도 그는 흔들림 없이 자신의 역할을 꿋꿋이 성실히 해냈다. 마지막 순간까지도 언론과 인터뷰

하며 치열하게 학자 본래의 모습을 유지했다. 언론은 그를 '시대의 스승'으로 부르며 동시에 '죽음의 스승'으로 표현했다.

에피소드 2

대부분 죽음을 생각하지 않고 산다. 그도 50대까지는 자신이 늙는다는 것조차도 생각해 본 적이 없다고 한다.

그는 60대에 이르자 죽음에 대해 생각하게 됐다. 친구의 부음을 듣고 "나도 죽을 수 있고 죽음이 나에게도 가까이 있구나"라고 깨닫게 됐다. 그래서 그는 먼저 두 가지를 했다.

먼저 유서를 작성했다. 가족들 몰래 컴퓨터에 써서 보관했다. 죽음을 앞둔 자신의 모습을 상상하며 유서를 작성하는데 눈물이 왈칵 쏟아지더라고 했다. 유서의 핵심 부분은 가족에 대한 감사와 유산 정리였다.

그런 다음 더 늦기 전에 삶의 목표와 방향을 새롭게 정비하기로 했다. 주요 내용은 가능할 때 하나라도 나누고 봉사하자는 것이었다. 다만 갑자기 그렇게 하기보다는 하나씩 대상을 정하고 봉사 방법을 선택하는 등 디테일한 전략이 필요했다.

절박함과 죽음의 대비는 삶을 보다 충실하게 보다 의미있게 바꿔 놓았다고 한다. 가족과는 더 사랑을 나누고 더 감사하는 방법을 찾게 됐다. 잊혀진 친구들, 다시 못 볼 친구들에게도 기회가 되면 밥을 샀다. 매일 죽음을 생각하면 우울해지지만 그에 대비하는 삶을 생각하면 하루하루 더욱 치열해지고 즐거워진다고 했다.

나이 들어 자신을 위해 즐거운 시간을 마련하기 어려운 만큼 스스로 베풀고 스스로 행복한 시간을 만드는 것이 중요하다. 두 에피소드의 공통점은 무엇인가.

첫째, 죽음이라는 한계를 인식하고 있으면 삶이 보다 충실해진다. 죽음은 우울하게도 하지만 그것에 매달린다고 달라지는 것은 없다. 누구에게나 공평하게 오는 것이니 미리 대비하는 것은 지혜의 영역이다.

둘째, 죽음은 인생을 보다 너그럽고 따뜻하게 만들어 준다. 낭비하고 타인을 욕할 시간이 없다. 후회와 미련만 남는 인생이 되지 않으려면 배려하고 또 줘야 한다. 죽고 나서 주면 알 수도 없고 '귀신 씌웠다'고 받지 않으려 한다.

셋째, 죽음에 대한 인식을 전환하는 것도 본인을 위해 괜찮다. 이어령 박사 같은 석학도 피할 수 없는 죽음에 대해 편안하게 받아들이는 모습을 보며 느껴지는 바가 있다. 그런 철학이 죽음 앞에서도 의연하게 만들고 그의 마지막 모습을 더 값지게 만드는 것이다.

돈, 건강, 외로움에 철저히 대비하라

더 이상 자식의 문제에 매달리는 대신 자신의 문제에 집중하라.

부모에게 자식의 문제는 평생의 숙제다. 어릴 때도 취업할 때도 결혼해서도 자식은 부모에게 애물단지다. 유독 한국은 부모와 장성한 자식 간에 갈등과 불화가 많은 편이다. 현재는 부모 세대도 자신의 제2의 삶을 찾아 자식들로부터 독립하는 사람들이 늘어나고 있다. 늙어 가는 부모는 이제 자식의 삶보다 자신의 행복한 삶을 위해 고민하고 집중할 때다.

에피소드 1

그는 교직원 연금을 받기 때문에 돈 걱정에서는 벗어났다고 믿었다. 문제는 기억력이 떨어지고 자주 잊어버려 치매가 오면 어쩌나 고민이었다. 아직은 지낼 만하고 여행도 다닐 수 있지만 노인의 고통이나 어려움을 실감할 수 없어 노인생애체험센터를 방문해 보았다.

1997년 10월 2일 법정기념일로 제정된 노인의 날. 2006년에는 서울시 용산구 효창공원에 '노인생애체험센터'가 문을 열었다. 이곳에선 노인의 체력에 맞는 복장과 시각으로 일상생활의 어려움을 체험하고, 어떻게 노후를 맞을 것인가를 다시 한 번 생각하게 한다. 초등학생부터 관련 전공 대학생, 노인 분야 종사자, 일반인까지 많은 이들이 이곳을 찾는다.

그가 이곳을 방문했을 때 사회복지사가 백내장, 녹내장에 대한 사진을 비교해 가며 "요즘 핸드폰 사용으로 그 시기가 빨라지고 있고 정도도 심각하다"고 설명했다. 노인 체험복을 입고 모래주머니를 차자 몸이 두 배로 무거워졌다. 노화가 되면서 둔해지는 감각을 느끼게 해 주는 복장이었다.

그에게 제일 힘든 것은 노인의 시각이었다. 고글을 쓰자 앞이 흐릿해 잘 보이지 않았다. 신발을 찾기도 쉽지 않았다. 앉았다 일어나기도 어려워 아무것도 하기 싫은 생각마저 들었다.

계단 오르내리기도 어려운 체험이었다. 막연했던 노인 생활을 체험하고 보니 만감이 교차했다. 그는 우선 건강부터 잘 챙기자고 새롭게 근육운동을 시작했다.

에피소드 2

다음은 언론에 보도된 고독사의 한 사례다.

남편과 사별한 70대 할머니는 쪽방에서 겨울에도 난방 대신 전기장판 하나와 얇은 이불로 버틴다. 냉장고도 가동되지 않고 취사도구는 먼지가 쌓인 채 방치돼 있다. 한 달 수입은 기초연금

20만 원과 국민연금 20여만 원이다.

가끔 일을 나가 5~6만 원 일당을 받지만, 수술한 허리 통증과 건강 악화로 일을 할 수가 없다. 또 치매로 의심될 정도로 건망증이 심하다. 자녀들도 더 이상 찾아오지 않는다.

건강이 좋지 않은 할머니에게 가난은 절망적이었다. 그렇게 몇 년을 산송장처럼 버티다 어느 추운 겨울날 세상을 떠났다. 죽음도 제때 알려지지 않았고, 지역 주민센터에서 '고독사'로 처리했다고 한다.

통계청 자료를 보면, 기초연금 수급 대상자로 65세 이상 독거노인은 140여만 명이고, 이 중 동거나 주소지 미거주를 제외한 실제 독거노인은 전체의 약 60%에 해당한다고 한다. 연령별로는 71~75세가 27.4%, 76~80세가 26.8%, 65~70세가 20.2% 순이다. 이 할머니도 이들 중 한 명으로 집계됐다.

두 에피소드에서 느끼는 바가 무엇인가. 아직 다가오지 않은 인생의 겨울, 나에게도 이런 시기가 올 것인가, 아마 실감이 나지 않을 것이다.

첫째, 인생의 겨울은 상상 이상으로 힘들고 춥고 외로워질 수 있으니 철저히 준비해야 한다. 언젠가 누구나 아프고 죽게 되지만, 그 시간이 오기 전에 건강도 잘 챙기고 준비할 것은 준비해야 한다.

둘째, 자녀가 소용없는 것이 아니라 가난이 웬수다. 가난한 부모 밑에서 자란 자녀가 경제적 자립도 어려운데, 부모의 병환이나 가난은 큰 부담이다. 그들을 탓해 봐야 소용이 없다. 정부가 노인복지, 노인돌봄에 더 집중해야 할 것이다. 인생의 겨울에 돈은 더욱 중요하다. 죽을 때까지 갖고 있어야 한다.

셋째, 유비무환(有備無患)이 아니라 유비유환(有備有患)이다. 인생의 겨울은 참으로 버티기 힘들다. 아무리 준비하고 대비해도 다가오는 환란과 고통은 막을 길이 없다. 인생의 가을이 겨울을 준비할 수 있는 마지막 기회임을 명심하고 준비, 또 준비해야 한다.

감사하면 감사할 일이 생긴다

눈 뜨고 대자연을 볼 수 있고 식사할 수 있다면 그것도 감사할 일이다.

말이 쉽지 무엇이든 감사하기가 얼마나 어려운가. 때로는 부당하고 때로는 억울한 현실에 분노를 느낄 수 있다. 그럴 때도 감사하란 말인가. 물론이다. 상황이 내 의지대로 되지 않는다는 것을 그동안 세월이 가르쳐 주었다. 인생의 겨울에 감사하지 못하면 인상이 일그러지는 법이다. 마음을 열고 웃으며 받아들일 때 감사할 수 있지 않을까.

에피소드 1

80대 후반인 그는 여전히 인기가 높다. 건강을 잘 챙겨 주민센터 공익 일자리에 나가 용돈도 벌어온다. 물론 틈틈이 쓰레기, 폐지 줍기도 한다.

그의 가장 큰 장점은 '무엇이든 감사를 잘한다'는 것이다. 자녀들에게 받는 용돈도 챙겨 두었다가 손주들에게 되돌려준다. 그렇지만 할머니와는 종종 다툰다.

할머니는 자녀들의 용돈을 받지 말라 하고, 할아버지는 주는데 왜 안 받느냐며 작은 선물도 크게 기뻐한다.

구십을 앞둔 연세에도 부지런히 움직이며 작은 것에 크게 감사하는 삶의 방식을 실천하고 있다. 특히 자녀들의 말이라면 자신의 고집을 강요하지 않는다. 몇 년 전 보이스피싱을 당할 뻔한 이후로는 더욱 자식들의 말을 잘 따른다.

에피소드 2

다음 사례는 최일도 목사가 소개한 글을 정리한 것이다. (감사 나눔미디어(http://www.gamsanews.co.kr)

미국 미네소타 주 보베이라는 작은 탄광촌에서 사진관을 운영하는 에릭 엔스트롬이라는 사람이 있었다. 어느 날 몹시 지쳐보이는 노인이 신발 털개를 팔러 와서 "잠깐 쉬었다 가도 되겠느냐"고 물었다.

엔스트롬 씨가 작은 빵과 스프를 내오자 노인은 감사 기도를 드렸다. 그 모습을 보고 큰 감동과 전율을 느낀 엔스트롬 씨는 이렇게 생각했다.

'이 노인은 많은 것을 갖지 못했지만 많이 가진 사람보다 은혜와 사랑을 더 많이 가졌구나! 작은 것에도 진심으로 감사할 줄 아는 아름다운 마음을 가졌으니!'

그리고 노인의 모습을 카메라에 담았다. 나중에 이 흑백사진을 보고 큰 감동을 받은 엔스트롬 씨의 딸 로다 나이버그가 유화로 옮겨 그렸다.

엔스트롬 씨는 이 사진을 통해 당시 1차 세계대전으로 고통받고 있던 많은 사람들에게 '그럼에도 불구하고 아직도 감사할 것이 많이 남아 있다'는 메시지를 전달하고 싶어 미네소타 사진전에 출품했다.

삶에 지친 한 노인이 빵 한 조각과 스프 한 그릇을 두고 감사기도를 드리는 이 그림은 미네소타 주를 상징하는 사진으로 선정되었다. 아무리 힘들고 가난하여도, 아무리 병들어 고통스러워도 항상 기뻐하며 모든 일에 감사할 수 있다.

두 에피소드의 메시지는 명쾌하다.

첫째, 즐겁고 감사할 것 없어 보이는 인생의 겨울에도 '내 마음에 감사함이 있으면' 버틸 만하다는 것이다. 감사든 불만이든 습관이다. 나이 들어 불평불만이 많으면 본인에게도 마이너스다. 감사하면 감사할 일이 생긴다.

둘째, 동서양을 막론하고 노인에게는 '감사하는 생활'이 더욱 필요하다. 특히 노인은 즐거울 것 없어 보이지만 사소한 일상의 감사함을 실천할 때 전하는 감동은 각별하다.

셋째, 감사함은 인상을 밝게 우호적으로 만든다. 주변 사람들이 피하기 때문에 고독해지는 것은 시간 문제다. 늘 감사한 마음을 습관으로 만드는 훈련이 필요하다.

지나치면 약이 독이 될 수 있다

약은 또 다른 약을 부른다.

나이 들면 약을 끼고 살게 된다. 심장병이나 갑상선 수술을 한 경우, 평생 약을 먹어야 한다. 거기에다 각종 비타민과 건강 보조식품, 영양제 등 주변에서 권하는 것도 쌓여 간다. 지나치면 약이 독이 될 수 있다. 전문가의 지시에 따르는 것이 현명하다. 먼저 과다 복용하고 있지 않은지 점검해 볼 필요가 있다.

에피소드 1

그는 중년에 갑상선 수술을 한 뒤 꾸준히 약을 복용해 왔다. 그런데 어느 날부터 피부에 문제가 생겨 약을 먹기 시작했다. 그것이 끝이 아니었다.

얼마 뒤 발톱이 이상하여 병원에 갔더니 무좀약을 처방해 주었다. 그 약은 독하기 때문에 일정기간만 복용하라는 조언도 들었다.

기본으로 먹어야 할 약도 많은데 이것저것 추가하니 약을 먹을 때마다 혼란스러웠다. 더 큰 문제는 손바닥, 발바닥에 황반현상도 생기고 또 다른 이상증세가 나타났다. 그때 그는 이런 뉴스를 봤다.

국민건강보험 보고서에 따르면 65세 이상 고령자가 5개 이상 약물을 복용하는 경우 4개 이하의 약물을 복용하는 군에 비해 입원 위험이 18%, 사망 위험이 25% 증가한다는 것이었다.

그 후 그는 과감하게 피부약 등을 끊기로 했다. 병원마다 의사마다 다른 처방을 내리고 약을 권해 아예 병원에 가지 않기로 했다. 다행히 약복용을 중단하자 황반현상도 사라졌다. 그는 기본 약 외에 모든 약과 건강보조식품 등을 정리했다. 대신 운동에 더욱 집중하고 있다.

에피소드 2

다음은 서울대병원 심혈관센터 김효수 교수가 중앙선데이와 인터뷰한 내용을 재정리한 것이다. (중앙선데이, 2017.04.09.)

김효수 교수는 "모든 약에는 작용과 부작용이 있지만, 그래도 쓰는 이유는 작용으로부터 얻는 이익이 부작용으로 잃는 손해보다 크기 때문"이라며 "그래도 약에 대한 경각심을 갖는 것이 필요하다"고 말했다.

그는 "약의 위험성은 여기에 그치지 않는다. 약은 또 다른 약을 부르고 그 속에서 수많은 합병증이 파생된다"면서, 한 환자에게 처방된 항생제에 대해 이렇게 설명했다.

"항생제는 속쓰림과 소화불량을 유발한다. 의료진은 이 증상을 잡기 위해 위산억제제와 소화제를 처방한다. 그러면 위산억제제와 소화제가 대장의 유익균까지 몰아내면서 위막성대장염과 설사를 야기한다. 이 증상은 또 다른 항생제 처방을 부른다. 무균성 뇌수막염, 오심, 두통, 레드맨증후군, 급성 신장손상이 생길 수 있다. 급기야 환자는 혈액투석을 받아야 하는 지경에 놓인다….”

과장 같지만 환자와 상황에 따라 의료 현장에서 얼마든지 발생할 수 있는 사례라고 한다. 하나의 약이 초래할 수 있는 '나비 효과'를 잘 보여 주고 있다.

분당서울대병원 노인병내과 김선욱 교수는 “한 개의 약이 다른 증상과 합병증을 부르고 실제 이를 고치기 위해 약을 쓰다 보면 약 가짓수가 늘면서 사태가 걷잡을 수 없이 커질 수 있다”며 “약은 가짓수가 많아지면 상호작용으로 인해 위험성이 더욱 커진다”고 강조했다.

부작용을 특히 주의해야 하는 사람이 있다. 첫 번째는 간·신장 질환자다. 모든 약은 약효를 발휘하고 배출되기까지 긴 대사 과정을 거친다. 간에서 해독작용을 거치고 신장을 통해 배출된다. 여기에 질환이 있으면 약물이 장기에 부담을 줘 상태가 악화될 수 있다.

고대안암병원 임상약리학과 박지영 교수는 “약의 효과를 취하는 것 외에 약을 해독해 몸 밖으로 빼내는 것도 우리 몸의 역할”이라며 “이 과정에서 간과 신장이 무리를 하게 돼 기능이 떨어진 사람은 부작용의 위험이 커진다"고 말했다.

두 사례에서 이런 메시지는 읽을 수 있지 않을까.

첫째, 약이나 처방은 전문가의 영역이지만 과다한 의존이나 복용은 또 다른 부작용을 수반한다. 평소 운동보다 좋은 약은 없다.

둘째, 의사들도 약 과다 복용의 위험성을 강조했다. 특히 우리나라는 심각한 수준이다. 결국 과잉 처방과 약의 피해자는 일반 시민이다.

셋째, 약을 무시해도 과신해도 문제다. 결국 선택의 문제로 남는다. 전문가의 말은 참고만 하고 본인이 선택하고 그 결과도 받아들이면 된다.

노인의 삶을 따스한 눈으로 보고 대우하라

노인에게 시간은 돈, 그 이상이다.

노인의 삶은 피폐해지는 법이다. 국가가 노인복지와 고령연금 등의 혜택을 지원할 방안을 더 만들어야 한다. 이와 함께 노인을 보다 따스한 시선으로 보고 지원에 나서야 한다. 무엇보다 우리 사회와 개개인이 해야 할 일은 스스로 마련해야 한다. 인생의 겨울에 벌어지는 각종 사건사고는 우리를 안타깝게 만든다.

에피소드 1

얼마 전 수천만 원과 금가락지가 든 가방을 잃어버린 치매 노인이 경찰의 도움으로 가방을 되찾았다는 뉴스가 전해졌다.

남양주 어느 파출소에 현금 수천만 원과 귀금속이 담긴 손가방 하나가 분실물로 접수됐다. 파출소 경찰관들은 돈가방을 경찰서 생활질서계로 인계했다. 액수가 큰 만큼 주인이 금방 나타날 것으로 생각했던 것이다.

하지만 2주가 지나도 주인이 나타나지 않아 손가방이 떨어져 있던 놀이터 인근 폐쇄회로를 분석하며 수사에 나섰다. 거기에 찍힌 인상 착의를 바탕으로 탐문 조사한 결과 분실자로 추정되는 85세 할머니 집을 찾았다.

가방 속에 들어 있던 통장도 할머니 것으로 확인됐지만, "돈 가방을 잃어버린 적 없느냐"는 질문에 할머니는 귀찮은 듯 "그런 적 없다"는 대답만 반복했다. 할머니의 말이 횡설수설하는 등 이상하다고 느낀 경찰관들은 아들의 전화번호를 얻어 연락을 취했다.

전화를 받은 자녀들은 돈가방을 보고 가슴을 쓸어내렸다. 가방에 든 현금 5천만 원과 귀금속은 할머니가 평생 모은 재산이었다. 평소 돈을 은행에 맡기거나 집에 보관하지 않고 가방 속에 넣어 들고 다니던 할머니는 최근 치매 증상이 심해진 것으로 파악됐다.

경찰의 헌신적인 노력으로 가방을 되찾긴 했지만 할머니에게 돈은 더 이상 의미가 없었다.

에피소드 2

시골에서 천재로 불리던 그는 어려운 공무원 시험에 당당히 합격하여 서울로 진출, 공무원 생활을 했다. 그런데 불미스런 사건에 연루되면서 공무원 생활을 그만둬야 했다.

그 후 이 사업 저 사업에 손을 댔지만 하는 것마다 실패했다. 특히 동대문시장 부근에서 식당을 열었을 때는 거의 부자가 된

듯했는데, 주방장과 마찰이 잦아 그 사업마저 포기했다.

공무원 경력에도 불구하고 그의 노년은 외로웠다.

그는 돈이 없어 빌려야 할 형편인데 정치 문제에 관한 한 핏대를 올렸다. 모두들 그를 피하려 했다.

80대 후반에 그는 외롭게 세상을 떠났다.

두 사례가 주는 지혜는 무엇인가?

첫째, 돈이 있어도 인지기능이 떨어져 버리면 소용이 없다. 제정신일 때 돈도 힘이 있는 것이다.

둘째, 노인의 친구는 노인이다. 덕을 베푼 노인은 후손들이 나서서 친구를 만나게 하고 친척들과의 만남을 주선한다. 노인이 노인을 따스하게 보고 서로 위로해 주는 사이가 되도록 더욱 베풀어야 한다.

셋째, 치매에 안 걸려도 가난한 노인은 비참해지는 법이다. 인생의 겨울은 냉혹하다. 시간의 보복이 오기 전에 철저하게 준비하는 방법밖에 없다.

※ ─────── **지혜 13** ─────── ※

권위도 경력도 내세우지 마라

과거는 과거일 뿐, 지금의 나를 겸허히 받아들여라.

노인은 과거를 먹고 산다. 미래를 이야기하는 청년 세대와는 관심도 시각도 다르다. 과거 경력이 화려할수록 달라진 현실에 잘 적응하지 못한다. 자신도 모르게 권위의식이 몸에 배어 있고 대접받는 데 익숙하다. 달라진 현실에 잘 적응하지 못하는 것은 노인의 또 다른 특징이다.

에피소드 1

그는 고등학교 교사를 하다 뒤늦게 지방대학의 교수가 됐다. 그에게 교수직은 큰 벼슬이었다. 반드시 '교수님'이라고 불러주 길 바랐다.

그는 영문과 교수였지만 해외 연수 경험이 전무했다. 원로 교수가 된 그가 어느 해 해외 연수를 다녀온 후 이런 말을 했다.

"내가 가르친 영어는 모두 엉터리였다. 우리 학생들에게 미안하네."

그의 말은 진심으로 느껴졌다. 그렇지만 그의 권위의식은 그대로였다. 그가 정년 퇴임을 한 후 동네 운동장에 갔을 때 평소 그를 못마땅하게 생각하던 사람이 이렇게 말했다.

"○○○씨, 이제 교수 아니잖아. 교수 퇴직했잖아…."

이 도발적인 발언에 그는 적잖이 당황했다. 어떻게 대응했는지 말하지 않아 알 수 없으나 대략 그림이 그려졌다. 퇴직 후에도 후배 교수들은 그를 깍듯이 '교수님'으로 호칭했다. 그래서 그는 동네 운동장 대신 먼 학교 운동장으로 간다.

에피소드 2

장정구 씨는 1983년 WBC 라이트플라이급 챔피언에 오른 뒤 1988년까지 15차 방어에 성공했다. 그는 당시 한국 프로복싱 최고 전성기를 이끈 주인공이었다. 그런 그가 환갑을 바라보는 나이에 택시기사 폭행 관련 뉴스로 여론의 도마에 올랐다.

방송 제목은 '혼나야겠네, 나 장정구요'라는 부제가 달린 "택시기사 폭행한 '왕년의 챔프'"였다.

내용은 단순했다. 왕년의 복싱 챔피언 장정구 씨가 택시기사를 폭행해 경찰에 붙잡혔다는 것이다. 이 과정에서 오간 대화가 눈길을 끌어 방송 그대로 옮겨 본다.

택시기사 : "손님 여기 다 왔어요. 손님!"

장정구 : (잠에서 깨며) "혼나야겠네. 서비스가 왜 이래, 이 XXX."

택시기사 : "XXX라니!"

장정구 : "야, 이 XXX야."(이후 주먹으로 택시기사 폭행)

장정구 : "나 장정구요."

택시기사 : "장정구?"

장정구 : "아저씨가 그러면 안 되지 나한테."

택시기사 : "장정구네, 이제 보니까."

결국 택시기사는 경찰에 신고했고, 출동한 경찰은 특정범죄 가중처벌등에관한법률(특가법)상 운전자 폭행 혐의로 장씨를 입건했다. 그가 최종적으로 어떤 처벌을 받게 될지는 알 수 없으나 '왕년의 환상'에서 깨어나지 못한 행태는 앞으로도 불행을 예고하는 것 같다.

두 사건은 다소 극단적이지만 과거를 먹고사는 노년에 보이는 현상은 비슷한 것 같다. 여기서 어떤 공통적인 지혜를 얻을 수 있을까?

첫째, 언제나 현재의 내 모습에 충실해야 한다는 점이다. 과거의 내가 오늘의 나로 바뀌었지만 사람들은 과거를 기억하지 못한다. 눈에 보이는 나의 모습은 늙고 초라하다. 교수를 했든 챔피언을 지냈든 이제 동네 노인이나 평범한 승객일 뿐이다. 무례한 행동을 하면 그 대가를 지불해야 한다.

둘째, 인생의 겨울에 변신하는 자는 살아남고 변신하지 못면 괴로워진다. 노인은 신체적으로 사회적으로 약자다. 현실은 그런데 왕년의 기분으로 강자처럼 행동하면 반드시 화가 따른다. 스스로 노인에 맞게 변신할 수 있어야 한다.

셋째, 산이 높으면 골도 깊듯이 왕년이 화려할수록 변신을 어렵게 한다. 왕년의 챔피언, 천하장사, 스포츠 스타, 인기 연예인, 재벌 2,3세들의 노년이 더 비참해지는 데는 이유가 있다. 세상은 바뀌는데 내 방식만 고집하면 불행은 현실이 된다. 누구나 노인은 약자임을 잊지 마라.

본인의 행복을 위해 버릴 것은 버려야 한다

삐침, 험담, 고집, 원망은 노인의 4대 적이다.

인생의 겨울은 원망이나 삐침, 고집 등으로 더욱 추워진다. 노인의 그런 행동에는 충분한 이유가 있다. 이미 습관화됐기 때문에 더욱 고쳐지지 않는다. 삐침, 험담, 고집, 원망으로 현실을 개선할 수 없다는 것을 알면서도 못 고친다. 그렇게 노년의 삶을 보낸다는 것은 이중, 삼중고다. 방법은 하나뿐이다. 미리 찾아서 고쳐 보고 안 되면 다시 고치도록 노력하자.

에피소드 1

그녀는 자식을 셋 둔 평범한 어머니였다. 교사였던 남편이 갑자기 고혈압으로 세상을 떠나 하숙 등의 일을 하며 억척스레 살았다.

그러는 동안 남편에 대한 원망을 멈추지 않았다. 자식들이 다 성장해서도 남편에 대한 원망과 그를 소개해 준 형부에 대한 원망은 오히려 더 심해졌다.

70대 할머니가 된 그녀에게 당뇨와 함께 치매가 왔다. 과거에 대한 후회, 남편에 대한 원망은 더욱 깊어졌다. 자식들이 아무리 말려도 소용이 없었다.

후회와 원망, 한탄은 병든 그녀의 병세를 더욱 악화시켰다. 주위에는 친구도 없었다. 고독한 노인의 삶에 딸이 유일한 위안이었다. 눈물과 회한, 원망으로 점철된 그녀의 삶은 80대에 멈췄다. 딸의 헌신적인 노력도 어머니의 굳어 버린 사고방식과 습관을 어떻게 할 수는 없었다.

할머니는 고등교육을 받았지만 교육의 혜택은 못 누린 듯했다. 교육이 개인의 삶을 윤택하고 행복하게 할 수 없다면 그 교육은 죽은 교육이다.

에피소드 2

그는 아들과 딸 넷을 둔 가장이었다. 공무원으로 중도 퇴직한 그는 이런저런 사업을 했지만 여의치 않았다. 다행히 자식들은 모두 성장하여 취업하는 데 성공했다.

80대 노인이 된 그는 자식들 몰래 조카에게 돈을 빌렸다. 집을 팔면 꼭 갚겠다는 약속을 하고.

그런데 돈을 갚을 생각을 하지 않았다. 집이 팔리지 않았다는 이유에서였다. 조카는 돈을 갚으라고 독촉했다.

해가 바뀌자 집이 팔렸다. 그러나 반만 갚고 나머지 반은 그대로였다. 외삼촌과 조카 사이에 더 이상 정상적인 대화가 오고

갈 수 없었다.

조카는 80대 노인에게 돈을 빌려 줬다고 주변으로부터 핀잔을 들었다. 반이라도 받았으니 포기하라는 조언도 있었으나, 우여곡절 끝에 돈을 모두 받아내는 데는 성공했다.

그러나 그와의 관계는 뒤틀려 버렸다. 선의가 선의로 끝나지 않고 오히려 원망만 듣는 꼴이 됐다.

두 사례는 모두 부정적이지만 분명한 메시지가 있다.

첫째, 노인들의 생각과 삶은 예측하기 힘들다. 돈거래를 한다는 것 자체가 어리석다. 여기에 응하지 않는다고 당장 욕은 먹을지 몰라도 매정하다고 탓할 수는 없다.

둘째, 원망과 한탄, 후회는 주위를 오염시킨다. 한탄하는 노인 옆에 사람이 없다. 신세타령을 들어줄 너그러운 젊은 사람은 없다. 자식들도 못 견디는 법이다. 노인은 원망 대신 더욱 너그러워져야 말년이 편하다.

셋째, 노인은 보호 대상인 만큼 보호를 받을 준비가 필요하다. 원망, 후회, 한탄은 보호를 받을 수 없게 만든다. 원망은 현실을 타개하는 데 도움이 되기는커녕 자신을 더욱 초라하게 만들 뿐이다.

흥미 분야에 몰두할 수 있는 마지막 기회다

치매 예방에 최고 처방이다.

노인이 되면 자식에 대한 양육 의무, 교육의 부담, 사회적 책무 등에서 자유로워진다. 진정으로 자신의 흥미 분야에 몰두할 수 있는 마지막 기회가 주어진다. 이때 뜻밖의 재능을 발견하여 활짝 꽃피우는 노인도 많다. 인생에 한 번 더 황금기를 맞이할 수 있을지 자신의 삶을 되돌아보고 마지막 힘을 집중시켜보자.

에피소드 1

그는 어릴 때부터 글쓰기, 그림 그리기 등을 좋아했다. 책이나 노트 등 빈 공간에 낙서를 하고 만화를 그렸다. 당시는 그런 걸 취미이자 재능이라고 생각하지 못했다.

대학 서클 활동도 붓글씨를 배우는 '서도반'에 들어갔다. 한 달간 선긋기 연습만 하는 것이 힘들었지만 버텼다.

20대에 시작했던 붓글씨 쓰기를 다시 시작한 것은 그의 딸이 20대 후반이 됐을 때의 일이다. 페기 구로 활동하는 딸은 독일에 있는 자기 집에 걸어 두겠다며 부탁했다.

"나는 아빠 글씨가 좋으니 하나 써 주세요. 독일 집에 걸어 두고 싶어요."

오랫동안 잊고 있던 붓글씨를 딸이 상기시켜 주었다. 그런데 엄두가 나지 않았다. 차일피일 미루던 어느 날 딸이 직접 인사동에 가서 붓과 화선지를 사다 놓았다. 더이상 피할 수도 미룰 수도 없었다.

그는 고민 끝에 몇 차례 연습한 후 결초보은(結草報恩, 은혜를 잊지 않고 갚는다)을 써서 딸에게 주었다. 대중 스타로 살다보면 비난하는 이도 있고 도와주는 이도 있는데, 비난하는 사람은 잊어버리고 도와주는 사람들은 잊지 말고 은혜를 갚으며 살라는 당부였다.

그렇게 다시 쓰게 된 붓글씨는 60대인 그에게 새로운 취미가 됐다. 사무실에서 작은 전시회를 열 정도로 급속도로 발전해 딸에게 감사하고 있다.

에피소드 2

그는 예비 노인이다. 50대 중반에 풍요로운 노년의 삶을 위해 무엇을 할까 고민하던 중 노래 부르기에 도전하기로 했다. 물론 기타와 함께.

기타는 열 손가락을 움직이기 때문에 관절에 좋고 치매 예방에도 좋다는 추천이 있었다. 노래는 박자도 음정도 잘 못 맞추는 음치 수준이지만 좋아하기 때문에 도전했다.

노래를 즐겨 부르는 누님의 도움이 컸다. 혼자 노래방에 갈 정도의 열정을 가진 누님과 종종 노래방에 가기도 하고 또 유튜브 등을 통해 배울 수 있어 좋았다. 무엇보다 초보자들에게 용기를 주는 것은 반주기였다.

늦게 시작한 노래 배우기와 기타 배우기는 쉽게 향상되지 않았다. 가장 큰 적은 가까이서 소음을 견뎌야 하는 가족들이었다. 아들은 "아버지 노력에 비해 느는 것 같지 않다"고 점잖게 핀잔을 줬다. 딸은 "맨날 똑같은 노래, 똑같은 방식으로 부르면 늘겠느냐"며 레슨을 받아야 한다고 조언했다. 아내는 "방문을 닫고 하라"고 불편해했다.

그래도 그는 포기하지 않고 꾸준히 밀고 나갔다. 연습 3년차에 처음 무대에 섰지만 사실 망신에 가까웠다. 그래도 그의 도전은 6년째 계속되고 있다. 언젠가 무대에서 프로들과 같이 해 보는 꿈을 꾸고 있다.

두 에피소드에서 배우게 되는 지혜는 무엇일까?

첫째, 노인의 도전은 권장해야 하지만 현실적으로 장애가 많다. 더욱 용기와 끈기가 필요하다.

둘째, 기대치를 낮추고 자신에게 충실하라. 기대만큼 빨리 향상되지 않으면 실망하게 된다. 남들의 입방아도 용기를 꺾는 경우가 많다. 어제와 오늘을 비교하기보다 잘하는 타인들과 비교하기 때문이다.

셋째, 새로운 영역에 도전할 때 흥분과 기대, 즐거움이 있다. 나이가 들면 웬만한 일에 잘 흥분하지 않는다. 감각이 무뎌지고 감성도 굳어지기 때문이다. 새로운 도전 미션을 부여하게 되면 시간 보내기도 즐겁고 때론 보람 있는 일도 할 수 있다.

무슨 공부든 중단하지 마라

인간의 마지막 욕구인 지적 욕구에 부응하면 노년이 행복해진다.

인생의 겨울에는 모든 기능이 떨어져 뜻대로 되지 않는다. 독서를 하려고 해도 시력이 떨어져 애를 먹고, 손기능도 예전 같지 않다. 그래서 편하게 누워 TV만 보게 된다. 이를 탓할 수는 없다. 그래서 자신이 흥미를 느끼는 분야를 찾아서 집중해 보라는 것이다. 무리하거나 욕심을 낼 필요는 없지만 노력하는 자세는 꼭 필요하다.

에피소드 1

그는 60대 노인이지만 치매를 앓고 있는 90대 어머니를 돌보느라 정신이 없다.

그런 그가 얼마 전부터 영어 공부를 시작했다. 그의 아버지도 돌아가시기 전 80대에 학원에 다니면서 영어 공부를 했다고 한다. 그런 그가 아버지처럼 영어 공부를 하게 된 이유가 무엇인지 궁금했다.

"젊은 시절에는 아버지가 영어 공부하시는 걸 이해하지 못했는데 내가 늙어 보니 그 이유를 알겠다. 영어가 좋아서 혹은 취업을 하려는 것이 아니라 뭔가 몰두하고 싶고, 말할 상대가 없으니 언어 능력이 점점 떨어지는 것을 느꼈다. 남들은 음악이나 예술 분야를 택하는데, 나는 그런 취미도 없어서 영어책을 다시 보니 새롭더라."

치매 노인을 돌보는 그가 얼마나 스트레스를 받을지 상상하기 힘들다. 잠시도 자리를 비우기 힘든 상황에서 고단한 하루, 답답한 현실을 잊기 위한 대안으로, 또 쇠퇴하는 언어 능력을 유지하기 위해 영어 공부를 시작했다는 그의 말을 선뜻 이해하지 못했지만, 그의 노력을 응원하고 싶다.

에피소드 2

70대 중반인 그는 퇴직 이후 매일 오전에는 테니스장으로 출근한다. 오후에는 요일별로 성당에 나가 봉사를 한다.

잘 뛰지도 못하고 실력도 옛날 같지 않은 그에게 '대단하다'는 사람도 있고, 부정적으로 보는 사람도 있다.

그러나 인생의 겨울을 맞은 그는 테니스장에 나와 운동하는 동안 신체적 고통을 잊는다고 한다.

그에게 테니스는 공부이며 도전이다. 테니스장은 그가 매일 아침 등교하는 학교인 셈이다.

두 사례는 인생의 겨울을 보내며 나름 대안을 찾고 있는 모습이다. 자신의 취향과 재능에 맞는 것을 찾으면 그나마 현실적인 위안이 되지 않을까. 여기서 무엇을 배울 것인가?

첫째, 나이가 들면 시간은 많아지지만 할 수 있는 것은 대단히 제한된다. 몸의 기능도 떨어지고 여건도 안 좋지만 공부나 운동은 꽤 유효한 종목이다. 늦기 전에 시작하면 더 좋지 않을까.

둘째, 영어 공부도 테니스도 좋지만 이왕이면 주변에 도움이 되면 더 좋지 않을까. 나보다 약자를 위할 때 자신이 행복해진다는 것은 진리가 아닌가. 그래서 자신을 위해 타인을 돕는다는 것은 인생의 겨울에 할 수 있는 특권이라고 생각한다.

셋째, 고령사회에는 노인이 노인을 돌봐야 한다. 젊은 노인이 더 늙은 노인을 돌보려면 스스로 건강 관리, 재산 관리를 철저히 해야 한다. 나중에 자식들에게 부담이 되지 않기 위해 더욱 그렇다. 물론 자식과의 관계를 손상하면서까지 그렇게 하라는 것은 아니다.

멀리 있는 자식보다 가까운 이웃, 친구에게 잘하라

멀리 있는 물로 가까운 불을 끄지 못하는 법이다.

그렇게 모든 것을 쏟아붓고 희생했건만 자식도 결혼하면 멀어진다. 결혼해서 해외로 가버리면 더욱 소원해진다. 가까운 이웃, 친척에게 소홀히 하다가 멀리 떠난 자식의 빈자리를 느낄 때 외로운 삶은 곧 자신의 이야기가 된다.

에피소드 1

그녀의 맏딸에 대한 믿음과 애정은 특별했다. 못 배운 것에 대해 한이 많았던 그녀는 공부 잘하는 딸이 그렇게 자랑스러울 수가 없었다.

딸이 유명 대학 진학에 실패했을 때도 그녀는 딸에 대한 희망과 자랑을 접지 않았다. 그리고 딸이 재미교포와 결혼하겠다고 했을 때도 부모에게 시민권이 나온다는 말에 좋아했다.

그러나 얼마 안 되어 딸을 자주 볼 수 없게 된 그녀는 무척 힘들어했다. 그러더니 어느 날 갑자기 치매 증세가 나타났다.

미국에 있는 딸이 놀라서 달려왔지만 할 수 있는 일은 별로 없었다.

치매를 앓고 있는 그녀에게 딸의 도움이 절실히 필요했지만, 미국에도 보살펴야 하는 가족들이 있는 딸은 돌아가야만 했다. 그녀는 남의 이야기로만 알았던 치매가 자신에게 닥쳤다는 현실을 받아들일 수 없었다.

에피소드 2

어느 섬마을에 전설처럼 전해져 오는 이야기다.

그 마을에 사는 황 노인에겐 늙고 병든 아내와 네 아들이 있었다. 그중 막내만 장가를 가지 않았고 모두 결혼하여 도시에 나가 살고 있었다.

아내는 손자들을 보고 싶어 했지만 모두 멀리 있다는 핑계로 자주 오지 않았다. 막내아들만 부모를 찾아왔다.

그러자 황 노인은 중대 결심을 했다. 돈 2천만 원을 찾아 막내아들에게 줬다. 이 소식은 들은 세 아들은 깜짝 놀라 무슨 돈이냐고 물었다. 황 노인은 이렇게 대답했다.

"사실 내게 땅이 조금 있었는데 사정이 어려워서 팔았다. 너희들 몫도 남겨 뒀지만 볼 수 없으니 전해 줄 수가 없구나. 시간 나면 한번 다녀가거라…."

그 말을 들은 세 아들은 부모님을 찾았다. 영문을 모르는 병든 아내는 선물을 들고온 아들들과 손주들을 반가워했다.

황 노인은 세 아들에게 이렇게 말했다.

"이 방석 아래 너희들에게 줄 통장을 따로 만들어 놨다. 얼마 되지 않지만 나는 이제 돈이 필요 없다. 병원비도 이미 다 준비해 놨다. 보다시피 어머니는 한 해를 못 넘긴다고 한다. 어머니 돌아가시면 이 통장을 그때 정리하마. 그때까지는 자주 와야 한다."

황 노인이 앉아 있는 방석 아래 실제로 통장이 몇 개 보이는 듯했다.

그 후 아들들은 앞서거니 뒤서거니 부모를 찾았고, 일 년도 안 돼 아내는 세상을 떠났다. 아들들이 어머니의 임종을 지킨 후 황 노인을 찾았을 때 그는 어디론가 사라진 뒤였다. 물론 통장도 돈도 없었다.

두 사례에서 어떤 지혜를 얻을 수 있을까?

첫째, 나이가 들수록 홀로서기 연습이 필요하다. 자식도 배우자도 결국 떠난다. 오지 않는 자식을 기다리는 것도 고통이다. 지금 만나는 사람, 지금 함께하는 사람에게 최선을 다하라는 말이 아닐까.

둘째, 황혼에 재물이 없으면 지혜라도 있어야 한다. 오지 않는 자식들을 효자로 만들어 죽어가는 아내에게 마지막 즐거운 시간을 선사해 준 황 노인의 지혜와 용기를 칭찬하는 것은 무리일까.

셋째, 부모들의 입장 변화가 절실하다. 아무리 사랑하고 늘 보고 싶은 자식이라도 가정을 갖게 되면 그들을 존중해 줘야 한다. 서로 부담이 되지 않도록 부모가 먼저 독립적인 생각, 독립적인 생활을 하도록 선을 그어야 하지 않을까. 쉽지 않겠지만 '오면 반갑게 맞아 주고 가면 또한 선선히 잘 가라' 하고⋯.

노인의 복은 스스로 만드는 것이다

'꼭 그걸 말로 해야 하나'라고 하면 아직도 어리석은 노인이다.

노인이 되면 자연스럽게 소통이 어려워진다. 잘 보이지도 잘 들리지도 않는다. 몸이 아프고 불편해서 표정도 어두워진다. 감탄은 없고 잔소리, 불평이 늘어나는 것도 피할 수 없다. 그래서 말투와 표정을 특별 관리해야 한다. 고맙다, 감사하다는 말을 입버릇처럼 하면 그럴 일이 많아지는 법이다.

에피소드 1

80대 후반인 그는 자식들의 말을 잘 들어준다. 그래서 자식들은 아버지와 대화하기를 좋아한다. 그는 손주들에게도 칭찬을 아끼지 않아 인기가 좋다.

그리고 자식들이 기념일을 챙겨 주고 선물을 가져오면 고맙다는 말을 빼놓지 않는다. 매사에 긍정적이고 권위를 내세운 적이 없다.

뿐만 아니라 자식들이 아버지 어머니를 대신해 친척들에게 선물을 보내거나 하면 "정말 잘했다", "고맙다"는 말을 잊지 않았다.

그런 그도 화가 나거나 큰소리를 내고 싶을 때가 있을 텐데, 그런 모습을 본 적이 없다. 그것이 치매 없는 장수의 비결인지도 모른다.

에피소드 2

그는 화가 나면 물건을 부수고 아내를 구타하기도 했다. 그런 그에게 노여움을 견디지 못한 부인은 50대에 세상을 등졌다.

그는 60대 후반에 새 가정을 꾸렸다. 놀랍게도 이번에는 전세가 완전히 역전됐다. 새로 만난 여성의 성격이 대단했다. 그는 과거의 모습은 사라지고 얌전한 노인의 모습으로 바뀌었다.

70대 노인이 된 그는 과거 아내에게 했던 행동을 뉘우치고 후회했다. 어머니를 동정하던 자식들은 그런 아버지에게 '인과응보'라는 반응을 보였다.

그는 기쁠 때도 행복할 때도 '좋다'는 말을 하지 않았다. 대신 노여움은 불같이 드러냈다. 그 피해는 가족들에게 고스란히 전해졌다.

그는 나중에 자식들로부터 외면받는 외로운 삶을 살았다. 뒤늦게 만난 부인에게 구박을 당하며 후회 많은 삶을 마감했다.

두 사례를 보면서 메시지를 정리해 봤다.

첫째, 노인의 복은 스스로 만들기도 하고 차버리기도 한다. 감탄을 하든 화를 내든 본인의 선택이지만 그 결과는 극명하다. 노인이 되면 뒤늦게 자신을 개선하기 힘들다.

둘째, 인과응보다. 친절은 친절로 되돌아오는 법이다. 자신의 분노를 주체할 수 없어 누군가를 괴롭혔다면 자신도 그런 응보를 받게 된다. 어리석은 삶이 따로 있는 것이 아니다.

셋째, 인생 마무리가 중요하다. 죽음으로 가기 전까지는 긍정적으로 살도록 노력해야 한다. 현실은 장애도 많다, 특히 노인에게는 더욱 그렇다. 그럴수록 죽기 살기로 감사하고 고맙다고 표현해야 한다.

옷차림, 외모, 청결에 더욱 신경 써라

봐주는 사람 없다고 대충 입고 대충 다니는 것은 곤란하다.

나이가 들면 멋진 옷을 입어도 폼이 나지 않는다. 사진을 찍어도 예전의 모습이 아니어서 노인들은 사진 찍기를 좋아하지 않는다. 봐줄 사람도 없고 폼도 나지 않으니 대충 입고 다니는 것이 예사다. 과연 그렇게 해도 괜찮을까.

에피소드 1

그녀는 나이 들면서 더욱 옷에 신경을 썼다. 70대인데도 일을 하고 있는 그녀는 세련된 옷과 외모 관리로 주변의 시샘과 부러움을 받고 있다.

그녀의 지론은 항상 "생긴 것이야 태어날 때 정해졌지만 옷차림과 헤어스타일, 얼굴 표정, 청결함은 자기 하기 나름"이라고 주장한다.

그녀가 조카 결혼식에 참석했을 때의 일이다. 60대 후반쯤 된 동생 친구가 찾아와서 인사를 했다. 백발에 평상복 차림으로 온 모습을 보고 그녀는 놀란 표정을 지었다. 그리고 동생 친구가 자리를 뜨자 옆에 있는 사람에게 이렇게 말했다.

"내가 얼마 전 동창생 문상을 간 적이 있는데, 거기에 나이가 좀 들어보이는 남자 넷이 한꺼번에 들어오더라고. 그런데 글쎄 모두 등산복 차림이었어. 옷차림도 그런데다 자리에 앉자마자 왁자지껄 떠들어대는 모습이라니…. 정말 꼴불견이더라."

그녀는 누가 보든 안 보든 항상 옷차림에 신경을 쓴다. 건강 관리도 철저히 해 70대에도 팔팔하게 현업에서 뛰고 있다.

에피소드 2

어느 노숙자의 사연이다. 70대 노숙자가 2억 원이 넘는 현금 가방을 분실했다가 찾았는데, 그 안에 1억 원짜리 수표가 2장이나 더 있었다고 한다.

그는 15년 동안 돈을 모았는데 은행을 믿을 수 없어 가방에 넣어 다니다 분실했다는 것이다. 그는 이렇게 많은 돈을 가졌지만 건물 옥상이나 기차 역사 등에서 노숙 생활을 했다.

그가 모텔에 가려 해도 더러운 옷차림 때문에 받아주지 않았고, 그 과정에 가방을 잃어버렸다는 것이다.

경찰은 주민등록증을 토대로 가족을 수소문한 끝에 아들과 통화가 되었다고 한다.

그에게 돈은 무엇이었을까. 옷차림과 의식은 이미 노숙자 신세였고, 자식과도 연을 끊은 그에게 돈은 또 다른 불행으로 이어지지 않을까 염려된다.

두 에피소드에서 읽을 수 있는 지혜는 무엇일까?

첫째, 아름다운 노년은 없지만 노력하면 비슷하게 근접할 수는 있다. 그 첫 번째가 옷차림과 외모, 청결함이다. 미국에서 유일하게 4선 대통령을 지낸 루즈벨트의 영부인 엘리노어 여사는 "아름다운 젊음은 우연한 자연 현상이지만 아름다운 노년은 어느 누구도 쉽게 빚을 수 없는 예술 작품"이라고 했다. 물론 여기엔 노년의 여유와 미소, 관대함 등이 함께하지만 외모 또한 간과될 수 없는 영역이다.

둘째, 노년은 아무것이나 마음대로 할 자유는 없다. 더욱 공부하고 더욱 조심하고 더욱 신중하고 더욱 잘 차려입어야 한다. 젊은 시절의 실수는 사회적 이해나 용서가 가능하지만, 나이 들어 같은 실수를 하게 되면 바로 손가락질을 당한다.

셋째, 노인 준비는 돈만으로는 안 된다. 외모를 가꿀 수 있는 마음의 여유와 타인에 대한 배려, 자기 관리의 중요성 등을 인식하는 것이 먼저다. 돈 가진 노인의 초라한 노숙 생활은 스스로 거지로 전락시키는 자폭행위가 아닐까.

지혜 20

매사에 솔직해지지 마라

노인의 솔직함은 주변을 불편하게 한다.

사람들은 평소 솔직하라, 정직하라고 강조한다. 그러나 인생의 겨울이 오면 각별히 말조심을 할 때다. 특히 가족이나 친구들에게 솔직하게 자신의 섭섭함이나 불평을 쏟아놓으면 외로워진다. 이들은 더 이상 들어줄 인내심이 없다. 물론 더 이상 만회할 기회도 없다. 잔소리, 비난, 불만, 충고조차도 솔직하게 하면 안 된다. 솔직하기 위해서는 용감해야 한다. 관계 단절을 감수할 수 있어야 한다.

에피소드 1

그는 자녀가 어릴 때는 엄격하게 훈육해야 한다고 믿었다. 다만 자녀들이 다 크면 잔소리나 불필요한 훈계는 필요하지 않고 믿음과 우호적인 관계가 더 중요하다고 생각했다.

그런 그는 자녀들과 좋은 관계를 유지했다. 그런데 결혼을 앞둔 아들이 여자 친구와 함께 요리를 해서 대접하겠다고 한 날, 아들이 돌연 다음으로 미루겠다고 했다. 얼굴에는 무언가에 화가 난 표정이었다.

새로 장만할 아파트 문제로 엄마와 갈등이 있었던 모양이다. 그런 분위기에서 여자 친구와 같이 집에 와서 요리를 하고 싶지 않았을 것 같다. 옆에서 보기에는 큰 문제가 아니었지만 본인은 불편했던 것 같다.

그는 아내와 아들의 대화에 끼어들어 '그게 무슨 대단한 문제'라고 얼굴을 붉히느냐고 나무라고 싶었다. 그렇게 시작되면 그 다음 더한 말도 나올 것 같은 상황이었다. 그래서 그는 상황을 진정시키기 위해 아들을 위로하고 그의 뜻을 존중하는 태도를 보였다.

상황은 잘 수습됐고 아무것도 모르는 여자 친구가 와서 아무 일도 없었던 듯 함께 식사를 했다. 그는 이 상황이 지나가자 솔직하게 말하지 않고 거꾸로 위로해 주길 정말 잘했다고 생각했다. 어떤 상황에서도 솔직한 감정적 질책보다 위로가 더 효과적이라고 믿게 됐다.

에피소드 2

할머니는 동네 병원에서 손가락 수술을 받았다. 그런데 붕대를 감은 채 설거지를 하는 바람에 재수술을 받아야 했다. 그러자 할머니는 의사를 잘못 만나 "내 손가락을 병신으로 만들었다"며 주변 사람들에게 불평불만을 늘어놓았다.

심지어 멀리 있는 친척까지 불러 병원에 가서 항의를 해 달라고 했다. 처음 듣는 친척이나 지인들은 '의사를 혼내줘야 한다,' '자식들은 뭐하냐'며 할머니를 더욱 부추겼다.

그런데 동네 병원 원장은 거꾸로 하소연을 했다.

"저도 할머니 때문에 너무 힘듭니다. 재수술을 무료로 해 드리겠다고 했습니다. 그랬는데 또 와서 다시 해 달라고 합니다. 그 이상은 불가능하다고 말씀드리고, 혹시 다른 데 가서 하면 병원비를 드리겠다고까지 약속했습니다. 그런데도 보상을 요구해 할머니 통장에 50만 원 입금시켜 드렸습니다."

할머니가 동네 병원에 와서 어떤 행패를 부렸는지, 50만 원 입금 사실 등을 새롭게 알게 됐다. 할머니의 진심이 무엇인지, 이 사건의 실체는 무엇인지, 할머니 말만 믿고 찾아왔던 사람들이 머쓱해하며 병원문을 나섰다.

할머니는 거짓말을 하지 않는다는 믿음, 할머니의 솔직함을 의심하지 않았던 사람들은 그 후 할머니의 말과 행동을 의심하게 됐다.

두 사례에서 찾을 수 있는 지혜라면?

첫째, 솔직함이 늘 좋은 것은 아니다. 노인이 되면 자기 표현을 잘 안하는 문제도 있지만 솔직하게 표현해서 상황을 악화시키기도 한다. 평소와 다른 노인의 솔직함은 치매 등 병으로 의심해 보아야 한다.

둘째, 갈등 상황에서 솔직한 말보다 위선적이더라도 따뜻한 표현이나 침묵이 낫다. 솔직한 감정 표현, 바른 말은 상황을 더 안 좋은 방향으로 몰고갈 수도 있다. 파탄이 나는 상황에서 바른 말, 옳은 지적이 무슨 소용이 있는가.

셋째, 노인에게 사고의 유연성이 더욱 필요하다. 노인의 특징이 경직성이다. 자신의 신념이나 가치관, 고집을 잘 바꾸려 하지 않는다. 물론 남의 말도 잘 안 듣는 특징이 있다. 예외가 없기 때문에 이런 부정적 특징을 바꾸기 위해선 사고의 유연성을 훈련하고 되돌아볼 필요가 있다. 그렇게 유연한 생각과 따뜻한 태도를 유지해야 주변으로부터 외면당하지 않는다. 특히 자식으로부터 외면당하거나 관계를 망치면 이보다 큰 손실이 어디 있을까.

나이가 벼슬이던 시대는 끝!

인생의 겨울에 다시 품격을 생각하라.

인생의 겨울은 자연의 겨울만큼이나 혹독한 추위와 외로움, 역경이 찾아온다. 외모도 볼품없는데 돈마저 없으면 인간의 품격을 논할 수 없게 된다. 그래서 인생의 겨울에 인간의 품격을 다시 생각하게 된다. 《아비투스》라는 책에서 인간의 품격을 7가지 자본, ①심리자본–어떻게 생각하는가, ②문화자본–어떤 취미활동을 하는가, ③지식자본–무엇을 할 수 있는가, ④경제자본–재산은 어느 정도인가, ⑤신체자본–어떻게 입고 건강 관리는 어떻게 하는가, ⑥언어자본–어떤 언어를 주로 사용하는가, ⑦사회자본–누구와 주로 어울리는가 등으로 설명했다.

에피소드 1

그녀는 육지에서 멀리 떨어진 섬에서 학생들에게 음악을 가르치는 60대 중반의 음악학원 원장이다. 자녀들은 모두 육지로 떠나고 그녀는 고향을 지키고 있다.

이제 학원생들이 줄어들어 수입도 크게 떨어졌다. 더구나 코로나 상황에 학원은 직격탄을 맞았다. 다행히 지출이 줄어 큰 걱정은 덜었지만, 아이들이 떠난 텅 빈 학원에 남겨진 외로움과 섬이 주는 적막함이 문제였다.

그녀는 새로운 도전에 나섰다. 음악에서 미술로 전공 영역을 넓혀 나갔다. 섬에서 자라는 야생화와 풍경화를 그리기 시작했다. 언젠가 전시회를 꿈꾸며 새로운 분야에 도전한 그녀는 그림을 그리는 과정이 즐겁고 행복하다고 한다.

멀리 떨어져 사는 자식을 기다리는 대신 붓을 들고 작품에 몰입하다 보면 외로움을 느낄 틈이 없다고 한다. 음악과 미술은 인생의 고달픈 계절, 힘겨운 노후를 보내는 그녀의 벗이자 평생 동반자가 된 셈이다.

에피소드 2

넷플릭스 오리지널 시리즈 '오징어게임'은 전 세계인들을 열광시켰다. 여기서 글로벌 스타로 발돋움한 주인공은 바로 70대 후반의 오영수 할아버지다. 깐부 할배로 알려진 그는 이 영화 덕분에 모든 언론의 주목을 받았다.

〈한겨레〉와 가진 인터뷰에서 깐부 할배는 "낙엽이 될 것 같던 순간에도 봄은 또다시 오더라"며 마지막 열정을 토로했다.

그는 3년 전 폐렴을 앓으면서 삶과 죽음의 고비를 넘나들었다고 한다. "처음에는 기침감기인 줄 알고 가까운 병원에 갔더니 큰 병원에 가 보라고 했어요. 큰 병원에서도 이게 염증인지 암인지 결핵인지 확인을 못했어요. 나중에는 폐렴으로 확진됐고 격리됐어요. 의사가 '만만치 않습니다' 하는 거예요."

그때 그는 떨어지는 낙엽처럼 삶의 마지막을 느꼈다고 한다. "제 몸무게가 평소 60킬로였는데, 그때 일주일 만에 10킬로가 빠졌어요. 이게 마지막인가 싶어 가까운 사람들을 부르려고 했지요. '이렇게 가는 건가'라고 생각했는데 결국엔 살아 나왔죠. 죽음의 문턱까지 가 보니 삶에 대한 생각이 조금 달라졌어요. 돈, 명예, 이런 게 무슨 의미가 있느냐는 생각을 했죠."

오징어게임에서 그가 연기한 일남은 '무궁화꽃이 피었습니다' 게임에서 해사하게 웃으며 결승선을 넘는다. 그의 빛나는 표정 연기는 이때만이 아니다. 기훈(이정재)과 구슬치기를 하며 "우린 깐부잖아"라고 말할 때 그의 표정엔 슬픔, 배신, 애처로움, 희망이 뒤섞여 있다. 그는 "그 장면을 찍을 때 나도 울었어요. 어릴 적 생각도 났고 정직하게 살아온 기훈이가 살기 위해 속이잖아. 인간의 한계를 느꼈어요. 가장 인간적인 모습을 보니 눈물이 확 났어요"라고 말했다.

그는 여기저기서 광고 찍자는 제의를 모두 거절했다고 한다. 그것보다 더 중요한 것들을 지키며 자신의 삶에 충실하고 싶어서였을 것이다. 죽음의 문턱까지 가 본 마당에 돈, 명예보다 더 소중한 것들을 위해서였을 것이다.

두 사례는 예술의 세계는 무한하며 인간은 나이가 들수록,

유명인이든 아니든, 프로든 아마추어든 열정을 담을 수 있는 무대라는 점이다. 세 가지로 정리해 보자.

첫째, 나이가 들면서 문화자본은 더욱 중요해지는 법이다. 노래든 춤이든 연극이든 예술은 인간의 집중력과 몰입을 요구한다. 문화자본이 풍부할수록 노년의 생활은 풍요로워질 것이다. 문화자본은 때로 돈과 명예도 함께 가져다주기도 한다.

둘째, 노인에게 문화자본은 곧 신체자본, 심리자본과도 직결된다. 다양한 문화활동을 즐기는 사람은 건강을 챙기기 위해 노력하고 우울증이나 고독함에 빠질 확률이 낮다. 노인은 아무것도 하지 않는 것이 문제다. 자신의 일이 없으니 자식에게 간섭하고 요구하고 불평한다.

셋째, 노인에게 음·미·체는 언어자본, 신체자본, 경제자본에 직접적 영향을 미친다. 60, 70대에 현역으로 활동하기가 쉽지 않다. 그러나 음악, 미술, 연극, 영화의 세계는 여전히 현역이 가능하다. 문화자본을 찬미하라.

이제 절약하지 마라

그동안 충분히 절약했다면 낭비 좀 해도 된다.

인생의 겨울로 접어든 사람은 대부분 가난한 세대들이다. 어렵게 살아온 기성세대들은 절약을 미덕으로 여겼다. 한푼이라도 아끼며 가족과 자신을 위해 살아왔다. 이제 자식은 떠나고 배우자는 불편하거나 아프다. 낭비하라고 해도 낭비할 수 없는 사람들, 절약이 생활화된 사람들은 그렇게 재산 정리도 못하고 그냥 떠난다. 남은 재산을 어떻게 해야 할까?

에피소드 1

그는 동창들에게 꽤 인기가 있었다. 초등학교 동창 모임은 그 덕분에 활성화됐다. 특히 여성 동창들이 그를 좋아했다. 그가 서울에서 사업을 하며 돈을 많이 벌어서 좋고, 늙은 동창들을 위해 아낌없이 후원해 줘서 좋아했다.

나이 들어 만나는 동창들은 대부분 그럭저럭 살았다. 좀 잘산다고 알려진 친구들은 얼굴 보기가 힘들지만, 그는 어려운 동창들을 잘 챙겨 주었다.

그의 큰 장점은 누구에게도 따뜻한 말을 건넨다는 것이었다. 노래를 좋아하는 여자 동창이 멋지게 노래를 부르자, 다른 동창들은 "노래방에 가서 살았나" 하며 놀리거나 시샘했다. 그러나 그는 "노래를 정말 잘한다"며 칭찬했고, "지난번 동창회에 왜 오지 않았냐"며 챙겼다.

그런 그에게 뜻밖의 비보가 날아들었다. 암으로 얼마 살지 못한다는 진단을 받았다. 이어서 그의 부음이 전해졌다. 동창 모두 그의 죽음을 애통해했다. 특히 노래 칭찬을 들은 여자 동창은 그 친구의 죽음을 무척 안타까워했다.

학교 다닐 때 별로 두각을 나타내지 못했던 그. 그러나 사업에 성공한 후 옛 친구들을 챙기며 후원을 아끼지 않았던 그는 친구들의 아쉬움과 깊은 애도 속에 떠났다.

에피소드 2

그는 친구들 사이에 늘 부러운 존재다. 체구는 자그마하지만 못하는 운동이 없고 취미, 문화 활동도 다양해서 주위를 놀라게 한다.

그는 교직을 명예 퇴임한 후 본격적으로 자신을 위해 투자했다. 축구선수 출신인 그는 테니스, 오토바이, 사진동호회 활동을 하고 있다. 기타와 노래는 수준급으로 병원이나 공원 등에서 버스킹을 하기도 한다. 얼마 전에는 캠핑카에 음향 장비를 싣고 전국을 달리며 행복한 시간을 보내고 있다.

오토바이, 사진 장비, 캠핑카, 음향 장비 등 대부분 돈이 많이 들지만 그는 망설임이 없다. 역시 교사 출신 부인도 "남편이 건강만 하면 무엇이든 상관없다"고 한다.

남들은 한 가지도 쉽지 않은데 그는 그 많은 취미 생활을 맘껏 즐긴다. 외로울 틈도 아플 틈도 없이 바쁘게. 그는 나이 들어 자신에게 투자하는 돈을 아까워하지 않는다.

"지금 안하면 언제 해 보겠느냐"며 아내를 뒤에 태우고 오토바이로 전국을 달린다. 캠핑카는 잠시 쉬면서 자기 차례를 기다리고 있다.

두 에피소드가 전하는 지혜는 무엇일까?

첫째, 나이 들어 지출은 낭비가 아니라는 점이다. 취미 생활을 하든 친구들을 위해 돈을 쓰든 노년의 지출은 낭비가 아니다. 죽음은 예고 없이 찾아오는데 돈을 쌓아 두고 죽는 것은 너무 억울하지 않는가.

둘째, 나이가 들면 모든 것이 위축되고 모임도 줄어든다. 그리고 불러주는 사람도 사 주는 사람도 사라진다. 수입은 일정하고 지출은 늘어날 때 모임이 두려워진다. 먹고살 만큼 연금이 나와도 엄살을 떠는 친구가 있다. 자신의 삶을 풍요롭게 하는 데 지출하는 것을 권장한다. 이제 언제든지 부름을 준비해야 할 때다.

셋째, 마지막 병상에서 자신의 어떤 모습을 상상할 수 있을까. 후회와 미련은 누구에게나 남는 법. 그래도 한번 주어진 인생, 최선을 다해 노력했고 최선을 다해 노년도 보냈으니 이제 눈을 감아도 여한이 없다고 할 수 있을까. 끝까지 노력한 사람은 편하게 떠나고, 아무것도 못해 본 사람은 후회의 한숨만 쉬게 된다. 자신의 풍요로운 노년을 위해 낭비 좀 해도 된다.

아버지의 우주에서 발견된 88개의 별

_김병준 (저자의 장남)

"오빠, 아버님 신작 원고 읽어 봤어?"

표지 그림을 작업하던, 곧 아내가 될 여자 친구가 작업 중인 패드에서 눈을 떼지 않은 채 옆에 앉아 있던 내게 갑자기 물어봤다.

"아니 안 읽어 봤는데? 내가 아버지를 잘 알아서 그런 걸 수도 있지만 인생의 지혜라…, 사실 좀 진부한 얘기들 아닐까?"

아차! 여자 친구와 아버지의 합작품을 원고도 읽어 보지 않고 자기계발 서적에 대한 편견부터 드러내는 내 모습이 쿨하지 않아 말하기 무섭게 반성의 시간을 가졌다. 그리고 작업 중인 여자 친구 옆에 앉아 재빨리 원고를 읽기 시작했다.

"음… 내 예상과 크게 다르지는 않아. 아버지가 성공실패학 공부를 하시면서 늘 인생에서 강조하시는 게 몇 가지 있으시거든. 그 이야기들이야."

"그럼 오빠는 지혜가 뭐라고 생각해? 수학적으로 한번 표현해 볼 수 있어?"

'수학이라?' 혹시나 나의 대답에서 작은 영감이라도 얻을 수 있을까 싶어 물어보았던 것 같다. 이러한 발상이 흥미로웠던 나는 여자 친구를 돕기 위해 일단 머릿속에 떠오르는 대로 이야기하기 시작했다.

"어떤 사람이든 각자의 우주를 가지고 있다고 생각해. 인간이 곧 우주라는 말도 있으니까. 물론 우주의 크기는 개인마다 다르겠지만. 그리고 지혜란 '나'의 우주 공간에 박혀 있는 별 같아. 더 구체적으로 얘기하면 삶의 지혜는 크게 나의 경험과 지식, 이 두 가지를 바탕으로 발현될 수 있는 덕목이라 생각해. 지혜를 생각하면 흔히 노인이 떠오르는데, 그들은 기본적으로 경험이 풍부한 사람들이니까. 하지만 경험 많은 노인이라고 해서 다 지혜가 있는 건 아니지. 유식한 것도 마찬가지야. 유식한 사람이 반드시 지혜로운 사람인 건 아니잖아. 결론은 지혜는 지식과 경험을 요구하지만 이 둘보다는 한 차원 높은 덕목이 아닐까 싶어."

그리고 가방에서 펜과 평소 들고 다니는 노트를 꺼내 끄적거리기 시작했다.

"이렇게 X, Y, Z축으로 이뤄진 3차원 공간을 그려볼까? 데카르트 좌표인데."

비몽사몽 작업을 하던 여자 친구의 눈이 반짝거렸다.

"X축은 인생, 이건 그냥 살다 보면 점점 길어지는 거라 생각해. 마치 나이처럼. Y축은 지식, 내가 무언가를 배우고 독서를 통해 늘려 나가야 하는 축이지. 쉽게 말하면 간접적인 경험이라할 수 있는 지식의 정도. Z축은 경험, 이건 배움이 아닌 익히는 정도라 해야 하나? 직접적 체험을 통해 쌓이는 삶의 경험치를 나타내는 축으로 생각하면 될 것 같아.

이제 이 3차원 공간을 구성하는 3개의 축을 그려보면, X축과 Y축으로 구성된 XY 평면은 사람이 살면서 얻는 인생의 지식, Z축과 X축으로 구성된 ZX 평면은 사람이 살면서 얻는 인생의 경험이 되겠네. 그리고 지혜는 이 두 평면이 만나는 XYZ 공간 좌표 상에 표현할 수 있겠지. 살면서 자연스럽게 늘어나는 X축(인생)을 제외하고 Y축(지식)과 Z축(경험)은 끊임없는 노력과 시도 없이는 늘어나지 않는 것 같아. 그런 의미에서 이런 3차원 공간의 크기는 개인마다 다르다고 말한 거였어. 그리고 지혜는 각자의 공간에 존재하는 별과 같은 거지, 지혜로운 사람일수록 그들의 우주 공간은 넓을 것이고 그 공간상에 존재하는 별도 훨씬 많고 밝지 않을까 싶어."

어느덧 길어진 얘기를 듣던 여자 친구는 패드에 별을 그리고 있었다.

"3차원 공간에 별까지…. 오빠, 기대하지 않았는데 생각보다 큰 도움이 되었어. 그럼 아버님 원고를 읽고 느낀 점은 뭐야?"

무슨 도움이 되었는지는 모르지만 도움이 되었다니 다행이라고 느꼈고, 이런 망상과도 같은 이야기를 잘 들어준 여자 친구가 고마웠다. 하지만 또다시 예상 밖의 질문이다.

저자의 장남이자 표지 일러스트레이터의 남편, 이 책의 비공식 첫 번째 독자로서 왠지 직전의 대답보다는 더 길고 성의 있게 대답해야 할 것 같았지만 대화가 길어져 너무 늦게 잠드는 것도 곤란했다.

"아버지의 우주에서 발견된 88개의 별을 망원경으로 관찰하는 느낌? 책의 구성을 보면 인생의 지혜를 하나씩 다루면서 그 사례로 아버지가 직접 겪으신 경험, 지인들의 사례, 책이나 미디어에서 접한 소식들이 나오잖아. 우리 아버지는 지금이 아닌, 옛 시절 어른들 기준으로 봐도 정말 부지런하신 분이거든. 여전히 책도 많이 보시고, 끊임없이 노력하시고, 실수하거나 좌절하시는 경험도 곁에서 지켜봤기에 말할 수 있지만 우주 공간이 굉장히 넓은 분이야. 그러니 그 공간 속의 별도 무수히 많을 수밖에.

다만 내가 느끼는 것은 사실 지혜로운 삶에 정답이 있는 건 아니잖아. 독자들이 아버지 책을 통해 '지혜로운 삶은 어떤 것이다'라고 느끼거나 행여나 이에 대한 비판적인 시각을 갖기 전에 '이 책에서 강조하는 88가지 핵심을 염두에 두고 인생을 살다 보면 보다 지혜로운 선택을 할 가능성이 높아진다' 정도로 받아들이면서 책을 읽는다면 좋겠어.

결국 아버지께서 쓰신 내용은 크게 X축인 인생이 진행됨에 따라 쉬지 말고 Y축인 지식을 넓히기 위해 부지런히 독서, 전공 공부, 자격증 취득을 하라는 것이고, 동시에 Z축인 경험을 넓히기 위해 배낭여행도 다니고, 한 살이라도 젊을 때 실패를 두려워하지 말고 꿈을 위해 도전하라는 맥락이니까. 부지런히 나의 우주 공간을 넓혀 나가다 보면 인생에서 보다 지혜로운 선택을 할 수 있고, 그것들이 별처럼 모여 성공적인 삶을 살 수 있다는 것이 아버지 책의 요지라고 생각해.

내 얘기를 해 볼까? 우리가 결혼을 준비하면서도 느끼는 거지만 남편 될 사람이 중간에서 중재자 역할을 지혜롭게 하지 못하면 고부간의 갈등이나 양가의 서운한 점이 그대로 쌓일 가능성이 높잖아. 하지만 나는 굉장히 지혜롭게 잘하고 있지?"

"그런 거 같아. 그럼 오빠 말 대로면 지식과 함께 경험이 풍부해서 그런 건가?"

여자 친구는 의심의 눈초리로 쳐다보며 다시 어려운 질문을 던졌다.

"에? 내가 경험이 어딨어!!"

나의 어리석음을 깨우쳐 준 지혜

《지혜의 샘 88가지》는 오랜 시간 관찰과 연구, 분석을 통해 정리한 것이다. 누군가에게는 너무 평범하고 누군가에게는 너무 뻔한 이야기일 수도 있다. 그러나 나에게는 하나하나 소중하고 뒤늦게 깨닫고 배우게 된 삶의 지혜들이다.

나의 좌절과 실패, 역경, 타인의 성공과 몰락 등 인생의 흥망성쇠에 관심을 갖게 되면서 전공 영역을 자연스레 넓힌 셈이다. 이스라엘 키부츠에서의 고된 노동, 이스라엘 하이파, 영국 런던에서의 태권도 사범 생활, 아프가니스탄전쟁, 걸프전쟁 취재 경험, 자유기고가 시절의 좌절과 기자, 변호사를 상대로 한 소송 경험 등 힘들지 않은 일은 없었으나 그 또한 되돌아보면 나의 무지와 지혜의 부족을 일깨워 준 생생한 삶의 교육장이었다.

자연의 계절은 순환이라는 사이클이 있지만 인생의 사계절은 한 번으로 끝이다. 겨울 다음 인생의 봄은 다시 오지 않는다. 어떤 사람은 인생의 겨울을 맞기도 전 도중에 불운하게 마감하기도 한다. 그래서 인생을 더욱 철저하게 대비하고 더욱 잘 살아야 한다.

이 책을 준비하면서 인생의 겨울은 짧게, 가을은 길게 가져가야겠다고 결심했다. 인생의 겨울은 잘해야 버티기 정도로 모든 상황이 바뀌기 때문이다. 인생의 가을은 준비에 따라 좀 더 즐겁게, 좀 더 보람 있게, 좀 더 행복하게 만들 수 있다.

이를 위해 세 가지 원칙을 만들었다.

첫째, 인생의 가을에는 더 이상 누구에게도 기대하지 않는다는 것이다. 가까운 가족이든 친구든 내가 해 줄 수 있는 최선을 다하더라도 그에 상응하는 기대나 반대급부를 바라지 않는다는 것이다. 기대가 없으면 실망도 없다.

둘째, 나에게 작은 재능이 있다면 모든 것을 다 사용하여 육체가 닳아 못쓰게 될 정도로 부지런히 만나고 부지런히 운동하고 부지런히 노래하고 부지런히 웃고 나누자는 것이다. 그래서 그림, 붓글씨도 정기적으로 준비하여 좋아하는 사람들에게 나눠 주는 이벤트를 준비한다. 출판기념 콘서트, 전시회 공연 등 나는 스스로 나눠 주는 이벤트를 주변에서 말려도 할 생각이다.

마지막으로 내가 받은 사회적 호의와 도움을 어떻게 내가 좋아하는 방식으로 환원할 수 있을지 즐거운 고민을 하는 것이다. 나는 작은 섬에서 태어나 객지생활을 하며 내가 꿈꾸던 기자, 교수, 차관급 고위 공무원 등을 역임하는 행운을 누렸다. 주변의 도움이 없었다면 불가능한 일이다. 이제 내가 멋지게 갚을 일만 남았다.

끝으로 이 책을 읽어 주시는 독자들에게 깊은 감사를 표한다. 책을 읽지 않는 영상시대에 이 책을 조금이라도 봐주신 분들에게 작은 도움이 되기를 진심으로 기대한다. 또한 나의 책을 연속 출간하는 데 늘 따뜻한 조언과 노력을 아끼지 않으시는 이지출판사 서용순 사장님께도 마음 깊이 고마움과 존경을 전한다.

나의 분신과도 같은 아들 김병준, 딸 페기 구의 늠름한 모습, 사려 깊은 행동에 늘 보람과 자부심을 느낀다. 특히 페기는 혼자 세계를 무대로 종횡무진, 탁월한 문화전도사 역할을 하면서도 가족 사랑에 소홀함이 없는 효심에 진심으로 고마움을 전한다.

아내 조애경은 나 이상으로 나를 잘 알며 나를 사랑해 주는 사람이다. 나는 유서를 정리하면서 모든 것을 아내에게 일임할 정도로 나는 나보다 아내를 더 믿는 팔불출이다. 대학교 서도반 동아리에서 만나 이렇게 오래 함께 세월을 보낼 줄 몰랐지만 그때의 선택이 최고였음을 세월이 흐르고 나서야 알게 됐다. 덕분에 '감사하며 사는 법'을 배웠다.

이 책이 나올 무렵이면 다시 따사로운 봄이다. 나는 인생의 마지막 계절, 춥고 고달픈 겨울, 죽음으로 인도하는 마지막 길로 한 발짝씩 틀림없이 다가가고 있다. 어떤 준비도 소용없지만 그럴수록 더욱 절박하게 더욱 여유롭게 더욱 웃으며 여생을 준비하겠다.

2022년 봄 인제대학교 신문방송학과 교수 정년 퇴임의 해를
새로운 출발선으로 정리하며

지혜의 샘 88가지

펴낸날   초판 1쇄 2022년 3월 3일

지은이   김창룡
펴낸이   서용순
펴낸곳   이지출판

출판등록   1997년 9월 10일
등록번호   제300-2005-156호
주소   03131 서울시 종로구 율곡로6길 36 월드오피스텔 903호
대표전화   02-743-7661 **팩스** 02-743-7621
이메일   easy7661@naver.com
디자인   김민정
인쇄   ICAN

값 18,000원

ISBN 979-11-5555-175-2 03800

※ 잘못 만들어진 책은 교환해 드립니다.

지혜의 샘
88가지